Balkenbrand

LV·Buch Wir lieben das Landleben.

Hans-Peter Boer

Balkenbrand

Kommissar Kattenstrohts
sechster Fall

Für Kathrin A. M. T. & Nina J. E. T.

Als Freundinnen gab es Euch
nur im „Dreierpack",
Paramnesien und
duodenale Duplikatur
inklusive.

„Warum der Mensch tötet?
Er tötet aus Hunger.
Aber nicht nur aus Hunger,
manchmal auch aus Durst."

Allan Stewart Konigsberg d.i. Woody Allen
*1935, amerikanischer Regisseur und Schauspieler

„Und wenn ich einst gestorben bin,
dann sollt ihr mich begraben
in einem Fass voll Branntewein,
daran will ich mich laben.
In 66 Litern Branntewein
schlaf ich selig ein, schlaf ich ein."

Aus dem Trinklied eines unbekannten Autors

Der Sonntagmorgen hatte bei Familie Büscher wie immer früh begonnen. Mochte die vierjährige Lisa auch endlich mal etwas länger schlafen, so erforderten doch die zweijährigen Zwillinge Nele und Lena früh die Aufmerksamkeit ihrer Eltern. Dabei war Petra Büscher angesichts der vielen Arbeit froh darüber, dass ihr Mann Heinz sich so selbstverständlich und offensichtlich auch gern in allen Bereichen in die Betreuung der Kinder einband und keine Arbeit übersah. Während die Kleinen versorgt wurden, schlief Lisa noch. Als sie erst gegen acht Uhr aus den Federn krabbelte, war sie noch etwas quengelig und hatte gleich ein großes Ziel vor Augen: Der neue Fahrradanhänger für Nele und Lena sollte unbedingt mit einer richtigen Radtour eingeweiht werden.

Am Freitag waren die Zwillinge zwei Jahre alt geworden. Zur Feier des Tages waren Opa und Oma Bomert, Petras Eltern, aus den Emsland angereist und hatten das mit den Großeltern Büscher abgesprochene und und das jeweils hälftig finanzierte Geschenk mitgebracht: Einen zweisitzigen holländischen Fahrradanhänger für Kleinkinder, ausgestattet mit allem Komfort und technischen Schnickschnack, der einem solchen Gefährt in modernen Zeiten eigen ist. Die Kinder hatten gejubelt, die Eltern hatten sich gefreut, die Großväter und Vater Heinz hatten zwei Stunden über der Montageanleitung geflucht, mit der man die aufwändige Halterung am Fahrradrahmen des Vaters anbringen musste. Eines war natürlich klar: Heinz Büscher wurde für die überschaubare Zukunft das Zugpferd der Familie. Über Kaffeetrinken, Montagemühen und Abendessen war man nicht mehr zu einer längeren Radtour gekommen, und hier sah Lisa natürlich ihre Hauptaufgabe. Schließlich war es Sonntag, und das Wetter war schön: „Nele und Lena wollen das ganz bestimmt auch!“, hatte die Vierjährige immer wieder mit Nachdruck gebohrt und gebettelt. „Und die Sonne scheint!“

„Aber es ist noch kalt!“, hatte Petra Büscher Widerstand geleistet, doch gegen 9.30 Uhr wurde auch ihr Mann weich. Der hatte wohl selbst große Lust, das neue Gespann auszuprobieren. Also packte man alle Ausrüstung für einen mehrstündigen Familienausflug mit Kleinkindern zusammen, stieg von der Etagenwohnung herunter auf den Hof, holte die Räder aus der Garage und stellte nun erstmals unter neugierigen Blicken der Nachbarn das elegante Alu-Gespann der Büschers zur Abfahrt auf. Die Zwillinge wurden im Anhänger warm verstaut; auf den durchsichtigen Regen- und Windschutz konnten sie sogar verzichten. Lisa kam in ihren Sitz auf Mutter Petras Rad, in die vorderen Fahrradkörbe wurde alles Übrige verstaut. Dann ging es endlich los.

Der Weg führte nach Osten hinaus ins frühlingshafte Münsterland. Als sie auf einer Seitenstraße einmal nebeneinander herfahren konnten, bemerkte Petra Büscher: „Kaum zu glauben, dass wir erst in zwei Wochen Ostern haben! Schau dir das an! Alles wie geputzt!"

Tatsächlich erstrahlte das Land im hellen Sonnenlicht wie zu einem Aufbruch. Schon seit zwei Wochen hatte es nicht mehr geregnet. Der harte Winter hatte jedoch mit der späten Schneeschmelze viel Feuchtigkeit im Land gelassen. Nun protzte in der frühen Wärme auf den Wiesen der erste gelbe Löwenzahn, und auch das Wiesenschaumkraut erhob sich langsam. Die Felder selbst waren noch vielfach schwarz, aber die Wallhecken, die die Triften rahmten, zeigten überall den blühenden Weißdorn. Auf den Feldrainen präsentierten sich die Frühblüher, in den Waldstücken, die von einem grünen Schimmer überzogen waren, leuchteten Buschwindröschen und Blaustern. Die Vögel waren putzmunter, und Büschers mussten feststellen, dass sie nicht die einzige Familie waren, die sich zu einer vorgezogenen Ostertour aufgemacht hatte. Schon herrschte ein reger Verkehr von Wanderern und Radfahrern auf den kleinen Wegen, und an den Gasthäusern stellten die Wirte eilfertig Stühle und Tische in die Sonne. Dass sie noch Fleece-Decken als Zugabe bereithielten, mochte den einen oder anderen Gast zusätzlich locken.

Familie Büscher wählte den Radweg längs der Werse, was den neuen Anhänger immer mal wieder ins Schaukeln brachte. Aber Nele und Lena hatten Spaß an der Tour und quiekten ein ums andere Mal, wenn der Vater einer stärkeren Bodenwelle nicht ausweichen konnte. Im Sonnenschein an einer Werse-Mühle machten sie Rast. Man aß und trank aus den mitgenommenen Vorräten, und hätte man nicht allmählich an die Mittagsschlafenszeit der Kleinen denken müssen, so hätten die Büschers die schöne Tour mit dem neuen Anhänger bestimmt noch verlängert.

So brach man denn wieder auf in Richtung Stadt, wobei Lisa unbedingt noch Schiffe sehen wollte. Die Strecke über die Schleuse Münster war kein Umweg, und Lisa wurde auch schon ganz unruhig, als sie hinter Mutters Rücken erspähen konnte, dass gerade zwei Schiffe aus dem Oberwasser in die Schleusenkammer eingefahren waren. Die Kleine war immer wieder begeistert von den Schiffen, den Menschen darauf, den Kindern in den eingegitterten Spielplätzen und natürlich auch von den Bordhunden. Die Schiffer zeigten sich stets freundlich, sie winkten zurück und ließen manchmal auch das Schiffshorn für die Kinder blasen. Beeindruckend fand Lisa das gemächliche Herabsinken der großen Pötte auf die Höhe des Unterwassers, und sie hatte Spaß an der Einfahrt neuer Schiffe auf ihrer Bergfahrt und ihrem Aufstieg; inzwischen tauchten nach den ersten Sonnentagen auch die Boote der Freizeitskipper wieder auf. Natürlich wollte Lisa aus dem Kindersitz befreit werden. Auf der auch von Autos und Motorrädern befahrenen Brücke vor den großen Schleusentoren ging das natürlich nicht.

Heinz und Petra Büscher schoben also ihre Räder und den Anhänger auf den kleinen freien Platz an der Schleusenlängsseite. Hier hatte eine einsichtige Kanalverwaltung zwischen zwei Schleusenkammern einen Teil des Kais für etwa 20 Meter freigegeben, so dass Interessierte den Schleusenvorgang aus einer sicheren Position verfolgen konnten. Die Gitter waren sogar kindersicher gemacht worden. Natürlich sprang Lisa herum, erklärte und kommentierte alles und bestätigte wieder einmal das Urteil ihrer Kindergärtnerin, wonach die große Büscher eine Quasseltante sei. Leider fand sie außerhalb ihrer Familie keine Zuhörer. Die Büschers waren zufällig die einzigen Zaungäste an der Schleuse.

Mittlerweile waren die Schleusentore zum Oberwasser geschlossen worden. Ein gleichmäßiges Brausen und deutliche Wasserbewegungen zeigten an, dass die beiden Schiffe ihren Weg zum Unterwasser angetreten hatten. Zügig sanken sie herab. Die Kapitäne und ihre Leute wachten mit Argusaugen über den Schleusenvorgang, und an den schnell trocken fallenden Wänden mit ihren eingebauten Haken für die Schiffstaue konnte man sehen, dass in kurzer Zeit beide Schiffe ihren Weg in Richtung Norden würden fortsetzen können.

Schon brodelte es vor den riesigen Toren in Richtung Unterwasser auf, und man sah, wie sich die gewaltigen hydraulischen Arme bewegten. Die Schiffer warfen die Motoren an, und blauer Dieseldunst wehte durch die tiefe Schleusenkammer.

„Das war's mal wieder!", gab Vater Büscher das Signal zum Aufbruch. Lisa wollte aber unbedingt noch die Ausfahrt der Schiffe begucken. So bemühten sich die Eltern erst einmal um die Zwillinge. Lena war inzwischen eingeschlafen und nuckelte an ihrem Daumen. Lisa war auch schon sehr müde, zeigte sich aber durstig. „Setz du doch schon mal die Große aufs Fahrrad!", bat Petra Büscher ihren Mann, und der griff seine sich etwas sträubende Älteste und praktizierte sie in den Kindersitz des Rades, das an das Geländer zur Schleusenkammer angelehnt stand. Lisa wurde ordentlich verstaut und mit Gurten gesichert. Da sie hoch saß, konnte sie die Ausfahrt der beiden Schiffe gut verfolgen. Das fand sie einfach toll. Zuerst kam ein Schiff, dessen Luken geschlossen waren. Das Kind winkte eifrig herunter, und der freundliche Kapitän drückte einmal kurz auf das Signalhorn. Der Bordhund aber, eine hübsche Promenadenmischung, bellte tüchtig hinauf.

Das zweite Schiff hatte Schrott geladen, der in hohen Bergen aufgeschüttet war und für einen ordentlichen Tiefgang sorgte. Während in der Tiefe der Schleusenkammer das Schiff langsam Fahrt aufnahm, stellte sich Lisa in den Fußhalterungen des Kindersitzes auf, obwohl ihr Vater gerade dabei war, die Fußgurte zu befestigen. Das Kind guckte neugierig herunter, tippte dem Vater auf den Rücken und meinte: „Guck mal Papa, die Tante schläft da!"

Heinz Büscher richtete sich auf; sein Blick folgte dem weisenden Arm seiner kleinen Tochter; der Mann erschrak. „He, Petra, halte du mal die Große! Da ist was faul!", rief er. Dann zog er das Rad mit Lisa im Kindersitz vom Gitter weg auf das seitlich stehende Gespann zu und versuchte, seiner Frau den Lenker in die Hand zu drücken. Kaum war das gelungen, spurtete Büscher wie von einer Tarantel gestochen los über den Kai die Schleusenkammer entlang zur Brücke, unter der gerade das zweite Schiff mit seinen Schrottbergen bei zunehmender Geschwindigkeit seine Talfahrt nach Norden fortsetzte. Der Mann lehnte sich auf der Brücke weit über das Geländer und starrte in den offenen Laderaum hinunter. Nachdem er sich vergewissert hatte, keinem Irrtum erlegen zu sein, winkte er dem Skipper heftig zu und wies mit seinem Arm entschieden nach unten in den Schiffsraum. Dabei brüllte Büscher auch etwas herunter, wurde aber wegen des Dröhnens der Schiffsdiesel in der engen Schleusenkammer nicht verstanden. Der Skipper auf der Brücke winkte ebenso verständnislos wie freundlich zurück und gab seinem Kahn offensichtlich volle Fahrt voraus. Büscher wechselte die Straßenseite und sah dem Schiff hinterher, das mit schäumender Bugwelle und aufbrausendem Kielwasser den Schleusenbereich Münster verließ.

Zunächst rannte der junge Familienvater zum Dienstbereich der Schleuse und versuchte, über die Gegensprechanlage am gesicherten Tor einen Mitarbeiter zu erreichen. Als sich eine blecherne Stimme meldete, sprudelte Heinz Büscher seine Meldung nur so heraus, dass sein Gegenüber ihn zunächst nicht verstand: „Wie bitte, eine Leiche auf einem Schiff? Sind Sie sich sicher?“ Einen Augenblick später stand einer der Schleusenmeister hinter dem Gittertor und hörte sich den Bericht des jungen Vaters an.

„Ich hoffe ja nur, Sie haben sich getäuscht und einer der Schiffsjungs hat vergessen, seine Liebespuppe zu entsorgen! Wir machen jetzt Folgendes. Ich rufe umgehend die Polizei hierher, und Sie machen dann Meldung. Ich sehe zu, dass ich das Schiff auf dem Handy erreiche. Die Nummer habe ich ja. Der soll am nächsten Liegeplatz festmachen. Übrigens war das ein Pole. Na, hoffentlich spricht der deutsch!“

Nur wenige Minuten später hörte man das Signalhorn eines Dienstwagens der Schutzpolizei. Die Maschinerie setzte sich langsam in Gang.

Lisa fand das alles sehr aufregend; dabei hatte sie nicht einmal verstanden, was sie gesehen hatte. Nele und Lena waren in ihrem gemütlichen Gefährt längst eingeschlafen. Der Kinderanhänger war inzwischen etwas an die Seite geschoben worden, und die zugehörigen Abdeckplanen sorgten auch für etwas mehr Ruhe. Petra Büscher war ob der Verzögerungen des Familienausfluges verstimmt und hoffte außerdem inständig, ihr Mann habe sich bei seiner Beobachtung nicht total ins Bockshorn jagen lassen. Allerdings räumte sie ein: „Lisa hat schon einen scharfen Blick! Bin mal wirklich gespannt, was ihr gesehen habt!“

An diesem frühen Sonntagmorgen stand Klaus Kattenstroht im Badezimmer vor dem Waschbecken und studierte einen demonstrativ mittig auf den Spiegelschrank befestigten leuchtend gelben Klebezettel. Irgendwie schien ihn die Botschaft sowohl inhaltlich als auch in punkto etwaiger Konsequenzen zu bewegen; er las sie mehrfach, brummte die Nachricht vor sich hin, schob seine Pyjamajacke hoch und kratzte sich am Rücken. Dann schlurfte er in seinen Pantoffeln die Treppe herunter, nicht ohne vorher einen unsicheren Blick auf die Zimmertür seines ältesten Sohnes Sebastian geworfen zu haben.

Seine Frau Betty fand er in der Küche. Sie hatte den Küchentisch ausgezogen und die Tischplatte mit Arbeit zugepflastert: Klausuren aus der Jahrgangsstufe 11 fanden sich hier mit Themenblättern, Erläuterungen, Erwartungshorizonten und Punktelisten. Wie so häufig hatte die engagierte Oberstudienrätin im Fach Englisch den frühen Sonntagmorgen für Korrekturarbeiten genutzt, die man nur in wirklicher Ruhe erledigen kann.

Betty Kattenstroht schaute kurz auf und über ihre Lesebrille hinweg: „Gib mir noch fünf Minuten, dann habe ich diesen Flegel hier auch verwurstet. Kaffee ist in der Kanne!"

Der Kommissar im Schlafanzug nickte gottergeben, holte sich seine Lieblingstasse aus dem Geschirrschrank, goss sich Kaffee ein, setzte sich auf die Küchenbank und beobachtete seine Frau, die gerade Punkte addierte und kopfschüttelnd zu dem Ergebnis kam, dass es für einen gewissen Kevin mal wieder nicht gereicht habe.

„Pass ja mit deinen Vorurteilen auf, beste Ehefrau!", knurrte Kattenstroht. „Es gibt doch eine Untersuchung, wonach die Objektivität von korrigierenden Lehrkräften leidet, wenn Arbeiten mit einem als belastet empfundenen Vornamen eingereicht wurden. Wenn ich die Meldung in den Medien richtig verstanden habe, waren mehr als 200 Lehrkräfte damit beschäftigt, Annas und Maximilians in den Himmel zu heben und alle Kevins und Kimberleys zu verdammen. Jedenfalls haben die armen Bälger die signifikant schlechteren Noten bekommen."

Betty Kattenstroht lächelte, schlug die Klausurbögen zu, setzte die Brille ab und rieb sich einmal durchs Gesicht: „Man wird manchmal aber auch ganz schön sauer, wenn man liest, was sich die Blagen so zusammenschreiben. Und was die Vornamen angeht: Das Kind einer neumodernen Kollegin soll Daytona heißen, weil das junge Glück im Florida-Urlaub just am Daytona Beach gezeugt wurde! Das arme Würmchen. Es läuft sein Leben lang mit so einem Namen herum und gerät auch noch an Lehrkräfte ohne Verständnis wie mich – oder an Kommissare wie dich!" Sie stand auf und packte die Papierstapel zusammen. „Ich war seit halb sechs hier beschäftigt!"

„Hast du die Botschaft im Bad gesehen?", wollte Kattenstroht wissen. „Weißt du, was das soll? Und wer um Himmels willen ist Itzi?"

Betty Kattenstroht lächelte und setzte sich wieder. „Die Botschaft war, wenn ich mich richtig erinnere, eine vierfache. A. bedeutete, wir sollten uns bitte nicht erschrecken! B trug dir ganz allein auf, zum Frühstück ein Croissant und ein Vollkornbrötchen mehr mitzubringen. C. zeigte an, dass heute Nacht Itzi bei uns, besser bei deinem Sohn Sebastian übernachtet hat. Und D – der vierte Teil der Botschaft – ist zwar nicht *expressis verbis* formuliert, aber zwischen den Zeilen zu lesen bzw. mitzudenken: Speziell du solltest nicht peinlich sein heute Morgen."

Kattenstroht hatte die Situation in ihrer tiefen Dimension noch nicht voll und ganz begriffen: „Itzi! Wer ist denn nun Itzi? Sollte ich als Hausherr nicht wissen, wer bei uns ein und aus geht?"

„Als Hausherr und vor allem aber auch als Vater. Du hast anscheinend übersehen, dass deine Söhne große Fortschritte gemacht haben. Sebastian hat mehr geleistet als den ‚Führerschein mit Siebzehn'! Wir sind im letzten Jahr erstmals wieder allein in Urlaub gefahren. Wir waren in der Toskana, die Jungs in Portugal im Ferienlager. Itzi aus Ibbenbüren ist das langfristige Ergebnis dieser Sommerwochen, auch wenn sie erst zu Silvester wieder richtig aufschlug. Sebastians erste ganz große Liebe!"

„Und was ist nun mit Bettina und Sandra? Die sind doch ganz nett und kommen wenigstens aus der Nachbarschaft; da weiß man doch, was man hat!", warf Kattenstroht unsicher ein.

„Ja, ja, ja! Kauf Nachbars Rind, frei Nachbars Kind! Du alter bärbeißiger Münsterländer." Betty Kattenstroht feixte jetzt über das ganze Gesicht. „Welcher Abiturient von Deutschlands ältestem Gymnasium hat eigentlich vor knapp 30 Jahren einer Untersekundanerin aus dem fernen Paderborn den Kopf verdreht? Welcher junge Polizist ist damals eigentlich als Backpacker mit einer Anglistikstudentin wochenlang durch Schottland gezogen, durchs Heidekraut, durch die Whisky-Destillen und die B & B's, und das dazu noch unverheiratet? Wenn ich mich nicht irre, war das ein gewisser Herr Kattenstroht. Bitte wach werden, Klausi-Mausi: Wir sind fast drei Jahrzehnte weiter, die Zeiten haben sich geändert, und die jungen Leute gehen heute eben früher und anders ran! Und vergiss bitte nicht, mein Lieber: Im nächsten Jahr macht der Große Abitur, und dann geht er möglicherweise direkt im Herbst aus dem Haus. Zwei Jahre weiter, wenn Benedikt gehen sollte, sind wir sowieso ‚empty nesters', wie die Engländer sagen: Besitzer eines leeren Nestes!"

Kattenstroht fühlte sich ertappt und versuchte, die Kurve zu kriegen: „Muss ich mir denn sonst irgendwelche Gedanken dazu machen?", fragte er unsicher.

„Typisch Mann!", konterte seine Frau trocken. „Mach dir mal keine Sorgen, ich habe noch gestern mit Itzis Mutter telefoniert und mit den beiden jungen Leuten ausführlich gesprochen. Unterschätze mir bitte unsere Söhne nicht."

Zwanzig Minuten später brachen Kattenstroht und seine kleine Jack-Russell-Hündin Snoopy zum Brötchenholen auf. Zuvor allerdings bestaunte der Kommissar in der Garderobe ein sorgfältig aufgestelltes Paar niedlicher Damenschühchen. Auf dem Weg zum Bäcker philosophierte er dann im Stillen über die Fortschritte der Zeit und seine Unzulänglichkeit, Leben wie Entwicklung seines Sohnes Sebastian sorgfältig und emphatisch beobachtet zu haben. Er gelobte sich hoch und heilig, sein Arbeitsmaß zu begrenzen, mehr auf Freizeit und Familie zu achten und vor allem beim bevorstehenden Frühstück nicht peinlich zu sein.

Tatsächlich lief alles glatt. Itzi brauchte nur wenige Minuten, den Vater ihres Freundes um den Finger zu wickeln und – was doch etwas schwieriger war – die Eifersucht der kleinen Hündin zu überwinden. Es wurde ein entspannter Morgen, bis gegen 11.30 Uhr das Diensthandy bimmelte und Kommissar Klaus Kattenstroht mit einer Einsatzmeldung überrascht wurde. Es habe an Bord eines Binnenschiffes auf dem Kanal einen Leichenfund gegeben. Der Kahn liege nun vor einer Brücke im Norden Münsters. Alle notwendigen Kräfte seien in Bewegung gesetzt worden, die Abstimmung mit der Wasserschutzpolizei sei erfolgt, aber die Anwesenheit des Diensthabenden nun doch vonnöten. Da Kattenstroht wegen der Rufbereitschaft einen Dienstwagen vor der Tür stehen hatte, machte er sich sofort auf den Weg, nicht ohne sich vorher mit einem gewissen Bedauern von der kleinen Itzi verabschiedet zu haben.

Wegen der deutlich spürbaren Sonntagsruhe auf Münsters Straßen gelangte der Kommissar ziemlich zügig an den nördlichen Stadtrand Münsters und zur genannten Kanalbrücke. Dort konnte er schon von weitem ein Aufgebot an Kollegen, Dienstwagen und Sperrbändern ausmachen. Aus dem zuständigen Revier war der Kollege Uli Wormstall aufgelaufen, der Kattenstroht jetzt an der Absperrung in Empfang nahm und in die näheren Umstände einwies. „Die Leiche ist tatsächlich erst im Draufgucken einer Familie aufgefallen, die an der Schleuse den Pott bei der Ausfahrt talwärts beobachtete. Der Vater hat da Alarm geschlagen. Der Schleusenwärter hat dann einmal den Kapitän hier sofort angerufen und ihn mehr oder minder an die Kette gelegt, zeitgleich hat er uns alarmiert und die Kollegen von der Wasserschutzpolizei. Die laufen gerade erst auf, weil die ja auch durch die Schleuse mussten." Wormstall zeigte auf ein blauweißes Boot, das mit ziemlicher Geschwindigkeit und schäumender Bugwelle aus Richtung der Schleuse angebraust kam und erkennbar mit mehreren Beamten besetzt war.

„Schneidige Jungs", brummte Kattenstroht. „Gibt's irgendwelche Probleme mit der Zuständigkeit?" Wormstall schüttelte den Kopf: „Das kriegen wir immer geschmeidig hin. Die kümmern sich um Schiff und Mannschaft und das ganze Drumherum, wir kümmern uns um den Leichenfund. Wir haben hier am Kanal so viele Kontakte mit den Kollegen, da ist viel Routine im Geschäft. Gut ist, dass der Schleusenwärter und der Binnenschiffer so schnell und richtig reagiert haben. Der Kai hier gehört zu einem aufgelassenen Holzgroßhandel. So konnte der Kahn zügig anlegen und wir den Betriebshof ruck, zuck sperren. Die Zufahrt an der Straße ist jetzt nur für uns und behindert niemanden." Kattenstroht schaute hoch auf die neue Brücke, die in Blau und Gelb über dem erst vor kurzem verbreiterten Kanal aufleuchtete. Am Geländer auf dem Fußgängerweg sammelten sich schon die Schaulustigen in Reihe, und auf dem gegenüberliegenden Leinpfad standen sie in Gruppen zusammen. Die Polizeiaktion weckte natürlich die Neugier der Sonntagsspaziergänger und der Sportreibenden zu Lande wie zu Wasser.

Aus Kattenstrohts Gruppe war Pötter erschienen. Kathrin Eilers hatte sich in den letzten Tagen krankgemeldet, und Austrup hatte dienstfrei. Zunächst stimmte man sich mit den Kollegen der Wasserschutzpolizei ab. Die übernahmen die Befragung des Kapitäns und der Schiffsbesatzung. Zwar sprach man an Bord der *Jan Sobieski* auch deutsch, aber sicherheitshalber ließ Kattenstroht noch einen vereidigten Dolmetscher dazurufen. Das benötigte alles seine Zeit, in der die Beamten der WSP sich zunächst das Logbuch und die Papiere des Schiffes, das in Wroclaw beheimatet war, vorlegen ließen.

„Wir kümmern uns dann mal um den Fund", meinte Wormstall und zeigte den Kollegen der Kripo den Weg über den Kai, an dem das Schiff dicht angelegt hatte und inzwischen fest vertäut war.

Die Ladeluken des Schiffes aus Leichtmetall, die auf Rollen bewegt werden konnten, waren in Gruppen untereinandergeschoben worden. In sechs Abschnitten des großen Schiffsraumes hatte man hohe Berge von Metallschrott aufgeschüttet, die zur Verhüttung gebracht werden sollten und die die Bordkante deutlich überragten. Eisen jeglicher Art und Form war zu erkennen: Kanteisen, Flacheisen, Gussstücke, gebogen, gebrochen, bemalt oder unbemalt, rostig oder glänzend, waren in einem wilden Durcheinander vereint. Wegen des Gewichtes dieser Ladung hatte das Schiff einen enormen Tiefgang, und offensichtlich hatte das Kanalwasser bei hoher Fahrt schon die Laufgänge überflutet. Ungefähr auf der Hälfte der Schiffslänge hatte man mit Alu-Leitern die Möglichkeit geschaffen, über die Laderaumkante in den Schiffsraum herunterzuklettern. Kattenstroht betrachtete nachdenklich seinen feinen Sonntagszwirn und die neuen Frühlingsschuhe und verzichtete darauf, nicht zuletzt wegen falscher Ausstattung, unmittelbar zum Fundort herunterzusteigen. Vielmehr wollte er die Situation aus sicherer Warte vom Laufgang her betrachten und die Kollegen der Spurensicherung ihre Arbeit unten machen lassen. Er stieg also mit Wormstall auf den Laufgang herab, hielt also nicht nur wegen möglicher Spuren Distanz zur Laderaumkante und den Schienen, auf denen die Luken zu rollen pflegten. Hier war – wie überall auf dem Schiff – mit Ölen und Fetten zu rechnen. Mit leicht verschränkter Haltung schaute er schließlich in den Schiffsraum hinunter, dessen Größe ihn auch dieses Mal wieder überraschte. Schließlich kletterte er doch auf eine der Leitern und konnte nun in fast vier Metern Tiefe am Fuß des Schrottberges die gemeldete Leiche ausmachen. Die junge Frau lag hingestreckt auf dem Rücken. Sie trug ein geblümtes Kleid, eine weiße Strickjacke und offensichtlich nur einen hellen Schuh. Das blonde Haar war straff nach hinten gekämmt und in einem kleinen Zopf gebunden, wie Kattenstroht aufgrund der Seitenlage des Kopfes erkennen konnte. Um die Leiche herum war die Spurensicherung tätig. Beucking und Kottmann in ihren weißen Schutzanzügen fotografierten, maßen ab und diktierten ihre Ergebnisse in ihre Aufnahmegeräte.

„Hallo, Dr. Geertsma, wie kommen wir zu der Ehre?", grüßte Kattenstroht den Mitarbeiter der Rechtsmedizin, der sich an der Seite der Leiche hingehockt hatte und bereits einige Eingaben in sein Notebook tippte.

„Lieber Herr Kommissar", rief der Angesprochene hoch, „es ist Sonntag, und Kollege Johannsmann ist soviel ich weiß in Urlaub. Da kommen wir besser selbst gleich raus, bevor hier ein Unglück passiert!"

„Meinen Sie denn, das hier reicht als Unglück noch nicht?", rief Kattenstroht in den trotz der Ladung hallenden Schiffsbauch hinunter und deutete fast theatralisch auf den traurigen Fund: „Unfall oder Verbrechen?" Dr. Geertsma winkte ab und beschäftigte sich weiter mit seiner ersten Untersuchung. Der Kommissar sah ein, dass er hier erst mal nichts ausrichten konnte und auch nicht wirklich gebraucht wurde. Er stieg zurück auf den Kai und ging einmal die Schiffslänge entlang bis zum Heck herunter. Hier grüßte er freundlich die junge Frau des Partikuliers, die mit ihren Kindern beschäftigt war, und warf durchs Fenster einen Blick in die blitzblank gehaltene gemütliche Schifferwohnung. Am Heckbaum hing die rotweiße Flagge Polens und bewegte sich im frischen Frühlingswind nur träge. Auf der Brücke sah Kattenstroht drei der Beamten von der Wasserschutzpolizei im intensiven Gespräch mit dem Kapitän. Auf dem Rückweg stieß er ungefähr auf der Höhe des Leichenfundortes auf Wormstall, und kurz darauf kam Lindenbaum, der Einsatzleiter der Wasserschutzpolizei, hinzu. Gemeinsam überlegte man das weitere Vorgehen. Die Situation war ja nicht ohne Tücke. Wormstall holte mit ersten, wenigen Erkenntnissen aus.

„Das ist ein ziemliches Durcheinander. Wenn ich es bisher richtig verstanden habe, gehört die tote Frau bestimmt nicht zur Besatzung des Schiffes. Sie ist dem Kapitän und seiner Familie angeblich völlig unbekannt. Auch der Matrose vor dem Mast behauptet, sie nicht zu kennen."

Lindenbaum berichtete von seinem ersten Gespräch mit dem Partikulier: „Die *Jan Sobieski* hat gestern in Ruhrort den Schrott geladen. Sie sind dann am Nachmittag losgefahren, über den Rhein-Herne-Kanal, über die Schleuse Henrichenburg in unsere Richtung. Wegen der fortgeschrittenen Tageszeit und der eintretenden Dunkelheit hat der Kapitän dann an einem Liegeplatz nicht weit von Henrichenburg angelegt und genächtigt. Es ist denkbar und nicht unmöglich, dass man ihm eventuell da die Leiche aufs Schiff gebracht hat."

„Könnte sie nicht von einer Brücke gesprungen oder heruntergeworfen worden sein?", fragte der Kommissar. Der Wasserschutzpolizist schüttelte abwägend den Kopf: „Eher unwahrscheinlich. Der Kapitän hat auf Fahrt eigentlich immer fast das ganze Schiff vor sich und muss es von der Brücke auch überblicken können. Im Dunkeln fährt er zwar mit Radar, aber auch mit einem starken Scheinwerfer. Ich kann mir nur schwer vorstellen, dass da jemand unbemerkt aufs Schiff oder in den Laderaum fällt. Aber völlig ausschließen will ich es natürlich auch nicht."

Kattenstroht schaute über die Länge des Schiffes hinweg: „Dort hinten Brücke und Wohnung des Kapitäns, vorne der Schiffsjunge. Das ist eine ordentliche Strecke, über die man nicht immer alles hört. Hat die *Jan Sobieski* einen Schiffshund an Bord? Der hätte doch was mitbekommen können."

Der Wasserschutzpolizist machte sich eine Notiz. „Das werden wir alles in Ruhe klären, wenn der Dolmetscher eingetroffen ist. Das braucht aber Zeit. Mir tut das leid für den Partikulier. Selbst wenn er mit der ganzen Sache nichts zu tun hat, kostet ihn das hier einiges an Zeit und Geld. Natürlich legen wir ihn erst mal mindestens bis morgen an die Kette. Wir überlegen, die Verhöre in unsere Dienststelle oben an der

Schleuse zu verlegen. Da haben wir einfach eine bessere Übersicht und können die Leute auch leichter voneinander trennen."

Die Leiter bewegte sich, und Dr. Geertsma erschien aus der Tiefe des Schiffsbauches. Er hatte sein Notebook wieder eingepackt, schwang sich recht sportlich über die Brüstung und erstattete seinen ersten Bericht. „Sie fragten nach Unfall oder Verbrechen, Herr Kommissar. Das ist mal eine klare Leichensache. Eindeutig ein Verbrechen. Die Frau wurde offensichtlich mit einem dünnen Strick erdrosselt. Details gerne nach der Obduktion. Die schaffen wir aber frühestens am Montagmittag. Ich veranlasse schon mal den Transport. Die Herren Beucking und Kottmann unten sagen, sie brauchen noch Zeit für ihre Erfassung des Fundortes."

Kattenstroht holte tief Luft und schaute seine Kollegen nachdenklich an. „Das ist noch ein ziemliches Tohuwabohu! Wenn die Schiffer-Familie wirklich nichts mit der ganzen Sache zu tun hat, können wir jeden Kanalkilometer zwischen Ruhrort und Münster absuchen. Eines ist ja mal klar: Ein mobiler Fundort ist bestimmt nicht gleichzeitig der Tatort."

Tatsächlich wurde es später Nachmittag, bis Kattenstroht wieder bei seinen heimischen Penaten eintraf. Er hatte sich schon auf einen Plausch mit dem jungen Glück gefreut, wie er Betty am Telefon angekündigt hatte, aber Itzi hatte sich schon wieder auf den Weg nach Hause gemacht und war von Sebastian zum Busbahnhof gebracht worden.

Ein abendlicher Spaziergang von Vater, Sohn und Hündin sowie ein dabei geführtes ausführliches „Gespräch unter Männern", wie Kattenstroht es bezeichnete, rundeten den Sonntag gleichwohl friedlich ab.

Kapitel 3

Am Montagmorgen herrschte im Präsidium ein ziemlicher Betrieb. Schon kurz nach sieben Uhr war das Team Kattenstroht komplett vor Ort, und anderthalb Stunden später kamen alle, nachdem die zu einem Wochenanfang üblichen Aufräumungsarbeiten erledigt waren, zu einer Morgenlage in großer Runde zusammen. Der Kommissar hatte seinem Präsidenten zuvor Bericht erstattet, und der hatte ihm daraufhin den Fall endgültig zur Bearbeitung zugewiesen, schon weil alle anderen Kollegen mit einigen komplizierten Angelegenheiten intensiv beschäftigt waren. Selbst Ternarde und Kottmann, die am Sonntagnachmittag mit der Sicherung aller Spuren noch bis gegen 18.00 Uhr auf dem Kanalschiff beschäftigt gewesen waren, waren pünktlich zur Stelle. Sie hatten ihren Chef Beucking mitgebracht, der am Sonntag zu einer Familienfeier unterwegs gewesen war. Kathrin Eilers erschien nach ihrer Erkrankung noch etwas blass, und die Büroleiterin Mia Kunsleben kümmerte sich um die junge Kollegin, die sich hinter einer Kanne irgendeines Gesundheitstees verschanzt hatte. Da mehrere der Kolleginnen und Kollegen den Fall noch überhaupt nicht kannten, beschloss man, alle bisher bekannten Fakten vorzutragen und in der Runde zu diskutieren.

Kattenstroht eröffnete mit einer seiner typischen Bemerkungen: „Kolleginnen und Kollegen, nach der Fachliteratur liegt bei Leichensachen das erste und größte Problem darin, einen Mord überhaupt erst mal zu erkennen, nicht unbedingt, ihn zu bearbeiten. Ich stelle fest: Diese erste Hürde haben wir übersprungen. Es liegt höchstwahrscheinlich eine Straftat zum Nachteil einer unbekannten Person vor, die am gestrigen Mittag auf dem Kanalschiff *Jan Sobieski* gefunden wurde. Dessen Heimathafen ist übrigens das polnische Wroclaw, den Älteren unter uns auch unter den Namen Breslau bekannt." Er wandte sich an seine Büroleiterin: „Hat sich die Rechtsmedizin schon geäußert?"

Mia Kunsleben blätterte in einer dünnen Mappe: „Dr. Geertsma hat noch gestern Abend eine E-Mail geschickt. Die Obduktion kann erst heute am frühen Nachmittag stattfinden. Sie haben vorher noch drei Fälle auf dem Tisch. Er kann aber für unsere Besprechung im Vorgriff auf seinen Bericht schon so viel sagen: Die Person wurde erdrosselt.

Sowohl auf der Gesichtshaut als auch vor allem in den Augenbindehäuten hat er überall die typischen punktförmigen Einblutungen festgestellt. Zudem ist nach seiner Beobachtung die Seilspur als Drosselmarke sehr eindeutig. Nach Temperatur und Ausprägung der Leichenflecken wurde die Frau in der Nacht von Samstag auf Sonntag, aber wohl noch vor Mitternacht getötet. Weiteres dann im schriftlichen Bericht."

„Haben wir inzwischen mehr Klarheit über die – nennen wir es mal so – Verbringung der Toten? Kam sie per Brückensturz an Bord, oder wurde sie dem Skipper an seinem nächtlichen Liegeplatz an Bord geschmuggelt?", wollte Kattenstroht wissen.

Ternarde räusperte sich: „Bitte mal vorläufig zu betrachten: Wir neigen der Auffassung zu, dass das Opfer heimlich an Bord gebracht wurde, als der Kahn zur Nachtruhe angelegt hatte. Als wir die Leiche umdrehten, stellten wir Fettspuren auf dem Rücken fest, die nicht von dem direkt darunter liegenden Schrott stammen können. Der Rücken lag größtenteils auf einem relativ sauberen Blechstück. Das Fett dürfte identisch sein mit dem aus den Rollschienen für die Ladeluken. Also – so weit erst mal unsere These – hat man die Frau an Bord gebracht, über die Laderaumkante gehoben und dann in das Schiff fallen lassen! Wir haben natürlich versucht, an der Laderaumkante Spuren zu sichern. Das ist nicht ganz leicht gewesen, und das Spurenbild ist noch sehr unübersichtlich. Wir arbeiten dran. Unsere Leute haben bestimmt bis morgen gesicherte Ergebnisse, oder?" Ternarde schaute auf den zurückhaltenden Kottmann, der bestätigend nickte: „Das müsste drin sein!"

„Was ist mit dem Fundort innerhalb des Schiffes? Konnte der Skipper die Leiche am Morgen wirklich nicht entdecken? Was war mit den anderen Leuten auf der *Jan Sobieski*?", bohrte der Kommissar weiter nach.

Ternarde ließ den Beamer aufleuchten und stellte zunächst eine lange Serie von Fundortaufnahmen vor. Das Bild einer recht adrett gekleideten jungen Frau in diesem Schrott-Ambiente hatte etwas Surreales. „Und jetzt mal die Sicht von der Brücke her über den Laderaum in Richtung Heck; diese – bitte sehr – vom Bug auf der Höhe der

Matrosenkajüte in Richtung Heck. Wir haben in beide Richtungen etwa alle zwei Meter Aufnahmen sowohl an Backbord als auch an Steuerbord gemacht, auch mit der Raumbild-Kamera. Augenhöhe dabei etwa 1,80 m. Es ist wegen der ungünstigen Blickwinkel, der aufgeschobenen Ladeluken und der aufgeschütteten Schrottberge sehr schwer, das Opfer in seiner Lage tief im Schiffsbauch zu entdecken. Es ist kein Zufall, dass erst in der Schleuse Passanten die Frau im Blick von oben gesehen haben!“

Wormstall meldete sich zu Wort: „Und dann noch ein vierjähriges Kind mit einer typischen Bemerkung wie ‚Die Tante schläft da!‘. Die Kollegen haben die Eltern und den Schleusenwärter gestern auch noch ausführlich vernommen. Die Berichte sollen heute am späten Nachmittag vorliegen. Eines noch dazu: Es gibt am Kanal viele Brücken. Dass Radtouristen, Wanderer und Kinder immer gerne Schiffen zusehen, ist doch klar. Eigentlich wundert es mich, dass die Leiche nicht schon eher entdeckt wurde. Andererseits: Man hat sich offensichtlich nicht sonderlich viel Mühe gegeben, sie unter dem Schrott zu verstecken.“

„Nehmen wir's doch ganz einfach“, bemerkte der Kommissar. „Es war dunkel. Es waren keine Leitern da, um in den Schiffsraum herunterzuklettern. Der oder die Täter hatten zudem Manschetten, entdeckt zu werden. Eine solche Verladung unterm Schrott macht Krach, und sie wollten die Leiche möglichst schnell loswerden und dabei kein Aufsehen erregen. Anders wäre das gewesen, wenn die Schiffer-Familie übers Wochenende das Schiff verlassen hätte, was ja heutzutage oft genug passiert. Dann hätten die Täter Zeit und Ruhe gehabt. Also fügt es sich so, dass erst in der Schleuse Münster eine vierjährige Kleine das Unheil unbewusst registriert.“

„‚Klein‘ ist übrigens gut!“, bemerkte Kottmann. „Der Matrose ist auch gerade mal über 1,60 m groß. Der konnte sich kaum über die Laderaumkante erheben. Wir nehmen ihm ab, dass er nichts gesehen hat.“ Beucking schaltete sich ein: „Wir haben wegen der Unklarheiten dieser Blickwinkel allerdings auch überlegt, den Kahn noch einmal durch die Schleuse fahren zu lassen. So könnten wir die Situation der Entdeckung für uns noch einmal rekonstruieren. Das müssten wir aber gesondert entscheiden. Der Schiffseigner drängt natürlich schon heftig darauf, spätestens heute am Nachmittag weiterfahren zu dürfen."

„Was war mit Geräuschen? Unterstellt, die Leiche ist über die Bordwand in den riesigen Hohlraum des Kanalschiffes auf den Schrott gestürzt, dann muss das doch einen Höllenlärm verursacht haben. War der Bordhund wohl etwas pflichtvergessen? Kattenstroht klopfte der Reihe nach seine Fragen ab.

„An Bord sind der Skipper, seine Frau, zwei kleine Kinder, der Matrose. Das ist schon die ganze Besatzung. Mit einem Bordhund kann die *Jan Sobieski* nicht dienen! Tut uns leid!" Ternarde bewies wieder einmal die Umsicht des Spurensicherungs-Teams. „Wie der Käpt'n uns beschrieb, hat der Liegeplatz, den er am Samstagabend angesteuert hat, keinen Stromanschluss. Deswegen lief das kleine Dieselaggregat im Maschinenraum ununterbrochen. Wir haben uns das mit den Kollegen von der WSP noch angehört. Dem ist kaum zu widersprechen. Da bleibt ein Brummen übrig, das als Hintergrundgeräusch andere Geräusche leicht überdecken kann, bestimmt aber bei Leuten, die schlafen."

„Leute, wo ist diesmal unser Packende?" Der Kommissar blickte fragend in die Runde. „Bliebe aus der Situation noch zu fragen, wie die Verladung der Leiche abgelaufen ist und ob wir von einem oder mehreren Tätern auszugehen haben."

Beucking, der eigentliche Chef der Spurensicherung, zeigte sich präpariert: „Wir gehen also davon aus, dass die Ermordete während der nächtlichen Liegezeit bewusst an Bord geschmuggelt wurde, um die Spuren dieser Tat zumindest zu verunklaren. Ich denke, der oder die Täter hatten die Hoffnung, die Leiche würde erst in irgendeinem Zielhafen entdeckt, möglicherweise sogar im Ausland. Was dann geschehen wäre, sei mal dahingestellt. Selbst wenn die Nachtruhe der *Jan Sobieski* an diesem Ort ein Zufall war, zeigt sich doch erhebliche kriminelle Energie."

Kattenstroht ergänzte: „Ich habe übrigens noch gestern den Kollegen Schücking alarmiert. Die Liegestelle unseres Dampfers lag östlich von Kerkhövel nahe der Alten Fahrt. Das ist an der äußersten Grenze des Brinkekreises. Schücking hat mir versprochen, sofort herauszufahren und gegebenenfalls den Liegeplatz und die Kais dort abzusperren. Bleibt es dabei, Kollege Beucking, dass Sie mit Ihrem Team herausfahren? Das Wetter in den letzten Tagen war schön. Es hat nicht geregnet. Könnte ja sein, dass Sie noch Spuren entdecken."

Beucking nickte und meldete kurz und knapp, dass die Spurensicherung sich längst mit der Kreispolizei abgestimmt habe.

„Dann wenden wir uns mal unserem Opfer zu. Was weiß Dr. Geertsma schon mitzuteilen?" Mit diesen Worten lenkte Kattenstroht das Interesse auf ein neues Feld. Mia Kunsleben reagierte sofort. „Weiblich, etwa 22 bis 25 Jahre alt. Mehr ist noch nicht drin!"

„Und die Vermisstenanzeigen?", wollte Kattenstroht wissen.

„Bisher passt keine zu unserem Opfer!", konstatierte Austrup.

„Dann müssen wir uns neben der internen landesweiten Umfrage ja doch noch heute Nachmittag an die Öffentlichkeit wenden. Ich setze mich dann mal mit unseren Presseleuten in Verbindung, dass wir eine Fundmeldung machen." Kattenstroht nagte an seiner Unterlippe. „Das Foto der Frau können wir aber so nicht bringen." Er bat Ternarde, noch einmal einige Nahaufnahmen der Ermordeten zu projizieren. Nach und nach liefen die auch die Profis noch betroffen stimmenden Bilder über die Leinwand.

„Es wäre eine Missachtung der Toten und zudem ermittlungstechnisch nicht hilfreich, diese Bilder zu veröffentlichen! Ich habe selten bei Erdrosselten eine derartig ausgeprägte Stauungssymptomatik gesehen!", bemerkte der Kommissar verhalten.

Tatsächlich waren die Gesichtsweichteile des Opfers massiv angeschwollen, die Gesichtshaut war dunkelrot bis violett verfärbt. Das Antlitz der jungen Frau wirkte aufgedunsen. „Der Anblick hilft uns nicht weiter! Wir müssen also über ein Phantombild gehen. Unsern alten Zeichner haben wir ja abgeschafft wegen des neuen Computersystems. Kann einer bei uns im Haus überhaupt damit umgehen?", fragte der Kommissar in die Runde.

Beucking nickte: „Unser junger Kollege Schaap hat an dem entsprechenden Lehrgang im LKA teilgenommen. Er bleibt heute Morgen hier im Haus und will das Gesicht bis zum Mittag aufbauen. Notfalls muss er aber damit auch noch in die Rechtsmedizin und sich mit Geertsma abstimmen."

Sodann stimmte man die weitere Vorgehensweise ab, Beucking und sein Team wollten gleich rausfahren an den Kanal. Austrup und Pötter sollten sich noch einmal auf dem Schiff und an der Schleuse umsehen und die Befragungen, wo notwendig, ergänzen. Kattenstroht und Kathrin Eilers wollten sie begleiten, da Letztere das Schiff und die Fundumstände noch nicht persönlich in Augenschein genommen hatte. Für den späteren Vormittag hatten sie sich einen Termin bei der Wasserschutzpolizei in Münster gesichert und wollten danach ebenfalls zum nächtlichen Liegeplatz der *Jan Sobieski* hinausfahren. Kathrin Eilers schlug vor, in getrennten Autos zu fahren und die längere, aber wohl doch schnellere Strecke über die Autobahn und die Abfahrt Reckhölter mit ihrem Pendlerparkplatz zu nehmen, weil sie so am Nachmittag schneller nach Hause kommen könnte.

Kattenstroht beschloss die Besprechung: „Dann bleibt es ja wohl bei mir, die Staatsanwaltschaft mit allen neuen Details zu versorgen." Am Schreibtisch allerdings musste er feststellen, dass der Leitende Oberstaatsanwalt Stellmacher mal wieder irgendwo unterwegs war, allerdings von der sehr kompetenten Frau Engler vertreten wurde. Ihr erstattete der Kommissar ausführlichen Bericht und band sie in die weiteren Pläne ein.

Anschließend traf er sich mit seiner Assistentin im Büro des IT-Fachmanns Schaap, der am Computer – von einer en-face-Abbildung der Ermordeten ausgehend – ein Phantombild aufbauen wollte, das geeignet war, zur Veröffentlichung freigegeben zu werden. Technisch erschien es wie ein Wunder: Zunächst stand das Schreckensbild der Erdrosselten unmittelbar vor den drei Polizisten. Dann lief die Maus über den Bildschirm, wurden Bildbereiche eingegrenzt, waren viele Tastenschläge zu hören. Auf dem Monitor entstand Bewegung: Die Schwellungen schwanden, die Verfärbungen verblassten, mehr und mehr stieg das Gesicht einer jungen, recht gut aussehenden Frau vor den Betrachtern auf.

„Respekt, Kollege Schaap, Respekt!", bekundete Kattenstroht. „Als ich in der Ausbildung war, haben wir noch mit dem Identity-Kit gearbeitet. Wir mussten Folien über Folien legen, vom Scheitel über den Haaransatz bis zum Kinn und zum Hals. Heraus kam eine manchmal doch lebensferne Zeichnung. Das hier", er deutete auf den Bildschirm, „hat doch einen enormen Porträtcharakter."

„Danke für die Blumen, Herr Kommissar!", replizierte der junge IT-Fachmann. „Leider muss ich sagen, dass das Programm mehr kann als ich!"

Kattenstroht wurde philosophisch: „Und noch mehr kann die Natur, wie sie uns mit diesem Frauenbild beweist." Er rieb sich ein wenig das Kinn. „Schau mal hier, Kathrin, die ausgeprägt hohen Wangenknochen unter diesen schönen Mandelaugen! Sollte mich nicht wundern, wenn unser Opfer osteuropäischer Herkunft wäre."

Kapitel 4

Als sie mit dem Wagen am ehemaligen Holzlager am Kanal ankamen, bemerkten Kattenstroht und Eilers, dass die Staatsanwaltschaft Münster sich nun doch eingestellt hatte. Stellmacher grinste breit unter seinem gepflegten Dreitagebart, als er den Kommissar erblickte; Sabine Engler und Kathrin Eilers begrüßten sich herzlich. Da auch Lindenbaum zur Stelle war, konnten sie der Staatsanwaltschaft die Sachlage auch unmittelbar vor Ort erläutern. Der Wasserschutzpolizist schloss: „Der Partikulier bedrängt mich inzwischen heftig. Wir haben eigentlich alle Spuren gesichert, alle Vernehmungen abgeschlossen und können nach Lage der Dinge aus unserer Sicht das Schiff abfahren lassen. Ein Anfangsverdacht gegen den Skipper besteht nicht. Zudem sind alle für uns wichtigen Daten gesichert. Sollte tatsächlich etwas nachkommen, kommen wir an den Mann und sein Schiff trotzdem heran."

„Was meint ihr dazu?", fragte der Chef der Staatsanwaltschaft die Kripo Münster. Kattenstroht zögerte etwas: „Ich würde gerne noch das Ergebnis der Autopsie abwarten. Das ist uns für den frühen Nachmittag versprochen worden. Auch der Besuch am Liegeplatz in Kerkhövel kann uns noch Fragen stellen. Von mir aus kann die *Jan Sobieski* dann ablegen, wenn es keine weiteren Einwände gibt. Ich denke aber, wir besprechen das gleich oben ausführlich mit Ihren Beamten, Kollege Lindenbaum. Wäre mir lieber. Hinterher müssen wir uns nachsagen lassen, wir hätten den Kahn zu früh abdampfen lassen. Aus meiner Sicht liegt die Entscheidung ansonsten bei deinem Verein, mein Leitender Oberstaatsanwalt!"

Die Runde stimmte dem zu, und man machte dem Kanalschiffer klar, dass er wohl erst am späten Nachmittag ablegen dürfe. Dieser seufzte und klagte zwar, dies aber doch in einem gemäßigten Ton. In seinem durch polnische Lautung geprägten Deutsch bemerkte er: „Will ich wenigstens cheute noch bis an Nasses Dreieck kommen!"

Zügig fuhren sie mit den Dienstwagen über kleine Seitenstraßen auf die Bergseite der Schleuse, wo nahe am Oberwasser das Dienstgebäude der Wasserschutzpolizei lag. „Sie wohnen ja wirklich edel hier", kommentierte Kattenstroht. „In Münsters schönem Osten und unmittelbar gegenüber am andern Ufer das beliebte Blitzdorf; dort kommen ja angeblich die schönsten Mädchen der Stadt her!"

Lindenbaum war nicht auf den Mund gefallen: „Die süßen Mädchen sehen wir auch auf dieser Kanalseite. Was meinen Sie wohl, was uns auch hier an unserm Ufer bei schönem Wetter von den Badenixen alles präsentiert wird."

In einem kleinen Besprechungsraum trugen die Fachleute des Wasserschutzes ihre Ergebnisse von den Untersuchungen des Schiffes, der Frachträume und der Dokumente vor. „Aus unserer Sicht ist die *Jan Sobieski* sauber. Wir haben den Kahn von oben bis unten noch einmal durchsucht, übrigens auch mit Diensthunden. Allerdings haben wir auf eine völlige Umsetzung der Ladung verzichtet. Das wäre hier wohl mit unseren Mitteln zu viel verlangt. Natürlich werden wir die Kollegen in Hannover entsprechend bitten, die Ausladung auf der Hütte zu überwachen. Alle erforderlichen Unterlagen liegen vor und sind korrekt. Wir haben die Lade- und die Fahrzeiten überprüft. Die Schleusendaten sind richtig. Es passt alles zusammen. Er ist über Henrichenburg gefahren; da steht die *Jan Sobieski* im Schleusenprotokoll. Wir haben übrigens auch die Videos angefordert, die dort seit einiger Zeit gespeichert werden. Die Datei leiten wir sofort an Sie weiter, wenn sie hier eingetroffen ist. Wir können keinen Schwachpunkt entdecken, sogar der Betriebsstoffverbrauch ist *en detail* überprüft worden und passt zu den im Logbuch eingetragenen Betriebsstunden. Der Skipper hat korrekte Papiere, die Versicherungsbescheinigungen liegen vor, und er ist zumindest im deutschen Kanalnetz noch nie negativ aufgefallen."

„In Ordnung", fasste Kattenstroht zusammen, „lassen wir ihn fahren, wenn ich das Autopsie-Ergebnis habe und von der Seite keine anderen Schlüsse mehr ermöglicht werden." Er schaute in die Runde: „Wir machen uns dann mal nach Kerkhövel auf den Patt und treffen uns da mit Beucking, Schücking und seinen Leuten."

„Eines unserer Boote ist ebenfalls vor Ort und steht natürlich zur Verfügung", bemerkte Lindenbaum, worauf der Kommissar wissen wollte, wie weit denn der Kommandobereich des Herrn Kapitänleutnant reiche.

Der Chef der Wasserschutzpolizei grinste: „Mal bitte kein Neid. Wir haben's auf dem Kanal und rechts und links auf den Ufern zu sagen, von Dörenthe bis Henrichenburg. Ich habe fast 20 Leute und zwei schnelle Boote. Zudem haben wir gegenüber am Kanal unsere eigene Werft mit Ausrüstungskai. Bei schönem Wetter ist unser Job mindestens so angenehm wie Ihrer, lieber Herr Kollege Kattenstroht."

Im Foyer hing eine große Karte des westdeutschen Kanalnetzes, und Lindenbaum erläuterte den Gästen noch einmal seine Zuständigkeit: „Die Kanalstrecke durch das Münsterland ist der wohl wichtigste Abschnitt des gesamten Dortmund-Ems-Kanals. Seit der Wiedervereinigung hat diese Strecke an Bedeutung noch gewonnen, denn mit dem Mittellandkanal ab dem „Nassen Dreieck" bei Bevergern im Norden und dem Rhein-Herne-Kanal ab Henrichenburg im Süden ist die Möglichkeit gegeben, Osteuropa mit dem Rhein zu verbinden. Daher wird unsere knapp 80 Kilometer lange Strecke auch nach und nach für das Großmotorgüterschiff – kurz GMS – und die entsprechenden Schubverbände ausgebaut. Die Strecken werden verbreitert und vertieft, die Schleusen mussen neu gebaut werden. Alle Uferstrecken werden umgestaltet, und praktisch alle Straßenübergänge kriegen neue Brücken. Die spannen natürlich weiter und sind höher. Am Ende haben wir hier eine der modernsten Wasserstraßen Europas."

„Und auf denen schippert unsere Wasserschutzpolizei mit schnellen Booten und in schönen Uniformen!", stichelte Kattenstroht ein bisschen herum. „Sie sind meines Wissens auch die einzigen Landesbeamten, die goldene Kolbenringe am Ärmel tragen dürfen!" Dabei tippte er Lindenbaum grinsend auf den Ärmel.

Der ließ sich auch davon nicht beeindrucken: „Ich sage es ja immer wieder, lieber Kollege Kattenstroht: Neid ist eine der sieben Todsünden. Unsere goldenen Ärmelstreifen sind immerhin ein Rest der zu Beginn des 19. Jahrhunderts in Hamburg eingeführten Uniform des Hafen-Controlleurs. Keine Regierung in 200 Jahren hat es bisher geschafft, uns diese Tradition zu nehmen. Was übrigens den KaLeun angeht, den Kapitänleutnant: Als ich als junger Spund hier anfing, war einer meiner älteren Kollegen nicht nur Maschinist auf hoher See gewesen, sondern im Zweiten Weltkrieg sogar E-Maschinen-Heizer auf einem U-Boot. Der gehörte zur seltenen Spezies der Überlebenden. Von wegen nur Freizeitkapitäne bei der Wasserschutzpolizei!"

Knapp anderthalb Stunden später trafen Kattenstroht und Eilers an der Alten Fahrt hinter Kerkhövel ein. Dort waren die Kreispolizei und das Team der Spurensicherung unter der Leitung von Beucking inzwischen aktiv geworden. Man musste gleich zu Beginn der Auffahrt auf die neue hohe Brücke auf eine kleine Seitenstraße herunterfahren, die in einem schlechten Zustand war. Etwa 200 Meter talwärts erweiterte sich diese Zufahrt zu einem gepflasterten Platz, der aber jetzt vielfach von Gebüschen und wilden Kräutern erobert worden war. Drei Poller an der rostigen Spundwand machten den ungeordneten Platz zum Anleger. Der Kanal war an dieser Stelle fast doppelt so breit wie üblich, denn während die ausgebaute Neue Fahrt nach Westen abbog, hatte man die alte Kanalstrecke stillgelegt und durch einen Damm abgetrennt. Dahinter entwickelte sich, so hatte es den Anschein, ein neues Naturschutzgebiet. Schon auf der Zufahrt hatte Kattenstroht seinen Wagen stehen lassen müssen, da Schücking und seine Leute den Platz weiträumig abgesperrt hatten. Ein Boot der Wasserschutzpolizei hatte angelegt, und drei Beamte dieser Behörde standen im Gespräch mit den Kräften der Kreispolizei beisammen.

Nach kurzer Begrüßung ließen sich die Münsteraner Beamten von Schücking erst einmal in die Topographie einweisen: „Der Platz hier entstand vor Jahrzehnten wegen der günstigen Straßenverbindung. Der Kanal ist ja seinerzeit, vor über hundert Jahren, in Abschnitten gebaut und geflutet worden. Solche Lagerplätze entwickelten sich meist an den Kreuzungen mit wichtigen Straßen, wo Brücken entstehen mussten. Sie waren für das Baumaterial bestimmt, aber auch für die Baracken der vielen hundert Arbeiter. Deswegen ist der Anlieger über die ganze Breite schön säuberlich in Blaubasalt gepflastert. Allerdings holt sich die Natur an den Rändern doch schon einiges zurück. In den Jahren nach dem Zweiten Weltkrieg ließen hier Baustoffgroßhändler aus dem Kreis ihre Rohstoffe ausladen: Schotter, Rheinkies, Sand. Zeitweise stand hier eine Mischanlage für Teer und Bitumen, später für Transportbeton. Die Betonmischer sind aber nach der Kanalerweiterung umgezogen und sitzen jetzt einige Kilometer weiter im Norden an der Kreisstraße. Die Brücke hier, benannt übrigens nach dem nächsten Bauern, das ist Schulte Lagemann, ist auch um 100 Meter nach Süden verlegt worden. Der Neubau ist erst im letzten Sommer fertig geworden."

Kattenstroht blinzelte gegen die Sonne nach Süden, wo sich in Blau und Gelb die neue Brücke erhob, wie alle ihre Schwestern Produkt einer holländischen Wasserbaufirma. „Und was passiert jetzt hier außer gelegentlichen Ruhepausen von Kanalschiffern?", wollte er schließlich wissen. Der Kollege Wellmann von der Wasserschutzpolizei räusperte sich: „Tja, für uns viel zu viel, Herr Kommissar. Der Platz hier genießt wie die Kanalkilometer rauf und runter und auch der Altarm bei uns eine gewisse Berühmtheit. Sobald es Frühling wird und die Sonne rauskommt, wird's hier lebhaft, aber selbstverständlich auch im Mondenschein. Das hier ist eine der wichtigsten wilden Badeanstalten im Kreisgebiet. Es ist jetzt noch April. Vier oder sechs Wochen weiter tobt hier Tag und Nacht das Leben – und das über Monate weg. Partys feiern, Grillen, Baden, nächtliche Vergnügen. Und das Verrückte ist, dass die Leute hier an der belebten Kanalstrecke bleiben, weil der Arm der Alten Fahrt allmählich verkrautet. Zudem hat das Wasser eine hohe Qualität. Komischerweise ist der Kanal chemisch und biologisch fast das sauberste Gewässer im ganzen Münsterland. Das lockt. Sie können davon ausgehen, dass jeder Mensch im Umkreis von 15 bis 20 Kilometern diesen Platz an Schulte Lagemanns Brücke kennt."

„Ich dachte bisher immer, nur in Münster wäre der Kanal die größte Badewanne!", warf Kathrin Eilers ein. Das könne sie sich abschminken, bemerkte Wellmann. Trotz aller Gefahren ziehe es die Menschen an den Kanal, auch wenn man jedes Jahr Tote zu beklagen habe. Der Wasserschutzpolizist ereiferte sich fast: „Was machen wir nicht alles: Wir schicken unsere Warnungen an die Schulen, wir ermahnen über die Presse und die lokalen Sender. Und dennoch: Das so genannte Pötten bleibt vor allem bei Jungs *en vogue*. Sie schwimmen als Mutprobe dicht an die Kanalschiffe heran und entern sogar tief liegende Kähne. Dann wird der Skipper veräppelt, und ihm wird durchaus auch mal der blanke Hintern gezeigt. Wenn die Bengels sich nicht auf die Schiffe hochschwingen können, dann hängen sie sich an die Fender oder die Ankerketten und lassen sich mitziehen. Sie schwimmen im Kielwasser der großen Kähne und springen von den Brücken. Sogar jetzt von den neuen und weit höheren Brückenbögen sieht man sie schon fliegen. Wahnsinn, was da passiert."

Kattenstroht warb um Verständnis für die sportbegeisterte Jugend: „Na, na, Wasser hat doch keine Balken, oder?"

Damit konnte er bei Wellmann aber nicht landen. „Wollen Sie für schwerste Verletzungen, für Knochenbrüche und Querschnittlähmungen mit verantwortlich sein? Abgerissene Fender saugen sich so mit Wasser voll, dass sie deutlich unter der Wasseroberfläche schweben. Die sieht man nicht von oben. Jetzt knalle man da mal aus einer Höhe von zehn, zwölf oder mehr Metern drauf. Der Exitus ist fast garantiert! Schon eine im Wasser treibende Plastiktüte kann Menschen umbringen, wenn sie mit hoher Geschwindigkeit aufschlagen. Die neuen Motorschiffe haben alle Bugstrahlruder mit großen Sog- und Druckleistungen. Die werfen im Zweifelsfall schwere Boote um, von den Schwimmern will ich gar nicht reden. Wir haben schon schwimmende Kinder im Wasser vor den Schleusentoren gesehen." Der Wasserschutzpolizist schüttelte den Kopf. „Baden in unbekannten Gewässern ist nach wie vor gefährlich."

„Dann kommen wir aber bitte mal auf unseren Fall zurück", bat Schücking. „Der Anleger hier ist so beschaffen, dass nur ein einziges normal großes Schiff anlegen kann. Die *Jan Sobieski* hat, wie mir Kollege Pötter durchgegeben hat, eine Länge von 81 Metern. Unser Käpt'n ist Talfahrer, also legt er hier beim Dunkelwerden gegen 20.30 Uhr mit Steuerbord an, so dass das Heck zur Brücke nach Süden zeigt, der Bug nach Norden auf den Damm zur Alten Fahrt. Etwa 35 Meter weit den Kai herunter ist der Verladeort der Leiche. Weitere 35 Meter weiter pennt der Matrose. Fällt da nicht was auf?"

„Na klar!", brummte Kattenstroht. „Unterstellt, dies ist der Tatort oder der Verladeort, dann hätte der Kapitän der *Jan Sobieski* was hören oder sehen müssen, denn jeder muss zur An- oder Abfahrt an seiner Kajüte im Heck vorbei. Auf dem Blaubasalt rappelt zudem jeder Wagen kräftig. Dasselbe gilt natürlich auch für den, der hier eine Leiche verladen will. Was haben die Schiffsleute bisher ausgesagt? Beim Anlegen am Samstagabend war der Platz völlig leer, am Sonntagmorgen ebenfalls. Es waren keine geparkten Autos da, und weder die Familie des Kapitäns noch der Matrose wollen in der Nacht was gehört haben. Also fällt ein frühabendliches oder nächtliches Schäferstündchen an diesem historischen Platz aus."

Schücking sah noch eine andere Möglichkeit: „Dort drüben, wo die Alte Fahrt abzweigt und der Damm als Sperre angelegt ist, kommt rückwärtig ein Verkoppelungsweg ran, der zu Schulte Lagemann und zurück zur Straße führt. Von dort könnte jemand relativ unauffällig herangefahren sein. Auf dem Schiff wäre der wahrscheinlich unbemerkt geblieben, und ob die Hofleute einen einsamen Wagen in der Nacht überhaupt registrieren? Sind der oder die Täter ortskundig, fahren sie im Mondschein vielleicht sogar ohne Licht. Dann wäre die Sache einfach gewesen. Die Tat findet dort hinten am Wäldchen statt, und man trägt die Tote zügig durch die Büsche bis zum Kai und wirft sie dann in den Schiffsraum herunter."

Der Kommissar aus Münster räumte ein, dass es so gewesen sein könnte, wies aber auf eine weitere Variante hin. „Die junge Frau wurde irgendwo hier in der Nähe getötet. Der Täter, gehen wir mal von einem Einzeltäter aus, kennt die Stelle hier und will sein Opfer zum Beispiel in der Alten Fahrt verschwinden lassen. Er kommt oben über die Brücke gefahren, sieht den Kahn mit seiner Signalbeleuchtung da liegen, erkennt darin eine besondere Chance und schleicht sich über den Weg beim Schulte Lagemann an das Schiff heran. Und dennoch: Er lässt die Leiche unter hohen Risiken verschwinden. Hätte er sie in den Altarm geworfen, wäre sie wohl erst in einigen Wochen entdeckt worden. Wir müssen mal drüber nachdenken, was das bedeuten soll, dass unser Täter die Tote so auf die letzte Reise schickt."

Kathrin Eilers hatte inzwischen von dem Liegeplatz eine Reihe von Fotos gemacht und sie mit Hilfe ihres neuen Notebooks an Pötter geschickt, der den Skipper noch einmal genau nach der Position seines Schiffes in der vorletzten Nacht befragen sollte. Per Handy gab sie ihm die Fragen durch, die das Team Kattenstroht beantwortet wissen wollte.

Schücking hatte seine Leute derweil beauftragt, noch einmal den gesamten Platz, dann aber auch die Randgebüsche und Gräben, die rückwärtige Zufahrt und das kleine Wäldchen an der Alten Fahrt gezielt und konzentriert abzusuchen. Den Kommissar erreichte währenddessen ein Anruf von Dr. Geertsma, der ihm Bericht über die erfolgte Autopsie der Leiche erstattete. Er habe keinerlei auffällige Details gefunden. Die erste Analyse sei bestätigt: „Die junge Frau wurde mit einem Strick erdrosselt. Alle sonstigen Befunde sind unauffällig!“, schloss der Rechtsmediziner.

Kattenstroht nahm dies zur Kenntnis und rief Pötter an, um sich nach den Ergebnissen der letzten Befragungen des polnischen Kapitäns zu erkundigen. Neues war nicht dabei herausgekommen, Skipper und Matrose hatten auch anhand der von Kathrin Eilers überspielten Bilder die genaue Lage des Schiffes an der Spundwand des Liegeplatzes beschrieben. Eine Notwendigkeit eines Ortstermins mit dem Schiff am Liegeplatz bei Kerkhövel sehe er, Pötter, eigentlich nicht. Der Kommissar ergänzte: „Ich habe von Geertsma den vorläufigen Autopsiebericht mündlich bekommen. Ich rufe jetzt die Staatsanwaltschaft an und sehe mal zu, was die sagen. Ich glaube, wir können die *Jan Sobieski* abdampfen lassen.“

Gerade schob Kattenstroht sein Handy in die Jackentasche, als Schücking mit einem Asservatenbeutel auftauchte und ihm einen hellen Damenschuh zeigte, den ein Kollege soeben an einem Trampelpfad gefunden hatte. Dem Aussehen nach konnte das Schuhwerk noch nicht lange in der Natur gelegen haben. Kathrin Eilers’ Notebook ermöglichte eine sofortige Überprüfung anhand der Fundortbilder: Es handelte sich höchstwahrscheinlich um den vermissten zweiten Schuh des Opfers.

„Demnach liegen wir also richtig mit unseren Theorien!“, hatte der Kommissar vor sich hin geknurrt. Schücking hatte gleich Verstärkung durch eine Hundertschaft Polizeischüler angefordert, um die Suche am Liegeplatz und an der Alten Fahrt auszudehnen und zu intensivieren.

Es war schon später Nachmittag, als der Kommissar aufbrach, um Kathrin Eilers zum Pendlerparkplatz bei Reckhölter zu bringen. Oben auf der Brücke hielt er an und zog den Dienstwagen auf den abgegrenzten Bürgersteig. Sicherheitshalber stellte er das mobile Blinklicht auf. Die beiden Beamten lehnten sich an das Brückengeländer und schauten auf den erweiterten Kanal, die abzweigende Alte Fahrt und den Anleger herunter, die jetzt im schon schwächer werdenden Sonnenlicht lagen. „So ein schöner Frühlingstag, so ein friedlicher Ort, und dann schon wieder so ein hässliches Verbrechen!“, seufzte die junge Assistentin.

„Ich denke, es ist gut, dass wir nicht immer alles wissen, was hier so geschehen ist und geschieht“, meinte Kattenstroht. „Sieh mal, als der Kanal in den 1890er Jahren gebaut wurde, haben bis zu 7.000 meist italienische Arbeiter an dem Vorhaben geschuftet. Die Männer wohnten in wandernden Barackenlagern an Plätzen wie diesen. Der Kaiser brauchte den Kanal, um Kohle und Stahl für seine Flottenprogramme aus dem Ruhrgebiet an die Nordsee zu bringen. Derweil hatten die Pastöre der Dörfer, die längs der Kanaltrasse lagen, vom Bischof von Münster schon mal eine herzliche Ermahnung bekommen: Wegen der möglichen sittlichen Gefährdung durch die vielen ausländischen Arbeiter sollten sie unbedingt und streng auf ihre Töchter und Frauen sowie die Sittsamkeit allgemein achten. Na, da war wohl hier und da ein mächtiges Aufmischen im Genpool zu bemerken. Übrigens wohnen Nachfahren dieser Kanalarbeiter in Münster bis heute meist im schönen Stadtteil Klein-Muffi. Starke Temperamente mit politisch aufmüpfigem Wahlverhalten, bis heute.“

Dann wandte sich der Kommissar seiner Assistentin mit der für ihn typischen Frage zu, ob denn auch sie noch was vom Bau der Kaiserlichen Flotte habe. Kathrin Eilers überlegte hin und her, fand aber keine Antwort. Schließlich belehrte sie ihr Vorgesetzter, dass die bis heute übliche Sektsteuer seinerzeit zur Finanzierung der Panzerschiffe Seiner Majestät des Kaisers eingeführt worden sei und – obwohl diese Schiffe längst versunken, verrostet oder verschrottet seien – immer noch erhoben würde.

Kathrin Eilers ließ das kalt. Sie trinke zurzeit überhaupt keinen Alkohol, meinte sie.

Kattenstroht musste auch diesmal das letzte Wort haben. Er trinke derzeit keinen Whisky. Schließlich sei Fastenzeit und er habe mit Stellmacher die Wette abgeschlossen, für die Feier der heiligen vierzigtägigen Fasten dieses Jahr auf den geliebten Single Malt zu verzichten. „Fastenbrechen ist übrigens erst an Ostern!“

Der Dienstag lief zäh an. Als früher Unglücksbote erschien der kleine Schaap und teilte dem Kommissar in verlegenen Worten mit, der Versand der Bilder vom Opfer und der Suchmeldung an die Dienststellen und die Presse sei zwar noch am gestrigen späten Nachmittag erfolgt, aber durch irgendeine Verschleppung oder eine Datenpanne hätte man das Phantombild nicht in den Morgenblättern gehabt. Zwar hätte die Regionalpresse in ganzer Breite über den Leichenfund berichtet, sowohl auf der Basis des Polizeiberichtes als auch mit eigenen, teilweise sehr intensiven Recherchen, aber das Phantombild des Opfers sei leider nur in einem regionalen Fernsehfenster aufgetaucht, zudem in üblicher Sekunden-Präsentation.

„Und die Reichweite dieses Kanals kennen wir ja!", seufzte der Kommissar. Gemeinsam gingen Kattenstroht und Schaap die Morgenpresse durch. Immerhin hatten alle Blätter in der Region und einige darüber hinaus die genaue Beschreibung vom Opfer und auch von seiner Kleidung gebracht. „Vielleicht kriegen wir daraus den einen oder anderen Hinweis!", blieb Schaap hoffnungsvoll. Den Vogel hatte natürlich ein bekanntes Boulevardblatt abgeschossen, das ein Foto der kleinen Lisa Büscher mit einem Augenbalken brachte: „Lisa (4): Ich fand die Frau auf dem Totenschiff!"

Der Kommissar hatte nur mit dem Kopf geschüttelt und war wieder an seine Akten und Berichte gegangen. Zusammen mit Kathrin Eilers hatte er einige Zeit im Besprechungsraum gesessen und die fast noch jungfräuliche Pinnwand betrachtet. Mittig hing ein Bild des Opfers, darunter ein Blatt Papier mit einem großen Fragezeichen darauf. Verbindungen gab es nur zu einer Namen- und Bildergruppe ganz am linken Rand: Schiff und Besatzung der *Jan Sobieski*.

„Es ist immer das alte Problem", hatte Kattenstroht gestöhnt. „Solange wir keinen Namen haben, haben wir keine Adresse, keine Daten, keine Bezüge, keine Geschichte und kein Umfeld. Verflucht noch mal: Das Erste muss die Identität sein. Bestimmt hat Geertsma was in den Kleidern übersehen. Irgendwie müssen wir doch weiterkommen! Irgendjemand muss die Frau doch vermissen!"

Aber bis zum Mittag lief trotz präziser Informationen an alle Polizeidienststellen des Landes keinerlei Meldung über die Identität des Opfers auf. Aus den vorliegenden Vermisstenmeldungen ergaben sich keinerlei Schlüsse.

Kurz vor Mittag besprachen sie in kleiner Gruppe die Ergebnisse der Leichenöffnung. Kattenstroht blätterte die Berichte aus der Rechtsmedizin durch und trug sie dann ausführlich seinem Team vor: „Erdrosselung ist dann mal klar bestätigt. Dabei die typischen Verwundungen am Kehlkopf und Fraktur des Zungenbeins. Die flohstichartigen Einblutungen hat er in der Gesichtshaut und speziell im Augenbereich nachgewiesen. Hier mal die Fotos!“ Der Kommissar schob eine Bildmappe über den Tisch zu Kathrin Eilers, die sie unaufgeschlagen an Mia Kunsleben weitergab.

„Dann mal weiter: Über die Stauungssymptomatik im Kopf- und Halsbereich haben wir schon gestern gesprochen. Die Halsvenen liegen höher in den Körperschichten und werden deshalb eher abgedrückt, so dass zwar noch Blut durch die Arterien in Richtung Hirn gepumpt wird, es aber nicht mehr abfließen kann. So entsteht der Blutstau. Das Gehirn wird nicht mehr mit Blut versorgt. 20 Sekunden Abschnürung reichen, um unser Opfer an den Rand des Todes zu bringen, danach geht's ganz schnell. Der Laie denkt immer, das Opfer wird erstickt, in Wirklichkeit aber wird das Gehirn zum Stillstand gebracht. Das Tatwerkzeug ist auch klar: Ein gedrehter Sisalstrick, Durchmesser ca. 0,75 cm. Das Ding nennt sich im Münsterland im Sprachgebrauch ‚Kälberstrick'. Nun suchen wir den mal schön! Tausende wird es davon geben.“ – Und mit leichter Resignation: „Faserspuren des Strickes sind übrigens nachgewiesen.“

Der Kommissar blätterte weiter: „Es war offensichtlich kein Sexualverbrechen. Es gibt keine weiteren auffälligen Befunde im Bereich des Torsos und der Körperhöhlen oder an den Extremitäten. Keine besonderen körperlichen Kennzeichen, kein Tattoo oder Piercing, keine größeren Narben bis auf die Spuren einer Windpockenerkrankung. Nahrungsaufnahme noch wenige Stunden vor dem Tod. Die Untersuchung der Körperflüssigkeiten ist auch gelaufen: Das Opfer hatte keinen Alkohol getrunken.“ Kattenstroht blätterte weiter: „Die Untersuchung der Haare steht noch aus. – Da zieht Geertsma mal wieder sein Vollprogramm durch.“

„Was erhofft er sich denn von der Haaranalyse?“, fragte Pötter an. Der Kommissar schnaubte leise: „Die können heute anhand der Haare Drogenmissbrauch über Wochen nachweisen und sogar in Zeitphasen diagnostizieren. Ich sehe zwar auch nicht, wo uns das in diesem Fall weiterbringt, aber ausschließen können wir nichts, solange wir die Identität und die Lebensumstände unseres Opfers nicht kennen.“

Dann runzelte der Kommissar die Stirn: „Was hat er denn hier noch?“ In der Akte tauchte eine Asservatenkarte auf, an die eine kleine Plastiktüte geklammert worden war. „Etwa das güldene Geschmeide der Jungfrau?“ Er hielt den Beutel hoch, in dem ein kleines Medaillon golden aufleuchtete. „Was schreibt er denn dazu? Aha, Halskette zerrissen und Medaillon mit den Kettenhälften in die Kleider gerutscht. Bei Sortierung der Kleider vor Weiterreichung ins Labor von dem Sektionsgehilfen gefunden. Spuren sind schon abgenommen. Da schau mal einer an.“ Kattenstroht legte das Tütchen auf den Tisch und ließ sein Team einen Blick auf den goldfarbenen Schmuck werfen. Er selbst ging in sein Büro und kam wenige Augenblicke später mit einer großen Lupe zurück. „Dann beschreibt mal, was ihr seht!“

Kathrin Eilers legte los: „Ein christliches Motiv, ohne Zweifel. Ganz im Vordergrund die Muttergottes mit Krone und Heiligenschein, links steht ein weiterer Heiliger mit Aureole und einer Blume oder einem Zweig in der Hand, rechts – so würde ich das sehen – ein Bischof. Im oberen Hintergrund ein Altar mit dem Kreuz, rechts und links davon anbetende Engel mit irgendwelchen Stäben in der Hand.“

„Aus meiner Sicht könnten das auch Leuchter oder Fackeln sein.“ Mia Kunsleben zeigte sich von der Gestaltung beeindruckt. „Das Stück ist sehr fein geprägt oder ziseliert, die Figuren zeigen kaum Abrieb, also ist das Medaillon noch nicht sehr alt oder eben wenig getragen worden. Ich finde die Feinheit der Darstellung bei einer Medaille von mal gerade anderthalb Zentimetern Durchmesser beachtlich. Die Gravur auf der Rückseite könnte uns weiterhelfen: ‚You are always on my mind – R O.‘“

Inzwischen war das Medaillon wieder bei Kattenstroht angelangt, der zur Lupe griff und sich ein eigenes Bild vom Fundstück machen wollte: „Ich kann alles nur bestätigen. Allerdings eine Ergänzung: Hier unten ist eine winzige Beschau mit Feingoldstempel. Wenn ich das richtig sehe, ist das Dingelchen aus purem Gold und damit nicht ganz wertlos. Warum, zum Teufel, ist die Widmung in Englisch mit einem berühmten Elvis-Zitat? Und wer um Himmels willen ist ‚R O'? Ich fürchte, ich muss mal wieder Bettys Plattensammlung, meine katholische Erziehung und meine kirchlichen Verbindungen strapazieren."

„Mit den Kleidern sind sie noch gestern im Labor intensiver angefangen", berichtete Austrup. „Die Oberbekleidung selbst stammt überwiegend vom Klamotten-Anton, also keine ausgesprochene Markenware, weder das Kleid noch die Strickjacke. Die Dessous waren auch nicht teuer. Sie wurden aus dem Beiprogramm eines bekannten Kaffeerösters erworben. Zwei weitere Hinweise sind aber nicht uninteressant: Zum einen hatten wir mit unserer Vermutung recht, dass die Fettspuren auf dem Rücken der Strickjacke und des Kleides von den Rollschienen an den Ladeluken der *Jan Sobieski* stammen. Das Material ist völlig identisch. Dann was Interessantes. Auf dem Jackenrücken und an der Gesäßseite des Rockes waren auffallend viele Hundehaare zu finden. Das sieht so aus, als sei unser Opfer zuletzt in einem Wagen gefahren, in dem regelmäßig ein Hund auf dem Beifahrersitz mitgenommen wird. Natürlich kann es sich auch um einen Kofferraum gehandelt haben, in dem sie schon tot transportiert wurde. Die Verteilung der Haare nur auf der Rückseite ist auffällig. In jedem Fall ist klar: Auf dem Schoß hat sie den Köter nicht sitzen gehabt!"

„Rasse, Größe, Farbe, Name des Hundes?", schoss Kattenstroht dazwischen.

Austrup grinste: „Sie suchen noch Vergleichsproben. Fleck meinte aber, es könne sich um einen Jagdhund mit recht kurzem Haar gehandelt haben. So in Rotbraun, Drahthaar, wie die nun mal aussehen."

Kathrin Eilers griff noch einmal nach dem Obduktionsbericht und projizierte mittels Laptop Fotos an die Wand: „Was ist mit Rückenverletzungen? Wir gehen davon aus, dass der oder die Täter die Leiche über die Spundwand gehoben haben, um sie in den Laderaum abstürzen zu lassen. Wie wär's jetzt mal mit Logik? Die Fettspuren der Ladelukenschienen sind auf dem Rücken unseres Opfers zu finden. Wenn wir von einem Einzeltäter ausgehen, müssen wir uns fragen, wie groß und wie stark er ist. Er trägt die Tote auf beiden Armen vor sich her bis zum Schiff, steigt auf den Laufgang und hebt die Frau hoch. Sie ist nach dem Bericht gerade man 1,61 Meter groß und 55 Kilogramm schwer. Man legt sie auf dem Lukenrand ab – immerhin etwa 1,20 Meter hoch – und schiebt die Leiche nach vorne. Müsste sie denn dann nicht bei einem Sturz von gerade 3,75 bis 4 Metern auf Brust und Bauch unten ankommen? Was sagt Dr. Geertsma zu Prellungen und Leichenflecken?"

Pötter blätterte in dem Bericht: „Er berichtet nur peripher von wenigen postmortalen Kratzwunden und Prellungen an Armen und Beinen. Der Rumpf war ja durch Kleidung vollständig bedeckt. Schauen wir uns doch mal unsere Panoramabilder vom Fundort an." Kathrin Eilers rief schnell die entsprechenden Dateien auf. An der Wand leuchteten verschiedene Bilder aus dem Bauch des Schiffes auf.

„Ich glaube, es hängt zum Teil von dem Stoß ab, den die Leiche hier oben bekommt. Wenn kein Körperglied sich verfängt und auch die Kleidung nicht bremst, kann ein kräftiger Mann erheblichen Schwung erzeugen. Von zwei Personen mal ganz zu schweigen. Da die Schrottberge relativ steil aufgeschüttet sind, fällt die Leiche hier oben auf diesen Draht- und Eisenschrott, und zwar bestimmt mit Brust und Bauch. Der Untergrund dürfte sogar noch ein wenig gefedert haben. Dann folgt eine Körperdrehung, und sie landet auf diesem famosen Blechstück. Übrigens könnte der verdrehte Draht- und Feinschrott hier oben auf diesem Schrottberg erklären, warum niemand auf der *Jan Sobieski* was gehört hat. Die Schiffer-Familie schlief den Schlaf der Gerechten, wobei als Hintergrundgeräusch das Dieselaggregat lief."

„Und der Matrose hatte sich angesichts des einsamen Liegeplatzes wahrscheinlich noch eine Pulle Wodka geleistet", warf Kattenstroht ein. „Ausgerechnet in der Fastenzeit!"

Der Dienstag verlief ohne weitere Ereignisse. Verschiedene Berichte liefen ein. So bestätigte das Labor, dass der am Liegeplatz bei Kerkhövel gefundene Schuh das Gegenstück zu dem an der Leiche vorgefundenen Exemplar war. Schücking rief an und berichtete, dass seine intensive Suche mit den Polizeischülern am Liegeplatz, am Kanal und an der Alten Fahrt leider kein Ergebnis gebracht habe. Auto- oder Fußspuren habe man nicht sichern können.

„Außer einer Menge geleerter Pfandflaschen ist da also nichts bei rumgekommen!", konstatierte Kattenstroht missmutig. „Die Pullen kann er ja im Supermarkt einlösen und seinen Leuten einen ausgeben. Da hat er wenigstens was davon!"

Das Warten auf eine Identifizierung der Toten an Bord der *Jan Sobieski* begann ihn zu lähmen und verdarb ihm die Stimmung.

Erst am Mittwoch gegen 8.40 Uhr kam die erlösende Nachricht. Schücking rief an und teilte mit, ein Bauer aus dem Brinkekreis glaube, in dem am Morgen in der Zeitung abgedruckten Phantombild eine Mitarbeiterin erkannt zu haben. „Wir haben einen Namen, einen Arbeitsplatz und eine feste Adresse in Münster", fasste Schücking zusammen. „Zudem hat der Schulte up den Drene auch eine Art von Personalakte geführt. Die Hofleute vermissen die Frau seit Samstag. Da ist sie nicht zur Arbeit gekommen. Sie geht auch in Münster nicht ans Telefon und ebenso wenig an ihr Handy. Ich fahre gleich mal raus nach Brinkbergen und sehe zu, was ich an Infos schon kriegen kann. Wie stimmen wir uns ab?"

Kattenstroht hatte Mia Kunsleben und Kathrin Eilers dazugerufen und prüfte nun Uhrzeit und Landkarte: „Wichtig wäre ja auch, dass wir unser Opfer identifiziert kriegen. Wenn es eben geht, müsste jemand zur Rechtsmedizin nach Münster kommen. Können wir das über die Familie der Toten machen?"

Schücking sah darin ein Problem: „Das Opfer ist nach Meinung des Bauern möglicherweise eine Marina Szepanski und stammt aus Polen. Sie hat über Jahre als Saisonarbeiterin beim Schulte up den Drene gearbeitet, dann in Münster studiert und lebt, so der Schulte up den Drene am Telefon, alleine. Sie ist als eine Art Betriebsberaterin tätig. Eine Gegenüberstellung mit der Familie wird also schwierig. Allerdings fehlen mir noch alle näheren Informationen."

„Und die gemeldete Adresse in Münster?", fragte der Kommissar.

„Die habe ich hier und sende sie Ihnen mit den ersten Daten sofort per Mail. Die Dame wohnte in einem Apartment in Bahnhofsnähe. Die Daten haben Sie gleich. Ich melde mich dann wieder aus Brinkbergen vom Hof." Ganz offensichtlich stand Schücking jetzt unter Volldampf.

Das galt aber auch für das Team Kattenstroht. Die Datensuche nach Marina Szepanski übernahm Tim Schaap, der mit zwei weiteren Kräften an drei Computer-Arbeitsplätzen alle möglichen Datensätze durchstöberte. Pötter und Austrup hatten sich, kaum dass die Mail von Schücking mit den wichtigen Daten eingegangen war, gleich zur Wohnung der Marina Szepanski auf den Weg gemacht. Kattenstroht telefonierte mit der Rechtsmedizin und bat Dr. Geertsma um Vorbereitung eines Identifizierungsversuches noch am selben Tage.

„Was sagst du denn zu dem Arbeitsplatz beim Schulte up den Drene in Brinkbergen?", fragte der Kommissar seine Assistentin.

Kathrin Eilers lächelte: „Das ist natürlich eine der allerersten Adressen im Brinkekreis. Ich kenne den Hof, und Thomas und ich fahren gelegentlich dorthin zum Brunchen oder zum Einkaufen. Das ist schon ein tolles Unternehmen. Ich musste eben schon grinsen, als Schücking den Schulten als ‚Bauern' bezeichnete. Das ist der nämlich bestimmt nicht mehr. Der Kotten ist längst ein landesweites Musterbeispiel für die betriebswirtschaftliche Konversion eines traditionsreichen Rindviehbetriebs."

Kattenstroht wurde neugierig: „Wo liegt der denn eigentlich in Brinkbergen?", wollte er wissen und bat seine Assistentin an die große Karte. Die orientierte sich schnell. „Da ist Reckhölter; hier wohnen wir. Die Autobahnauffahrt. Da ist Brinkbergen, und der Schulte up den Drene liegt im Süden der Gemeinde. Die Kreisstraße geht vom Dorf hier beim Bovenbadde vorbei über die Brinke und dann ab in die Pläne. Der Hof selbst ist recht groß, der könnte inzwischen über 200 Hektar Fläche haben. Er gehört zu den wenigen Betrieben dieser Art im Brinkekreis, die auf wachsende neue Betriebsfelder gesetzt und die völlige Konversion geschafft haben. Der jetzige Schulte ist mal vor Jahrzehnten wegen seiner guten Böden mit Spargel angefangen. Heute gibt es dazu mit Erdbeeren, Gemüse, Beerenfrüchten jeder Art, Äpfeln und Birnen ein Angebot durch das ganze Erntejahr. Dann hat er noch ein Hofcafé, einen oder zwei Läden in der Stadt, und vor einiger Zeit hörte ich, er wolle ein eigenes Hotel bauen. Im Dezember verkloppt er übrigens Tannengrün und Weihnachtsbäume; einen eigenen Weihnachtsmarkt macht er auch. Als Landwirt spielt der Schulte up den Drene zweifellos in der bäuerlichen Oberliga des Münsterlandes. Neulich hörte ich, er sei dabei, in die Produktion edler Obstbrände aus Früchten des eigenen Hofes einzusteigen."

„Scheint ja ein unternehmungslustiges Kerlchen zu sein", brummte Kattenstroht, „und das als Träger eines großen Namens! Ich werde mal das Güterverzeichnis von 1930 befragen. Dann können wir die Entwicklung gut nachvollziehen."

Das Telefon klingelte, und Pötter meldete sich. Die beiden Beamten hatten in der Zwischenzeit die Wohnung der Marina Szepanski aufgesucht: „Wir haben die Nachbarn befragt, ob sie die Szepanski in den letzten Tagen gesehen haben. Sie ist offensichtlich nicht aufgetaucht, und eine junge Frau von derselben Etage meinte – übrigens ohne Anregung oder Frage unsererseits –, das Phantombild heute Morgen in der Zeitung auf sie beziehen zu können. Sie hätte hin und her überlegt, uns anzurufen. Da sie aber die Szepanski noch am Freitag gesehen habe, hätte sie erst mal abwarten wollen. Die Dame hatte übrigens einen Zweitschlüssel zur Wohnung. Ich habe Frau Engler von der Staatsanwaltschaft informiert, und wir haben uns Zugang zu der Wohnung verschafft. Es war niemand da. Wie besprochen habe ich eine Haarbürste aus dem Bad mitgenommen und eingetütet. Die bringen wir schon mal zur Rechtsmedizin. Wir haben dann die Zugangstür abgeschlossen und versiegelt, damit wir eine richtige Durchsuchung und Sicherung machen können. Wir kommen dann ins Präsidium zurück. Den Wohnungsschlüssel bringen wir mit."

Es gehe doch nichts über erfahrene und selbständig handelnde Kollegen, bemerkte Kattenstroht dankbar und hörte sich dann einen ausführlichen Bericht des Kollegen Schaap über die Daten an, die er im Netz über Marina Szepanski gefunden habe.

„Wir haben sogar einige sehr ordentliche Bilder von dieser Marina Szepanski!" Schaap legte dem Kommissar einige technisch brillante Ausdrucke vor, die auf hochwertigen Aufnahmen eine gepflegte junge Frau zeigten. „In der Tat, das könnte sie gewesen sein!", brummte Kattenstroht und war bei all seiner eigenen Professionalität innerlich doch wieder einmal erschrocken über das Ergebnis brutaler Gewalt gegenüber einem blühenden Leben. „Was wissen wir noch?", hakte er fast brüsk nach.

„25 Jahre alt, geboren in Oppole in Polen, Abitur am dortigen Gymnasium, dann interessanterweise Studium in Münster im dualen System. Also an einer Fachhochschule und bei einer landwirtschaftlichen Beratungsgesellschaft. Sie bezeichnet sich als selbständig und hat einige Firmen als Referenzen benannt."

„Wie sind Sie in das System reingekommen?" Kattenstroht schaute kritisch auf seinen jungen Mitarbeiter. „Sind wir datenschutzrechtlich auf der sicheren Seite?"

Schaap grinste: „Also, Chef, dass das mal klar ist: Sie arbeiten mit Profis. Wir von unserem IT-Team sind natürlich mehrfach *in persona* Mitglied in den diversen *social networks*. Anders ginge das ja gar nicht. Diese Unterlagen kommen z. B. von einem Netzwerk, in dem sich überwiegend junge Manager und Absolventen von Wirtschaftshochschulen und diversen Instituten tummeln. In den VZ der Studis taucht diese Marina überhaupt nicht auf. Dafür ist sie bestimmt zu clever. Zudem verrät sie nicht viel. Dieser Eintrag zielt ganz offensichtlich auf Kunden und Kollegen, weniger auf Partys."

Kattenstroht nickte und dachte im Stillen an die Streitigkeiten, die er wegen der diversen Internetauftritte schon mit seinen Söhnen gehabt hatte. Auch Bettys Berichte aus der Schulwirklichkeit dämmerten ihm wieder auf: „Gab es noch weitere Informationen?"

„Na klar!" Schaap schlug eine Mappe auf und legte dem Kommissar eine Reihe von Ausdrucken vor. „Sie hat einen eigenen Internetauftritt, der sehr professionell gemacht ist. Der dient natürlich der Werbung um Kunden. Sie zeigt ein genaues Profil und einige Beispiele. Es geht ihr speziell um Marketing von Produkten aus Landwirtschaft und Gartenbau." Der IT-Mann legte eine weitere Mappe nach. „Dann haben wir natürlich die Ausländerakte, lang laufend und mit zahlreichen Einträgen wegen ihrer Aufenthalte in Deutschland. Sie ist übrigens schon als Schülerin hier aufgeschlagen, so vor etwa zehn Jahren. Gearbeitet hat sie jeden Sommer – mir sieht das nach Ferienjob aus –, als Aushilfskraft auf diesem Hof in Brinkbergen. Später folgte dann das Studium in Münster. Im Polizeiregister gibt es übrigens keinerlei Einträge. Wir suchen weiter, aber als erste Übersicht sieht das schon mal ganz gut aus."

„Immerhin haben wir endlich ein Packende!", zeigte sich der Kommissar zufrieden. „Wenn es dann tatsächlich unser Opfer ist, kommen wir bei allem Unglück doch schon zügig weiter." Er schielte etwas sehnsüchtig auf die Telefone, denn er wartete auf weitere Meldungen von Schücking. Der rief gegen 10.45 Uhr an und meldete, der Schulte up den Drene sei bereit, sofort mit ihm in die Rechtsmedizin nach Münster zu fahren. Man könne sich, wenn Dr. Geertsma und der Kommissar einverstanden seien, in der Mittagszeit dort treffen. Kattenstroht und Eilers stimmten sich mit der Büroleiterin ab und legten ihren Zeitplan für den Rest des Tages fest. Nach dem Treffen in der Rechtsmedizin und im Falle einer eindeutigen Identifizierung des Opfers wollten sie einen ersten Blick auf die Wohnung im Hansaviertel werfen, um im Anschluss am Nachmittag in den Brinkekreis zu fahren und sich auf dem Hof des Schulte up den Drene umzuschauen. Schücking und die Staatsanwaltschaft wurden in diesem Sinne informiert. Die Mittagspause des Teams Kattenstroht wurde dementsprechend vorgezogen.

Noch vor 12.30 Uhr warteten der Kommissar und seine Assistentin auf dem Hof vor der alten Rechtsmedizin auf die Besucher aus dem Brinketal. Die Sonne schien gleichmütig auf den neoklassizistischen Giebel aus den 1930er Jahren und ließ die roten Backsteine und die Bauzier in Sandstein aufleuchten. „Was für ein schöner Frühlingstag. Zu unserem Glück fehlte nur, dass uns der Schulte auch noch den ersten Spargel mitbrächte!“

Kathrin Eilers verdrehte nur die Augen. Die Gedanken ihres Chefs kamen ihr einigermaßen abwegig vor.

Bald rollte der Dienstwagen der Kreispolizei auf den Hof, und Schücking stellte den Münsteraner Kollegen den Paul Schulte up den Drene vor, der seine Frau Fine mitgebracht hatte. „Sie müssen verstehen, wir kennen Marina seit mehr als zehn Jahren. Und mir steht sie eigentlich besonders nahe. Fast wie eine Tochter. Da musste ich doch mitkommen“, schluckte die Meirschke up den Drene. Sie wirkte, wie ihr Mann, gefasst und entschieden, wenn auch die Beklemmung zu steigen schien.

Natürlich war die Situation nicht ganz einfach. Im Foyer des Verabschiedungsraumes, wie die Rechtsmedizin diesen Ort genannt hatte, stieß Dr. Geertsma zu der Besuchergruppe. In beruhigenden Worten wies er das Ehepaar darauf hin, dass durch die Gewalttat sich das Aussehen der jungen Frau stark verändert habe. „Hier ist jemand gewaltsam gestorben. Es kommt darauf an, dass Sie uns helfen, das Opfer zu identifizieren. Sie müssen sich ganz sicher sein.“

Die Bauersleute nickten heftig.

Im Verabschiedungsraum, der sich durch eine gute Beleuchtung und auch durch harmonische Farben in Fenstern und Wänden auszeichnete, stand eine Rollbahre mit dem verhüllten Leichnam. Ein Sektionshelfer deckte das Gesicht auf. Die Schultenfrau schluchzte auf und umarmte ihren Mann. Der nickte finster entschlossen: „Das ist unsere Marina. Leider! Wie bringen wir das nur ihrer Familie in Polen bei?"

Josefine Schulte up den Drene ließ sich auch noch die Hände des Opfers zeigen: „Sie hatte so schöne gepflegte Hände!" Und nach einer fast innigen Betrachtung: „Das ist sie; ich habe keinen Zweifel!"

Der Kommissar hatte das goldene Medaillon mitgebracht: „Kennen Sie dieses Schmuckstück vielleicht? Es wurde bei Marina Szepanski gefunden." Der Bauer schüttelte nur stumm den Kopf, während seine Frau doch näher hinschaute: „Ich meine, ich habe das schon mal gesehen, aber genau weiß ich das nicht mehr. Jedenfalls sehe ich es nicht in Verbindung mit unserer Marina."

Der Schulte up den Drene hatte mitgedacht und einen Personalbogen mit den Daten der Marina Szepanski kopiert. Die Unterlage enthielt auch die Heimatadresse sowie die Namen und Verbindungsdaten der Eltern der jungen Frau.

Vor der Rechtsmedizin bedankte sich Kattenstroht bei dem Ehepaar für den traurigen Dienst: „Wir kommen noch heute Nachmittag raus nach Brinkbergen und reden dann über alles Weitere." Er schaute auf die Uhr. „Ich denke, wir sind spätestens zwischen 15 und 16 Uhr bei Ihnen. Bitte unternehmen Sie bis dahin nichts. Sie haben uns schon jetzt sehr geholfen. Sie können uns weiter unterstützen, auch was die Information der Familie in Polen angeht. Ohne Abstimmung, dies ist unsere herzliche Bitte an Sie, sollte keiner aktiv werden."

Der Schulte up den Drene und auch seine Frau nickten stumm.

Kapitel 7

Von der Rechtsmedizin aus fuhren Kattenstroht und Eilers zum Präsidium, um mit Mia Kunsleben die Benachrichtigung der Eltern Szepanski in Polen zu organisieren. „Natürlich binden wir den polnischsprachigen Notfallseelsorger hier in Münster ein. Wahrscheinlich ist er der beste Vermittler, um mit den Kollegen in Polen in Kontakt zu treten und sie zu informieren", schloss der Kommissar den Bericht an seinen Präsidenten. Der war mit den Ermittlungsfortschritten nach den drei zähen Tagen des Suchens und Wartens zufrieden und entließ sein Team aufs Land.

Mit zwei Autos fuhren Kommissar und Assistentin dann direkt in das Hansaviertel zwischen Bahnhof und Hafen, wo sie erst nach einigen Mühen Parkplätze fanden. Die Kleinwohnung der Marina Szepanski befand sich in der dritten Etage eines älteren Mietshauses. Am frühen Nachmittag würde die KTU hier einsetzen. In Absprache mit Beucking wollte sich der Kommissar jedoch schon jetzt einen ersten Überblick verschaffen. Er nahm also neue Siegel aus dem Auto mit und öffnete die Wohnung, nicht ohne zuvor bei der Nachbarin, die die Wohnungsschlüssel verwaltet hatte, geläutet und sich vorgestellt zu haben. Die ältere Dame war natürlich an dem Polizeieinsatz sehr interessiert und wollte Näheres zur Sache wissen, biss aber bei den beiden Beamten auf Granit. Kattenstroht und Eilers schwiegen beharrlich über das Schicksal der jungen Frau. Die Nachbarin war zwar ihrerseits recht auskunftsbereit, konnte aber über das Leben der Marina Szepanski nur wenig Konkretes vermelden.

Die Wohnung war auf den ersten Blick unauffällig. Flur, Bad, ein kleiner Schlafraum, der Wohnraum mit einer eingebauten verschließbaren Kochnische. Die Räumlichkeiten zeigten sich mit den preiswerten weißen Möbeln eines skandinavischen Großlieferanten schlicht und geschmackvoll eingerichtet. Moderne Bilder an den Wänden und farbkräftige Textilien sorgten für Kontraste. Alles wirkte durchdacht und ordentlich. Das Bett war gemacht, die Küchenzeile sorgfältig aufgeräumt. Kattenstroht interessierte sich für die drei Bücherregale, die säulenartig an der Wohnraumwand angebracht waren und die Druckwerke waagerecht gelagert präsentierten: „Ordentlich, unsere Marina!", brummte der Kommissar. „Hier vorne ausschließlich deutsche Literatur speziell der Gegenwart, dort drüben im Kontrast nur polnische Bücher. Auf der dritten Säule Fachliteratur Betriebswirtschaft und Marketing, fast ausschließlich auf Deutsch. Sie war wohl wirklich in zwei Kulturen zu Hause."

„Und sie schafft was, was ich zu Hause kaum schaffe: Sie hat es aufgeräumt!", seufzte Kathrin Eilers. Kattenstroht wollte trösten: „Euer Schlösschen ist aber auch viel größer als diese Etage hier, und du hast einen Mann, der alles herumwirft. – Aber nun sage mal, fällt dir hier nicht was auf? Fehlt dir hier nicht was?"

Kathrin Eilers schaute sich um: „Doch, dafür, dass Marina Szepanski eine eigene Firma hat, sehe ich hier sehr wenig Büro. Entweder hat sie noch eine eigentliche Geschäftsadresse irgendwo, eine Art Kanzlei, oder sie arbeitet papierlos, was ja doch auch zusehends mehr wird."

„Gut, das überlassen wir mal Beucking und seinem Team. Die fangen ja heute noch hier an", meinte der Kommissar. „Aber eines ist klar: Wir haben bisher weder die Handtasche unseres Opfers, noch haben wir das Handy gesehen; ebenso wenig ein Laptop oder einen PC. Sie hat auch ein Auto, das hat Schaap heute Morgen schon rausgekriegt." Kattenstroht hielt inne: „Verflixt, das müssen wir sofort zur Fahndung anmelden." Er schüttelte den Kopf. „Ich werde älter."

Per Handy setzte er sich mit Mia Kunsleben in Verbindung, ließ sich die Daten des Kleinwagens durchgeben und veranlasste, diese an alle Polizeidienststellen weiterzuleiten. Nach einem letzten Blick auf die Räume der ermordeten Marina Szepanski verließen Kattenstroht und Eilers die Wohnung. Sie schlossen ab und versiegelten wieder die Tür. Unten auf der Straße und auf dem Weg zu den Autos schauten sie sich routinemäßig nach dem Wagen des Opfers um, wurden aber nicht fündig. Zügig führte ihr Weg über die Autobahn in den Brinkekreis. Am Pendlerparkplatz bei Reckhölter stieg Kathrin Eilers in den Wagen ihres Chefs, und gemeinsam fuhren sie das schöne Brinkbergen an.

Am Rastplatz „Zur schönen Aussicht" hielten sie kurz an, um sich einen Frühlingsblick auf das malerische Tal der Brinke zu gönnen. Kattenstroht war von dieser Landschaft, die er seit Kindertagen kannte, immer wieder in den Bann gezogen. Das muntere Flüsschen wurde von Weiden begleitet, die ihre Blüte allerdings schon längst hinter sich gelassen hatten. Hier hatte dank der ununterbrochenen Sonnentage der Blattaustrieb mächtig eingesetzt. Auf den Terrassen beiderseits der Niederung blühten in den Obstwiesen die frühen Kirsch- und Pflaumenbäume und rahmten die Dächer des Dorfes mit ihrem spitzen Kirchturm ein. In den Hecken der am südlichen Brinke-Ufer aufsteigenden Badden-Kämpe erstrahlte der Weißdorn, und in den Gärten leuchteten die Forsythien. „Wir haben einen ganz ungewöhnlich frühen und starken Austrieb dieses Jahr!", bemerkte der Kommissar. „Welch ein Paradies ist doch unser Brinketal. Hoffen wir nur, dass die Brinkbergener Kommunalpolitik die Nerven behält und die geplante Schnellstraße mit ihrem Brückenmonster hier verhindert."

Auf den Flößwiesen im Talgrund protzten Butterblumen und Wiesenschaumkraut. Kathrin Eilers entdeckte im Wäldchen am Rande des Parkplatzes Lerchensporn und Scharbockskraut. „Meine Oma in Lahsum erzählte immer, dass man Scharbockskraut zum Heckengemüse nehmen müsse, aber nicht zu viel davon!"

„Recht tat sie!", bestätigte Kattenstroht. „Bei zu hoher Dosis hätte sie ja die Familie Große Eilers möglicherweise umgebracht. Ich finde es unheimlich spannend, dass unsere Münsterländer Bauern schon über Jahrhunderte um das Scharbockskraut und seine Wirkung wussten. Es verhindert Skorbut, daher auch dieser Name. Das Kraut enthält nämlich viel Vitamin C, das wissenschaftlich noch gar nicht nachgewiesen war. Unsere Bauern wussten schon ewig um die Wirkstoffe in den Frühlingstrieben; da hatten die Engländer noch keine Ahnung, wie sie den Zahnausfall der Mannschaften ihrer Hochseeflotte verhindern konnten."

„Dazu hat sich die Admiralität irgendwann die Zitronen aus Italien geholt. Ich habe mal eine schon im 18. Jahrhundert angelegte Zitronenplantage in den Bergen bei Amalfi gesehen. Wunderschön und in warmen Sommernächten voll betörender Düfte." Kathrin Eilers schien ihr Allgemeinwissen unter Beweis stellen zu wollen.

„Warum in die Ferne schweifen, denn das Gute liegt so nah!" Kattenstroht musste einen draufsetzen und machte mal wieder den Lehrmeister. „Es gibt so viele Pflanzen und Wirkstoffe in unserer heimischen Natur, die deine und meine Großmütter noch wie selbstverständlich gekannt haben. Mit allen Reformen und Entwicklungen, vor allem aber dem Bruch der Erzählstränge zwischen den Generationen verschütten wir jahrhundertealtes Wissen. Was führen wir zum Beispiel Knoblauch teuer ein, wenn eine vergleichbare Würzpflanze, der Bärlauch, in unseren Buchenwäldern in Massen wächst? Ich kann von mir nicht behaupten, dass ich ein Alternativer bin, meine Socken selber stricke und Körner reibe; aber die Kochkunst meiner Oma in Westerbauer konnte, was Geschmack und Würze anging, mit allen internationalen Küchen, die ich in Münster kenne, gelassen konkurrieren." Es klang wie Resignation, als er seufzte: „Aber wir haben im Lande ja einen Zug ins Totale. Als ich Kind war, waren noch alle Straßen im Brinketal als Appelbaum-Chausseen angelegt. Es reichte ein einziger Oberkreisdirektor im Münsterland, der in den 1960er Jahren die Parole ‚Rosenstöcke anstatt Bäume' verkündete. Der wackere Verwaltungsmann wollte unbedingt die Unfallzahlen senken. Natürlich, mit Autos kann man gegen Bäume fahren. Nebenbei gesagt: Sicherheitsgurte im Auto gab es da noch nicht einmal. In wenigen Jahren haben sie in den Landkreisen tausende Appelbäume abgesägt." Der Kommissar holte Luft. „Man muss aber auch zugeben, dass niemand mehr die alten Sorten wollte. Den Apfel gab's jetzt im Supermarkt. Heute stehen Reinetten und Parmänen wenigstens geschützt im Museum. Mag das Volk derweil in Einheitsäpfel mit langweiligem Einheitsgeschmack beißen."

In derartige Philosophien vertieften sich Kommissar und Assistentin, während sie durch das Tal und über die Badden-Kämpe nach Süden zum Schulten up den Drene fuhren. Schon ab Brinkbergen war das Ziel ausgeschildert. Ein schön gestaltetes Logo mit der geöffneten Niendüör eines westfälischen Hallenhauses kündete den Betrieb mehrfach an. Bald erkannte man von der Straße aus den Besitz mit seiner stattlichen Gebäudegruppe, die von Obstkulturen, Spargelfeldern und Gartenanlagen wie gerahmt auf einer leichten Anhöhe lag. Auf den Spargelfeldern wurde bereits gearbeitet. Eine Stecherkolonne, ausgestattet mit Körben und Spargelmessern, war bei der Arbeit. Hier wurden Planen angehoben, da sah man Arbeitskräfte geschickt mit den langen Messern hantieren, dort wurden Beete wieder zugedeckt. Am Rande des Feldes stapelten sich die Spargelkisten. Dem Kommissar schien das Wasser im

Munde zusammenzulaufen: „Prima, da haben wir ja Glück: Noch zehn Tage bis Ostern, und er kann schon den ersten Spargel hier stechen. Ich weiß, was Betty Kattenstroht am Palmsonntag kocht."

„Mit Fastenzeit hat das ja wenig zu tun! Du sollst dich doch ein wenig abtöten und Enthaltsamkeit üben. Da ist Spargel doch Genuss und Luxus!", wandte Assistentin Eilers ein. „Und neue Kartoffeln aus dem Münsterland gibt es auch nicht, denn die kriegst du ja erst ab *Peter und Paul*. Das ist noch mehr als zwei Monate hin! Ich darf dich an deine Grundsätze erinnern, den Speiseplan konsequent an den Jahreszeiten und den Ernten des Münsterlandes zu orientieren!"

Kattenstroht knurrte leise vor sich hin: Er faste schließlich in diesem Jahr zusammen mit Stellmacher den geliebten Whisky. Und wenn beim hier geernteten echten Münsterländer Spargel ausnahmsweise an einem der vier Hochfeste, nämlich an Ostern, italienische Frühkartoffeln hinzuträten, so sei dies bestimmt eher eine lässliche Sünde. „Immerhin wird der Schinken von einem westfälischen Schweineknochen abgesäbelt!"

Eine breite Allee aus Lindenbäumen führte von der Straße aus durch ein mächtiges Hoftor hinauf zum eigentlichen Betrieb. Die aufwändige Portalanlage war modern gestaltet und trug auf beiden Pfeilern Logo und Schriftzug „Hofgut Schulte up den Drene". Die Anfahrt, wohl mehr als 200 Meter lang, war von sorgfältig gepflegten Rasenflächen, einigen Beeten und im Hintergrund gestaffelten Obstkulturen begleitet. Nach einiger Zeit tauchte links die alte Hofanlage auf, der jedoch diesseits einer gepflegten Gräfte ein modernes Wohnhaus geschickt vorangestellt war. Den Autofahrern wurden auf der rechten Seite Parkplätze angeboten, durch Hecken gegliedert und damit ein wenig verdeckt.

Der alte Gräftenhof präsentierte sich als prächtiger Backsteinbau aus dem 19. Jahrhundert mit einem Torhaus und einem gestalterisch dem Haupthaus angeglichenen Speicher. Speziell mit der Giebelgestaltung hatten sich die Baumeister des 19. Jahrhunderts viel Mühe gegeben. Verspielt, aber dennoch symmetrisch bauten sich die Klinker über Sockeln, Blendflächen und Lisenen bis zu den Ortgängen des Daches auf. Aus der zentralen Giebelfläche blickte eine Heiligenfigur aus Sandstein mit dem Jesuskind auf dem Arm milde auf den Hofplatz herab: „Treuer

Josef, mir auch biete deine väterliche Hand!", summte der Kommissar vor sich hin. „Womit auch klar ist, dass der Erbauer ein Josephus Schulte up den Drene gewesen ist! Immerhin: Für 1887 ein stolzes Erbe!"

Geschmackvoll gestaltete Schilder, jeweils mit dem Logo des Hofes versehen, wiesen zum Hofladen, Hofcafé, Bauerngarten, zur Hofbrauerei und auch zur Verwaltung, die in den Upkamern des Haupthauses untergebracht war. Dort stießen Kattenstroht und Eilers wie verabredet auf den Hofherren Paul Schulte up den Drene, der in diesen historischen Räumen sein hochmodernes Büro eingerichtet hatte.

„Früher war das mal der Saal unseres Hauses. Hier haben wir an Feiertagen mit bis zu 20 oder 25 Leuten an einem Tisch gegessen. Jetzt sitzen hier mit meinem Sohn und mir die Kaufleute, und im Jagdzimmer und im kleinen Wohnzimmer sitzen Buchhalterin und Disponentin. Oben hat mein Filius eine Wohnung für sich und seine Familie. Meine Frau Fine und ich wohnen im Neubau mit den beiden anderen Kindern. Die studieren ja noch und sind meist nicht da. Als mein Urgroßvater das Haus 1887 baute, wohnten neunzehn Leute auf unserm Hof. Heute sind es an Wochenenden maximal sieben, in der Woche nur fünf. So wandeln sich die Zeiten."

Inzwischen hatten sie an einem Besprechungstisch Platz genommen, und der Schulte ließ Kaffee und Gebäck auffahren. Kattenstrohts Neugier war geweckt. Er hatte sich im Raum umgeschaut. Einige der Bilder an den Wänden präsentierten gewaltige Bullen und stattliche Milchkühe: „Das war ursprünglich ein Milchviehbetrieb hier?", wollte er wissen.

„Das kann man so nicht sagen. Seinerzeit hat so ein Hof mit immerhin schon vierhundert Morgen fast alle Betriebsfelder bedient." Der Schulte zeigte sich sehr mitteilungsfreudig. „Der Schwerpunkt lag bis etwa 1900 auf dem Getreideanbau. In der Familie wurde immer erzählt, mit dem Erlös einer Weizenernte hätte man damals diesen Neubau hier bezahlt. Wir hatten aber auch eine große Flachsproduktion hier. Der Hof war wie alle Selbstversorger: Ein großer Garten gehörte immer dazu, 80 Morgen Wald, Milchvieh, Schweine, Geflügel. Wir haben Braugerste und Hopfen angebaut und jedes Jahr eigenes Erntebier gebraut. Das hat mein Vater noch bis in die 1960er Jahre gemacht. Deshalb haben wir ja auch das eigene Brauereimuseum, das längst ein Unikum ist."

„Die heutige Hofstruktur sieht wohl völlig anders aus", lenkte der Kommissar das Gespräch auf die Gegenwart.

Der Schulte nickte nachdrücklich und dröselte ein Zuckerstückchen für seinen Kaffee aus dem Papier: „Als ich junger Bauer wurde, war schon klar, dass mit der reinen Agrarproduktion auf die Dauer kaum was zu machen war. Die Stichworte waren zunächst Produktionssteigerung, dann Veredelungswirtschaft. Wir sind der Massenproduktion ausgewichen und rechtzeitig auf die Spargelwelle aufgesprungen. Unsere Böden sind für das Produkt gut geeignet, wir haben uns ausführlich beraten lassen und sind dann mutig angefangen. Der Erfolg hat uns recht gegeben."

„Und die weitere Entwicklung? Das da draußen hat doch mit einem Bauernhof alter Prägung fast nichts mehr zu tun", hakte Kathrin Eilers nach.

Der Schulte lächelte versonnen: „Noch heute kommt es auf den Höfen darauf an, dass man die richtigen Partner hat. Meine Frau Fine ist Hauswirtschaftsmeisterin und versteht unglaublich viel vom Haushalten, vom Garten, vom Kochen, vom Genießen und von Organisation. Sie machte, als unsere Kinder aus dem Gröbsten heraus waren, den Hofladen auf. Erst haben wir nur eigene Produkte angeboten, dann das Programm durch Zukäufe erweitert. Heute kriegen Sie bei uns alles, was die Menschen unter den Begriffen ‚Landlust' und ‚Landleben' zusammenfassen: Wohnen, Kochen, Garten! Dann haben wir anstelle der alten Scheune, aber in derselben Kubatur das neue Café gebaut. Das ist vom ersten Tag an ein Renner gewesen. Wir haben eine eigene Küche, eine eigene Konditorei; alles mit Fachkräften organisiert. Wir können gleich gerne noch einen Rundgang über den Hof machen."

Der Kommissar warf einen Blick auf die Uhr und setzte hier nach. „Arbeitskräfte! Das interessiert uns besonders. Sprechen wir jetzt mal über die Polen und Marina Szepanski."

Der Schulte nickte, stand auf und holte sich eine Akte vom Schreibtisch: „Wir haben seit den 1970er Jahren, nachdem die Ostverträge das ermöglichten, in jedem Jahr polnische Erntehelfer bei uns auf dem Hof. Ich sage manchmal: Sie sind wie die Zugvögel! Sie kommen mit dem Spargel aus dem Boden und gehen mit den letzten Birnen. Sie sind für uns unverzichtbar, bis heute. Zwar ist da auch ein Wandel drin. Das können Sie sich ja vorstellen. Die hatten im Osten Staatswirtschaften, und unsere D-Mark stand natürlich gewaltig gegen den alten Zloty. Was bei uns im Lande als Hungerlohn gewertet wurde, war für die Polen eine sehr erstrebenswerte Alternative."

„Mit einheimischen Arbeitskräften hätte das nicht funktioniert?", fragte der Kommissar nach.

Der Bauer schüttelte den Kopf: „Die Landwirtschaft bei uns verlor in jenen Jahren Arbeitskräfte in Massen. Wir hatten etwa bis 1955 / 60 noch einen festangestellten so genannten Schweizer auf dem Hof, der also allein für den Milchbetrieb sorgte. Stellen Sie sich das mal vor: Melker war ein richtiger Ausbildungsberuf. Nur konnten wir Landwirte mit den Löhnen, die in der Industrie und im übrigen Gewerbe gezahlt wurden, überhaupt nicht mehr konkurrieren. Zudem waren die Leute mehr und mehr bereit, alles teuer zu bezahlen: Wohnung, Möbel, Autos und Urlaub. Nur die Lebensmittel nicht, die mussten immer billiger werden, für die gibt es in Deutschland seit den 1950er Jahren eigentlich keine fairen Preise. Ohne die Erntehelfer aus Osteuropa waren landwirtschaftliche Produkte aus Deutschland schon seit den 1970er Jahren nicht mehr zu vernünftigen Preisen an den Markt zu bringen. Das gilt für den Spargel wie für die Erdbeeren, für Obst wie für den Wein. Das gilt überall, wo man auf menschliche Arbeitskraft nicht verzichten kann. Im Getreideanbau und in der Viehzucht haben wir das über die Mechanisierung und die Automatisierung gedreht. Ob das aber alles vernünftig ist, sei mal dahingestellt."

„Gab es da nicht auch viel Durcheinander? Wie lief das mit den Arbeitsgenehmigungen? Man hörte doch auch viele Vorwürfe von Schwarzarbeit, von Hungerlöhnen und fehlenden Absicherungen?" Kathrin Eilers schaute kritisch auf die Akte, die der Schulte vor sich liegen hatte.

„Man muss ehrlich sein. Speziell in den ersten Jahren war das noch eine hektische Entwicklung. Da kamen durchaus auch schwarze Kolonnen auf der Durchreise an. Man kann auch nicht sagen, dass alle diese Leute von den Betriebsinhabern immer fair behandelt oder gerne wieder gesehen wurden. Das war bei uns anders. Selbst mein Vater, und das war ein Münsterländer Bauer alten Schlages, verstand sich mit unseren Polen vom ersten Tag an. Die kamen dann auch immer wieder." Der Schulte wies auf ein Gruppenbild an der Wand: „Das war unsere Truppe 1988, also ein Jahr vor der großen Wende in Osteuropa. Ganz links außen, der hochgewachsene Typ, das ist Andrzej Szepanski, der Onkel unserer Marina; der ist das erste Mal 1978 bei uns hier auf die Felder gegangen. Er kam jedes Jahr wieder und hat später seine Nichte mitgebracht. In der Region da um Oppole sorgt er bis heute quasi für unsere Sommerbesatzung. Ich teile ihm zu Jahresanfang mit, wie viele Kräfte wir etwa im Frühling und Sommer brauchen, und er setzt mir dann in gewisser Weise das Team zusammen. Wie gesagt: Der größte Teil der Truppe, das sind immer um die 25 bis 30 Arbeitskräfte, kommt jedes Jahr wieder. Heute ist das mit der Aufenthaltsgenehmigung, mit dem Tariflohn und den Versicherungen alles verbindlich geregelt und kein Problem mehr. Zudem gilt für die Polen inzwischen Arbeitsfreiheit in ganz Europa. Wir haben heute eher Sorgen, dass uns unsere Polen wegen besserer Löhne in andere EU-Staaten abwandern. Das Verhältnis vom Euro zum Zloty hat sich leider deutlich verschlechtert. Für die Polen ist zum Beispiel England derzeit ein wichtiger werdendes Zielland."

„Wir werden das alles noch abklopfen müssen." Der Kommissar kam zu einem anderen Punkt. „Wie weit war Marina hier auf dem Hof noch präsent, und war sie speziell am letzten Wochenende noch aktiv bei Ihnen?"

„Sie war am Freitagabend hier und hat bei uns übernachtet. Angeblich hatte sie am Samstag einen Termin hier irgendwo im Kreis", wusste der Hofherr zu berichten. „Da sie in gewisser Weise Kollegen und Mitbewerber beriet, war sie in dieser Sache ziemlich verschwiegen, und ich habe sie auch nie bedrängt. Allerdings sehen wir unseren Betrieb schon in einer gewissen Alleinstellung. Marina interessierte sich mehr für exotischere Kleinbetriebe, in gewisser Weise für originelle Nischenunternehmungen. Das habe ich nicht als Konkurrenz empfunden. Manchmal hat sie mich sogar um Rat gefragt, und ich verdanke ihr auch den einen oder anderen Tipp."

Kattenstroht nickte. „Dann sollten wir uns erst einmal auf dem Hof umschauen. Um eine Befragung all Ihrer Leute, die am Freitag und Samstag hier waren, werden wir nicht herumkommen. Das werden wir morgen mit mehreren Beamten und möglichst zügig organisieren."

In diesem Sinne bat er seine Assistentin, Schücking von der Kreispolizei und die Büroleitung in Münster zu informieren.

Kapitel 8

Als sie die große Flettküche verließen, warf der Schulte einen Blick auf die Standuhr, die in ihrer Ecke gleichmütig vor sich hin tickte und knackte. „Wir haben noch etwas Zeit. Ich habe Ihren Rat befolgt und den Leuten noch nichts über Marinas Schicksal gesagt. Als Fine und ich aus Münster zurückkamen, war die Truppe schon wieder aufm Kamp. Ich wollte vor allem nicht, dass die Eltern in Polen möglicherweise von einem unserer Hofleute per Handy aufgejagt werden. Was denken Sie, haben Ihre Leute die Szepanskis drüben inzwischen erreicht?“

Kattenstroht bat Kathrin Eilers, sich bei Mia Kunsleben zusätzlich zu erkundigen, was diesbezüglich inzwischen gelaufen sei. Schon als er wenige Minuten später mit dem Hausherren inmitten der alten Brauerei stand und sich die Verfahrensweisen erläutern ließ, kam seine Assistentin mit der Nachricht zurück, man habe die Familie Szepanski in Polen vom traurigen Tode der Tochter Marina informieren können: „Es war richtig, unseren Notfallseelsorger dazuzuholen. Die haben das über einen Amtsbruder und die lokale Polizei geregelt. Und ich soll noch ausrichten, dass Beucking mit der Wohnung im Hansaviertel angefangen hat. Er muss schon bald nach uns eingetroffen sein und hofft, bis zum Abend fertig zu werden!“

Der Kommissar hatte dies nur Kopf nickend zur Kenntnis genommen, denn er war von den Erläuterungen der Hofbrauerei mehr als angetan. Der Schulte up den Drene war keineswegs ein mundfauler Buer, er konnte auch farbig und lebendig erzählen und berichtete ausführlich, wie er als Kind seinem Vater und dem Öhm beim Brauen des Erntebieres zugesehen hatte.

„Unser Speicher ist übrigens ein Denkmal besonderer Art, denn nur auf ganz wenigen Höfen in Westfalen hat sich überhaupt eine Mälzerei erhalten!“ Der Schulte führte die Beamten über zwei enge Stiegen in das Dachgeschoss des Gebäudes, wo er voller Stolz eine Malzdarre präsentierte: „Sie müssen sich das so vorstellen: Nach dem Drusch der Braugerste wurde das Korn in Säcken gelagert. Dann wurde es auf diesem extra konstruierten und gepflegten Boden ausgebreitet, angefeuchtet und wiederholt gewendet. So kam das Korn zum Keimen, und die Stärke in seinem Innern verwandelte sich in Zucker. Natürlich durfte kein

Keimling austreiben. Die Entwicklung wurde über einen Trocknungsprozess gestoppt. Man füllte das Korn auf die Malzdarre." Wie ein Museumsleiter führte der Schulte seine Gäste an eine tischartige Anlage, die aus Backsteinen feuersicher etwa 80 Zentimeter aufgemauert war. Sie bildete ein Quadrat von etwa 1, 5 Metern Seitenlänge und war am oberen Rand an allen vier Seiten von hohen, sorgfältig gehobelten Eichenbohlen umschlossen. Der Boden bestand aus fugendicht verlegten Sandsteinplatten, in die aber reihenweise kleine Löcher gebohrt worden waren. „Diese Platten wurde von unten, aus dem Erdgeschoss, durch ein Feuer aus ganz trockenem Buchenholz in kleinen Scheiten erwärmt, so dass tunlichst kein eigentlicher Rauch aufstieg. So wurde die Braugerste, inzwischen ja zu Malz geworden, getrocknet und dann über den Trichter hier ins Erdgeschoss in die Malzmühle geschickt. Den Rest müssen wir uns unten ansehen."

Etwas unsicher zwängte man sich die steilen, engen Treppen wieder herunter ins Erdgeschoss, wo der Hausherr, ganz in seinem Element, den Brauvorgang vom Braukessel über den Maischebottich und den Würzbottich bis zur Abfüllung in die Fässer und die Vergärung mit Frischhefe vorstellte. Letztere fand aber schon im Bierkeller statt, und das unvergorene, noch alkoholfreie Bier, Zuckerbier nannte es der Schulte, war über Rinnen und Trichter in die Fässer gelangt.

„Man darf nicht vergessen: Auf einem so großen Hof waren viele Erntehelfer vonnöten, und das Erntebier wurde ausdrücklich für den Sommer gebraut. Das war bei dem Umgang mit so schweren Materialien und Mengen natürlich eine reine Männerarbeit, die zudem höchste Sauberkeit verlangte. Gebraut wurde im Frühling, und zwar bevor die Gräfte blühte, so sagte mein Vater, also bevor der Pollenflug zu stark wurde. Denn Pollen konnten das Bier verderben. Also wurde immer in der Fastenzeit gebraut, und wenn Ostern früh fiel, dann war es meist die Karwoche. Ich weiß noch, dass das Zollamt jedes Jahr eigens einen Kontrolleur schickte, der sich wegen der paar Mark Steuern genau erkundigen und schriftlich bestätigen musste, wie viel Bier Vater und Öhm Wilm brauten."

„Und hat es denn geschmeckt, das Josephus-up-den-Drene-Bräu?", wollte Kattenstroht wissen.

„Ich selbst habe noch eine schwache Erinnerung an das Zuckerbier vor der Gärung. Das schmeckte so wie unser Malzbier heute. Nach Gärung und Lagerung habe ich als Kind das fertige Bier nur so mal probiert. Es schmeckte nach meiner Erinnerung ein wenig säuerlich und war nach den Berichten aus der Familie schwach eingebraut, mit einem niedrigen Alkoholgehalt. Es muss im Sommer ein prima Durstlöscher gewesen sein und wurde in den großen Töten, diesen bauchigen Tonkrügen, gekühlt aufs Feld zu den Arbeitern gebracht. Übrigens hat man ganz früher auch noch stärkeres Bier gebraut, und ein Großonkel hat mir vor Jahrzehnten erzählt, als Kind habe er jeden Morgen warmes Bier zum Frühstück bekommen, das am Herdfeuer in der Herdasche warm gestellt worden war."

„Warmes Bier?" Kattenstroht schüttelte sich. „Aber sagen Sie mal, wäre denn eine funktionierende Brauerei nicht auch eine tolle Ergänzung zu Ihrem gastronomischen Programm? Der Schulten-Trunk aus der Hofbrauerei! Das wäre doch bestimmt ein Renner!"

Der Bauer lächelte: „Natürlich haben wir darüber nachgedacht. Aber der Aufwand ist relativ hoch, und angesichts der heute geltenden Lebensmittelrichtlinien und der speziellen Hygienevorschriften geraten Sie da ganz leicht in Schwierigkeiten. Wir haben davon abgesehen, schenken aber ein Bier aus einer Schlossbrauerei in Ostwestfalen aus, die noch rein landwirtschaftlich orientiert ist und zu uns passt! Der Bier-Baron ist ein guter Bekannter von mir."

Der Kommissar hakte weiter nach, während sie über den Hof zum Café gingen: „Wie war das denn mit dem Schnapsbrennen hier auf dem Hof?"

„Zu den geistlichen Dingen hat der Schulte up den Drene gar keine Neigung", grinste der Bauer übers ganze Gesicht. „Es ist nicht so, dass unsere Fine nicht auch mal einen Aufgesetzten macht oder ich einen ut de Strüek in den dunklen Keller lege, aber selber brennen, das hat bei uns gar keine Tradition. Natürlich hat damals, in den schlechten Zeiten, in der Kriegs- und der Nachkriegszeit, unser Öhm wie fast jeder Mann seines Schlages ein Maschinken für den Balkenbrand gehabt, aber für die Alkoholproduktion im großen Stil haben wir uns nie interessiert. Wissen Sie, es war nie unser Ding, uns so ruck, zuck immer wieder auf neue Felder zu begeben."

Mittlerweile waren sie am Neubau des Cafés angekommen, und in der Tür bemerkte der Schulte noch, er habe jetzt allerdings ein Projekt mit einem hoch qualifizierten Brenner entwickelt: „Der soll uns im kommenden Herbst versuchsweise einen sortenreinen Apfelbrand produzieren. Die Bäume dafür sind schon reserviert, und ich will mal sehen, ob uns da nicht etwas Schönes und Geschmackvolles gelingt. Aber, lieber Herr Kommissar, dieses neue Geschäft kann das Reden – bitte schön – noch nicht vertragen!"

Kattenstroht, derart zur Verschwiegenheit verpflichtet, nickte nur ergeben.

Das Hofcafé glänzte durch eine einheitliche Gestaltung in dunklem Holz, das mit hellen Wandflächen, mit Ätzgläsern und ausgesuchten Beschlägen kontrastierte. Fast alle Tische waren besetzt, und hübsche junge Mädchen in einheitlicher Tracht trugen Kaffee und Tee, deftige Schinkenschnittchen und große Kuchenstücke auf. Der Hausherr war offensichtlich vielen Gästen bekannt, denn als er mit Kattenstroht und Eilers durch die Räume ging, wurde er mehrfach freundlich begrüßt. Ein Schwätzchen hier und da musste ebenfalls sein.

Die Beamten aus Münster bestaunten derweil die professionelle Organisation des Geschäftes: „Man soll doch nicht glauben, dass man hier auf einem münsterländischen Bauernhof ist!", kommentierte Kathrin Eilers. Kattenstroht sah es ähnlich: „So wie das hier aufgezogen ist, studiert der Schulte doch die Entwicklungen internationaler Gastronomie. Eine so grandios bestückte und organisierte Kuchentheke habe ich vor Jahren mit Betty mal in Oberitalien, in einem venezianischen Kurort bewundert."

Ähnlich lebendig präsentierte sich der Hofladen, das Reich der Meirschke up den Drene, wie der Kommissar die Hausfrau mit dem uralten und landesüblichen Titel ansprach. Die aber lachte nur und bediente freundlich ihre Kunden weiter. Neben Lebensmitteln aus eigener Produktion gab es ein breites Sortiment rund um das Landleben: Von der Bürste zum Gemüseschrubben bis hin zur Fachliteratur über den Gartenbau. Kattenstroht besichtigte wie stets mit besonderem Interesse die Bücherregale und blätterte einige Bildbände mit historischen Aufnahmen vom Lande durch; erfreut stieß er auf eine Tierbuchreihe für

Kinder, deren Illustratorin er über Betty kennen gelernt hatte. Allerdings konnte er es auch nicht lassen, einen Punkt zu kritisieren: Ihm fehle schon lange eine Krimi-Reihe über Mord und Totschlag im ländlichen Milieu. Auch Kathrin Eilers hatte Spaß an dem breiten Angebot des Ladens und studierte speziell die Angebote zum Wohn- und Gestaltungsbereich.

Der Schulte, der geduldig das Interesse seiner Gäste verfolgt hatte, warf jetzt doch einen Blick auf seine Uhr und schlug vor: „Ich denke, wir gehen jetzt mal zu den Unterkünften unserer Leute! Sie müssten alle vom Feld zurück sein, und es ist noch nicht Abendessenszeit." Seine Frau legte ihre blütenweiße Rüschenschürze ab und bemerkte nur, dass sie jetzt auch Pflichten habe.

Die Zimmer seiner Wanderarbeiter hatte der Schulte up den Drene im Dachgeschoss eines Wirtschaftsgebäudes eingerichtet. Unten standen in mehreren großen und hoch ausgebauten Garagen die Traktoren, Wagen und Maschinen; über ein seitliches Treppenhaus gelangte man ins Obergeschoss, wo die Zweibettzimmer der Arbeitskräfte lagen. Duschräume, Toiletten, eine größere Küche und ein Gemeinschaftsraum mit Tischen und Stühlen präsentierten sich zweckmäßig und ebenso schlicht wie reinlich.

Die Saisonkräfte, etwa je zur Hälfte Männer und Frauen verschiedenen Alters, hatten sich inzwischen im Gemeinschaftsraum um einen großen Tisch mit Kunststoffoberfläche versammelt. Auch hier herrschte eine gewisse Nüchternheit, die ein Fernsehgerät und ein Bücherbord in einer Sitzecke mit wenigen Polstermöbeln auch nicht ausgleichen konnten.

Die Stimmung war gespannt, denn irgendwie hatte es sich herumgesprochen, dass der Schulte schlechte Nachrichten vortragen wollte. Man holte Stühle für Kattenstroht und Eilers dazu, und die beiden nahmen Platz. Der Schulte und seine Frau aber blieben stehen, und ein junges Mädchen trat unaufgefordert an ihre Seite. „Aleksandra übersetzt, denn nicht alle unsere Leute sprechen tatsächlich deutsch", informierte der Hausherr flüsternd den Kommissar.

Die traurige Botschaft wurde der so gewandte Schulte up den Drene dann doch nur stockend und mit belegter Stimme los. Er berichtete in kurzen Sätzen, die die Dolmetscherin in erstaunlicher Geschwindigkeit übersetzte, dass man am Morgen in einer Zeitung auf ein Bild von Marina gestoßen sei. Diese sei ja am Freitag zuletzt hier gewesen. Am Samstag hätte sie morgens noch im Hofcafé Dienst getan, sich aber am Nachmittag abgemeldet. Danach habe man nichts mehr von ihr gehört. Man habe nach der Zeitungsveröffentlichung am heutigen Mittwoch vielfach versucht, sie per Telefon und Handy zu erreichen, habe aber weder in ihrer Wohnung in Münster noch unterwegs irgendeine Reaktion erhalten: „Wir haben uns dann bei der Polizei gemeldet, und die Chefin und ich sind dann heute Mittag in Münster gewesen. Ich muss euch leider sagen, dass wir Marina in der Rechtsmedizin identifizieren mussten. Sie ist tot. Irgendjemand hat sie gemein ermordet." Er schaute unsicher in die wie erstarrt wirkende Runde: „Die Familie ist schon verständigt."

Die Worte klangen in Polnisch wie ein böses Echo, und die Reaktion der Anwesenden zeigte dem aufmerksamen Kattenstroht, dass zum einen der Sachverhalt hier wohl noch nicht bekannt gewesen war und zum anderen dieser die Menschen wie ein Schock traf. Aufstöhnen, Erschrecken, Ratlosigkeit machten sich unter den Anwesenden breit. Eine Zeitlang herrschte tiefes Schweigen, nur schwere Atemzüge Einzelner waren in der Stille zu vernehmen.

Schließlich stand am hinteren Ende des Tisches ein älterer Mann auf. Er faltete die Hände und begann auf Polnisch offensichtlich ein Totengebet, zu dem seine Kolleginnen und Kollegen nun ebenfalls zügig aufstanden und verschiedentlich in gemeinschaftliche Antworten einfielen. Kattenstroht und Eilers verstanden zwar kein Wort, hatten aber beide die Geste und ihre Bedeutung gespürt und sich auch erhoben. Der Vorbeter, er mochte der Senior der Truppe oder ihr Vorarbeiter sein, fragte, nachdem sich alle wieder gesetzt hatten: „Und was machen wir jetzt?"

Der Schulte stellte seinen Leuten die beiden Ermittler aus Münster vor, und der Kommissar erläuterte mit Hilfe der Dolmetscherin, dass man alle Anwesenden am nächsten Tag ausführlich werde verhören müssen. Man wolle in Erfahrung bringen, was Marina Szepanski in ihren letzten Lebenstagen gemacht, wo sie sich aufgehalten und mit wem sie Kontakt gehabt habe: „Jede Kleinigkeit ist für die Aufklärung dieser

Tat wichtig, und wir verlassen uns auf Ihre Hilfe und Unterstützung. Die Befragung morgen wird von mehreren Beamten der Kreispolizei durchgeführt, und mein Kollege Schücking wird sie leiten."

Nachdem Hausherr und Hausfrau up den Drene noch einige tröstend gemeinte und aufmunternde Worte an ihre Leute gerichtet hatten, verließen sie gemeinsam mit Kattenstroht und Eilers die nachdenkliche Runde.

Auf der Fahrt von Brinkbergen zur Autobahn ließen sie noch einmal die Informationen, die sie an diesem Nachmittag erhalten hatten, Revue passieren. „Im Grunde ist der Schulte up den Drene auf diese Leute aus Polen angewiesen. Ohne sie würde der Betrieb nicht laufen", fasste Kathrin Eilers zusammen. „So eine Marina tanzt da ja schon aus der Reihe. Wird sie nicht doch zur Konkurrentin?"

„Den Gedanken müssen wir verfolgen", stimmte der Kommissar seiner Assistentin zu. „Wir müssen uns vor allem intensiven Rat holen. Es stecken viele Fachfragen in diesem Komplex!"

„Ich habe schon eine Frage!", reagierte Kathrin Eilers aufmerksam. „Bei den Likören und Aufgesetzten hattest du so einen merkwürdigen Begriff. Ut de Strüek? Aufgesetzten kenne ich, den setzte meine Oma immer auf schwarzen Johannisbeeren mit Kandis und einer Vanillestange an. Was ist das andere für ein Zeug?"

Kattenstroht schien es den Mund zusammenzuziehen: „Ut de Strüek, das ist ein Aufgesetzter, den mein Opa gelegentlich machte: Die Fruchtstaude eines Wermut-Strauches wird in eine Flasche gezwängt und mit Schnaps aufgegossen. Dann muss das Ganze sechs Wochen im Dunkeln stehen. Am Ende hast du einen scheußlich schmeckenden, aber toll wirkenden Magenbitter!" Und nach einer kurzen Denkpause resümierte der Kommissar: „Eigentlich könnte ich den gerade jetzt gut gebrauchen!"

Die Morgenlage am Donnerstag präsentierte sich in großer Besetzung. Neben Kattenstrohts engeren Mitarbeitern waren Beuckings Team von der Spurensicherung und die junge Staatsanwältin Engler erschienen. Mia Kunsleben übernahm wie üblich die Gesprächsleitung, und Kattenstroht verdrückte sich an den Rand des Geschehens, von wo aus er den Beiträgen besser folgen, zugleich aber die Projektionswand und die Pinnwände im Auge behalten konnte.

Kathrin Eilers erstattete zunächst knapp Bericht über den Besuch auf dem Hof des Schulten up den Drene und schloss: „Kollege Schücking ist mit insgesamt vier Teams inzwischen auf dem Hof und nimmt die Aussagen der Saisonarbeiter und der übrigen Hofleute auf. Ich weiß nicht, ob viel dabei herumkommt. Wir müssen abwarten."

Beucking und seine Leute hatten die Wohnung der Marina Szepanski in ganzer Breite auf mögliche Spuren durchsucht: „Im Grundsatz kann man sagen: Ein kleiner und sehr gut geführter Haushalt. Ordentlich, reinlich, klar gegliedert. Das hat uns sehr geholfen."

Kathrin Eilers sah von ihren Akten auf. „Bei unserem Besuch war uns aufgefallen, dass kein eigentlicher Arbeitsplatz existierte. Konnte das geklärt werden? Hatte die Szepanski vielleicht doch noch andernorts ein Büro?"

Ternarde grinste. „Ihr habt den wunderschönen Rollschrank im Flur übersehen. Ein hochmoderner Büro-Caddy, wie er in neueren Großraumbüros mit flexiblen Arbeitsplätzen benutzt wird. Man rollt das Ding an einen beliebigen Platz in der Wohnung oder sogar auf den Balkon, schließt ein Kabel an, hat Arbeitsfläche, Licht, Verbindungen, einen Aufbewahrungsplatz und zwei Etagen Hängeregistraturen. Aktenführung war wohl ein Hobby der Frau Szepanski: Sie hat eine eigene Registratur aufgebaut – es ist alles da. Von den wichtigen Urkunden und Zeugnissen zu den Policen, Verträgen und Kontoauszügen. Am Anfang steht sogar ein richtiger Aktenplan."

„Hat sich die Beratungstätigkeit denn rentiert, die sie da betrieben hat?", klinkte sich der Kommissar aus der zweiten Reihe ein.

„Ganz davon leben konnte sie wahrscheinlich nicht, oder sagen wir besser: noch nicht. Wir lassen die wirtschaftliche Seite in den nächsten Tagen von einem Betriebsprüfer sichten. Da haben wir Amtshilfe eingefordert und auch zugesagt bekommen. Die Beratungen und Marketingkonzepte laufen über Honorarverträge. Insofern war sie ein echter *freelancer.* Ternarde griff nach einigen Akten: „Sie hatte etwa 15 Firmen, meist kleine Unternehmen, unter ihrer Kuratel. Dann kommen immer wieder kleinere und größere Verlagsabrechnungen dazu. Die Szepanski hatte offensichtlich eine kesse Schreibe, jedenfalls hat sie zahlreiche Artikel für die Fachpresse und das ein oder andere Magazin verfasst. Dabei stellt sie auch die Firmen vor, denen sie ein Marketingkonzept entwickelt und die sie weiter beraten hat. Das ist für jedes Projekt alles ordentlich in einer Handakte zusammengestellt. Sie lag mit ihrem kleinen Unternehmen an einer echten Schnittstelle; auf der einen Seite analysierte sie mikroökonomisch ihre Betriebe auf deren Produkte und Potenziale hin, auf der anderen Seite analysierte sie den Markt und entwickelte dann zielgruppengenaue Verkaufs- und Werbeaktionen. Die hatte übrigens auch vom Design eine Menge Ahnung. Das sieht man dem Werbematerial der von ihr betreuten Firmen und deren Internetauftritten an."

„Da haben wir ja Glück, dass das nicht so viele sind. Die müssen wir ja auch alle abklappern!", ließ sich der Kommissar vernehmen. „Welche Firmen sind denn so dabei gewesen?"

„Vor allem solche, die in den letzten Jahren in den diversen Magazinen vom Landleben auftauchen. Eine von einer Textilkünstlerin betriebene Handweberei, zwei Imkereien mit speziellen Honigsorten, eine Gasthausbrauerei mit Spezialbieren, eine Kleineisenschmiede für Gartengeräte und Zubehör in englischem Stil, natürlich eine Gärtnerei für alte und spezielle Pflanzen- und Kräutersorten. Ganz spannend: Eine Sattlerei, die noch per Hand Sättel und Zaumzeug nach Maß fertigt. Eine Töpferei darf auch nicht fehlen. Interessanter Kleinkram aus eher fernen Zeiten, der heute allerdings teuer ist und eine gehobene, finanziell potente Kundschaft erfordert."

„Kleinkram, der früher auf jedem Hof eigentlich zu finden war!", ließ sich Kathrin Eilers vernehmen. Der Kommissar knurrte nur, man möge es bitte nicht übertreiben. Sättel nach Maß würden auch nicht alle Probleme lösen. Mit nur einem Hintern könne man schließlich nicht zugleich auf zwei Pferden reiten. Heiterkeit in der Runde.

Beucking zog sich eine weitere Akte heran: „Dann hat die Dame offensichtlich auch Einkäufe ebensolcher Waren in ihrer polnischen Heimat organisiert, wo noch alte Gewerke und Produktionsverfahren im Landhandwerk üblich sind. Sie hatte einen eigenen Warenkatalog für diese Betriebe. Mit Copyright darauf. Da war sie allerdings nur Zwischenhändlerin. Dieser Geschäftszweig war wohl erst im Aufbau."

„War der Hofdienst bei unserm Schulte bei solchen Aktivitäten eigentlich noch notwendig oder gar möglich? Kann man überschlagen, wie oft sie da als Servicekraft arbeitete?" Kattenstroht war skeptisch geworden.

„Sie war mindestens an zwei Wochenenden im Monat in Brinkbergen tätig, im Sommer auch wohl noch häufiger. Sie kam meistens am Freitagnachmittag und arbeitete dort bis zum Sonntagabend. Natürlich haben wir die Lohnzettel vorliegen, wir haben sie durchgesehen und mit den Bankauszügen verglichen." Auch Ternarde hatte in den wenigen Stunden seit Mittwochmittag seinen Job gemacht: „Wichtig war dieses Zusatzeinkommen schon für sie. Bitte nicht vergessen: Eine so junge und hübsch anzusehende Kraft zieht einiges an Trinkgeld; das landet komplett in ihrer Tasche, und das Finanzamt guckt in die Röhre."

Beucking ergänzte mit väterlicher Miene: „Zudem scheint der Hof für die junge Frau ein Stück Heimat gewesen zu sein. Bestimmt hatte sie unter den Saisonarbeitern Bekannte und Verwandte, und wenn ich Sie, Kollege Kattenstroht, richtig verstanden habe, war auch der Draht zu der Familie des Spargel-Schulten eng und herzlich. Darüber hinaus haben wir nach persönlichen Kontakten aus der Studienzeit und aus der Ausbildungsfirma gesucht. Da haben wir außer ein paar freundlichen Erinnerungen keine aktiven Kontakte nachweisen können. Wie schon gesagt: Eine Heimat hatte die Marina Szepanski auf dem Spargelhof in Brinkbergen."

Der junge Schaap berichtete dann aus der IT-Welt der Ermordeten. „Das Festnetztelefon, wie schon gesagt, als Funkstation mit drei portablen Geräten. Ein professionelles Laptop. Eine externe Festplatte lag griffbereit. Sie muss meiner Meinung nach noch mit einem kleineren Notebook und einem extrem guten internetfähigen Handy unterwegs gewesen sein. Jedenfalls habe ich die Kaufbelege, die Gebrauchsanweisungen und die regelmäßigen Abrechnungen dazu gefunden. Wir gehen davon aus, dass dieses Equipment sich noch im Auto der Ermordeten befindet. Macht ja auch Sinn. Die Dame ist aufs modernste ausgerüstet gewesen und offensichtlich quick in diesen Dingen. Von dem Auto haben wir übrigens noch nichts gehört."

Mia Kunsleben wollte wissen, ob Schaap schon Dateien habe auslesen können. Der zeigte sich skeptisch: „Das Zugangspasswort zu knacken war kein Problem. Schwieriger, eventuell sogar unmöglich wird es, die Dateiordner unter Office zu öffnen. Die hat sie offensichtlich alle nach einem eigenen System mit einem jeweils separaten Schlüsselwort gesichert." Er hantierte an seiner Tastatur, und auf der Projektionswand leuchtete ein Dateien-Baum auf. „Sehen Sie hier: Ein Dateiordner ‚Projekte' mit 18 Unterordnern. Die sind, ich klicke hier mal weiter, mit vierstelligen Nummern und einem Kürzel aus zwei Buchstaben belegt. Wir haben schnell festgestellt, dass zu jedem dieser elektronischen Ordner eine Papierfassung in der Hängeregistratur gehört. Da wird nicht alles ausgedruckt drin abgeheftet sein, aber wahrscheinlich sind doch die wichtigsten Unterlagen da, an die wir zurzeit elektronisch nicht rankommen. Jedenfalls können wir uns ein Bild machen. Ich tippe darauf, dass sie ihre Projektakten noch einmal auf einem Stick und im Notebook bei sich geführt hat. Aufgefallen ist uns etwas anderes. Die Projektakte mit der Nummer 4012 und dem Kürzel ‚Bb' ist in Papierform nicht da. Sie war nicht im Caddy und lag auch nicht in der Wohnung herum. Meine These: Sie liegt, ordentlich, wie diese Frau ist, ebenfalls im Auto, wahrscheinlich weil Marina Szepanski am Wochenende einen Kundenbesuch machen wollte."

„Na dann, lieber Kollege Schaap, betätigen Sie sich bitte weiterhin als Passwort-Knacker, und sammeln Sie, was Sie über Marina Szepanski und ihr Umfeld rauskriegen können!", schloss die Kunsleben dieses Feld. „Das Auto macht mir Kopfzerbrechen. Wir müssen die Fahndung danach intensivieren und dafür eventuell über die Medien gehen."

Kattenstroht schoss aus der zweiten Reihe: „Ich komme mal zurück auf Ternardes Bemerkung von der so jungen wie hübschen Servicekraft. Wenn man die Bilder sieht, nicht unbedingt die aus der Rechtsmedizin, kommt man doch auch ins Grübeln. So ein hübsches Ding brennt doch nicht an. Die ist doch ansehnlich und clever und für mehr als eine Kirmes gut. Meine Frage also: Wissen wir was über ihr Liebesleben, wenn es so etwas überhaupt gab?“

„Hinweise darauf sind in der Wohnung nicht zu finden.“ Beucking nahm den Ball auf. „Ein Tagebuch war nicht da. Die Bilder und Fotoalben sind nach meiner ersten Einschätzung an der Herkunftsfamilie orientiert. Was so an der Wand hängt, zeigt unser Opfer im Kreise einer Familie: Vater, Mutter, drei Geschwister. Ich gebe gerne zu, dass wir da noch in der Orientierungsphase stecken. Allerdings“, er spielte mit seiner Brille, „hat Kollege Kottmann mit scharfem Auge eine bemerkenswerte Entdeckung gemacht.“

Der angesprochene Mitarbeiter übernahm mit einem müden Lächeln: „Wir hatten ja wegen der DNA-Analyse schon gestern Mittag eine Haarbürste mitgenommen und zur Rechtsmedizin gebracht. Am Nachmittag fiel mir dann auf, dass im Bad eine zweite Toilettenausstattung mit allem Drum und Dran in einem Unterschränkchen bereitstand. Übrigens eine Haarbürste mit anderen Borsten als die der Marina Szepanski. Wir haben dann weitergeschaut und noch etwas Wäsche und Kleidung gefunden, nicht sehr viel, aber für Besuche und als Reserveausstattung reicht es. Die Klamotten passen nicht zu der Wohnungsbesitzerin.“

„Was soll das heißen? Mal bitte genauer!“, knurrte der Kommissar von den hinteren Bänken.

Beucking erläuterte diese Ergebnisse seines Teams: „Kottmann meinte, mit aller gebotenen Vorsicht, dass die Trägerin dieser Textilien etwas stattlicher gebaut und besser ausgestattet ist als unser bedauernswertes Opfer. Marina Szepanski war ja eher der Typ Rehlein, wie unser geneigter Hauptkommissar zu klassifizieren pflegt.“

Sabine Engler zischte mit staatsanwaltlicher Miene so etwas wie Chauvi über den Tisch, und Kattenstroht verbat sich mit Blick auf die Gender-Problematik dringend, wenn auch mit verschmitztem Grinsen, unkorrekte Formulierungen in dienstlichen Vorgängen.

„Sie hatte also zumindest zeitweise eine Besucherin da. Die dürfte regelmäßig gekommen sein, denn sonst hätte sie ja keinen Wäsche- und Kleidervorrat und kein Depot an Seifen, Düften und Farben hinterlassen.“ Das Interesse des Kommissars war jetzt deutlich geweckt.

„Eins dazu noch!", setzte Kottmann hinzu. „Die Körperpflege-Utensilien der Marina Szepanski entsprechen unserem Standard hier, es sind durchaus gehobene und teure Marken dabei. In der zweiten Tasche aber steckten ganz überwiegend Waren eines englischen Markenprogramms mit der Bezeichnung M & S. Dahinter verbirgt sich die Kaufhauskette Marks & Spencer. Die ist in England weit verbreitet. Ein Teil der Klamotten für die etwas stärker gewachsene Dame tragen ebenfalls Etiketten dieser Firma."

„Dann mal alle ran an die Schreibtischarbeit!", kam die Büroleiterin zum Schluss. „Ich denke, die Aufgaben sind klar. Wir müssen a. die vorhandenen Akten aus dem Besitz der Marina Szepanski studieren, wir müssen b. die Vernehmungen auf dem Hof abwarten und prüfen, wir müssen c. möglichst zeitnah das Bewegungsprofil des Opfers im Brinkekreis rekonstruieren und dazu seine Kontaktpersonen finden." Mia Kunsleben schaute energisch in die Runde. „Dazu müssen wir aber erst einmal den Wagen auftreiben. Da sehe ich noch schwarz. Aber wir stehen ja erst ganz am Anfang. Wir wissen noch keine 24 Stunden um die Identität des Opfers und haben doch schon eine ganze Menge herausgekriegt."

Auf dem Flur heftete sich Staatsanwältin Engler noch einmal an Kattenstrohts Fersen: „Hat die Spur mit dem goldenen Amulett eigentlich noch was ergeben? Ich meine die Medaille, die bei der Toten gefunden wurde und die doch recht wertvoll ist."

„Die Muttergottes mit ihrem Begleitpersonal in purem Gold meinen Sie." Kattenstroht war gleich orientiert. „Wir haben das gute Stück komplett und in Details fotografiert, und ich habe Ausdrucke der Bilder einem alten Bekannten bringen lassen, der sich in Fragen der christlichen Kunstgeschichte hervorragend auskennt. Von dem kriege ich bestimmt eine Antwort. Ich halte Sie auf dem Laufenden. Ansonsten bitte ich Sie, mich zu entschuldigen. Frau Eilers und ich haben noch einen Termin in der Landwirtschaftskammer."

Die Landwirtschaftskammer befand sich in einem Büroviertel in Münsters Norden. Dort erwartete sie der zuständige Referent für Pflanzenbau, der ihnen sowohl in Sachen Spargel als auch im Feld der Saisonarbeit als fachkundig benannt worden war. „Beide Bereiche hängen in meiner Zuständigkeit und gerade beim Spargel tatsächlich eng zusammen." Fritz Eversmann redete nicht lange drum herum und kam bald auf die Bedeutung des Edelgemüses für die Landwirtschaft zu sprechen. „Die Rheinländer haben mehr für den Spargelanbau geeignete Böden, aber von den etwa 16.000 Tonnen Spargel, die in ganz Nordrhein-Westfalen in einem normalen Jahr geerntet werden, fällt uns in Westfalen ein wesentlicher Anteil zu. Zudem haben sich unsere Betriebe in hohem Maße spezialisiert und kommen mit prächtigen Ergebnissen. Was wir nicht in der Hand haben", Eversmann warf einen Blick aus dem Fenster in das Tal der Aa, „ist natürlich das Wetter. Dieses Jahr haben wir vielleicht Glück. Wir hatten einen schneereichen Winter und ein hinreichend feuchtes Frühjahr, aber jetzt scheint schon seit Anfang des Monats fast täglich die Sonne, wir haben ordentliche Temperaturen, und der Boden hat sich unter den Folien gut erwärmt. Die ersten Spargelstangen sind je nach den lokalen Verhältnissen ums Wochenende herum gestochen worden. Jetzt kann es richtig losgehen, und wir können möglicherweise ein großartiges Ostergeschäft mitnehmen."

„Kommen wir doch mal auf die osteuropäischen Saisonarbeiter zu sprechen", steuerte der Kommissar das Gespräch. „Ohne die gibt es doch anscheinend keinen ordentlichen Spargel zu vernünftigen Preisen. Oder habe ich das falsch verstanden?"

„Das ist ein unglaublich komplexes Feld, in dem sich in den letzten Jahren unglaublich viel bewegt hat. Betrachten wir mal die aktuelle Situation. Seit dem Frühjahr 2011 sind die Beschränkungen für die Arbeitskräfte aus Polen, den baltischen Staaten, aus Tschechien, Ungarn, der Slowakei und Slowenien im EU-Raum gefallen. Das heißt also, dass diese Leute kein Visum und keine Arbeitserlaubnis mehr beantragen müssen. Sie unterliegen nicht länger der Beschränkung auf die berühmten vier Monate und dürfen sich frei in den Mitgliedsstaaten der EU bewegen und dort auch arbeiten. Für sie gelten natürlich die steuerlichen Bedingungen wie die Verpflichtungen der Kranken- und Sozialversicherungen."

„Dann ist doch alles prima, und auch der Schulte up den Drene in Brinkbergen hat für alle Zukunft genügend Arbeitskräfte", räsonierte der Kommissar, musste sich aber von dem Fachmann eines Besseren belehren lassen: „Keineswegs, Herr Kattenstroht, keineswegs läuft das störungsfrei. Es gibt über die Arbeitsmigration eine Reihe von sehr genauen Untersuchungen. Die Leute, die ihre Heimat über Monate verlassen und als Wanderarbeiter auf unsere Felder gehen, haben oft einen deutlich höheren Schul- oder Bildungsabschluss erreicht oder eine komplette handwerkliche Ausbildung in ihrem Heimatland genossen. Was sollen die Spargel stechen, wenn sie jetzt bei uns auf ihrem eigenen Feld tätig werden dürfen? Will sagen, niemand hat eine Garantie, dass unsere Saisonarbeiter auch Saisonarbeiter bleiben, wenn sie endlich was anderes machen dürfen. Und zu den Löhnen: Wir sehen längst, dass die tariflich ausgehandelten Löhne niemanden mehr hinter seinem osteuropäischen Ofen weglocken. Da spielen auch inflationäre Entwicklungen in den Heimatländern eine Rolle. Praktisch zahlen alle unsere Betriebe übertariflich und bieten ihren Leuten besondere Konditionen. Da spielen auch persönliche Bindungen eine ganz große Rolle."

„Und die Einbindung unserer einheimischen Arbeitslosen hat auch nicht geklappt!", wusste Kathrin Eilers zu ergänzen. „Da hat mir mein Cousin aus Lahsum tolle Geschichten drüber erzählt."

Eversmann seufzte fast gequält auf: „Das war auch so ein Bürokratie-Ungeheuer. Ich denke da nur mit Schrecken an die Jahre 2005 und 2006 zurück, als die Arbeitsagenturen den Versuch machten, anstelle unserer osteuropäischen Saisonkräfte hiesige, arbeitslos gemeldete Leute auf die Felder zu transferieren. Das war doch von vorneherein klar: Die Arbeit ist objektiv schwer und körperlich belastend. Viele Leute sind gar nicht erst erschienen, die meisten arbeiteten zu langsam, und spätestens nach einer Woche flatterten die gelben Scheine scharenweise in die Betriebe. Dann hat man die Zahl der uns gestatteten osteuropäischen Arbeitskräfte in Beziehung zur Arbeitslosenquote gesetzt. Immerhin kamen wir bei günstiger Konjunktur zuletzt auf etwa 15.000 Arbeitsgenehmigungen für NRW. Ich muss Ihnen aber nicht sagen, dass die

Entwicklungen der Natur nicht vom Schreibtisch gesteuert werden können. Hat, um ein Beispiel zu nehmen, Ihr Spargelbauer da in Brinkbergen nicht genug Arbeitskräfte bekommen können, kann ihn ein schönes sonniges Wochenende richtig Umsatz und reines Geld kosten. Es wird schön warm, der Spargel treibt und schießt, und der Schulte hat nicht genug Leute zum Stechen zur Verfügung. Was dann aus der Erde herausstößt und sich verfärbt, ist als Spargel nur noch Klasse II. Gourmets beschweren sich schnell über den herberen Geschmack, und der Erlös ist deutlich gemindert."

„Aber in gewisser Weise ist Spargel heute nur noch bedingt ein Festtagsgemüse. Wenn ich sehe, in welchen Mengen er hier in Münster auf dem Markt angeboten wird, kann ich nur staunen", bemerkte Kattenstroht nachdenklich und vergaß auch nicht zu erwähnen, dass die weißen und grünen Stangen auch in seinem Haushalt von Mitte April bis um Johanni eine gewisse Rolle spielten.

„Okay, was da oft als einheimischer Spargel angeboten wird, ist dann meist doch aus dem Ausland. Ich würde immer auf die hofeigene Vermarktung setzen." Eversmann war skeptisch. „Die Entwicklung bei uns ist aber deswegen so schwierig, weil man in diesem unserem Lande für Agrarprodukte einfach keine fairen Preise zahlen will. Man tut ständig so, als könnten unsere bäuerlichen Betriebe alle Kostensteigerungen – ich rede mal nur von Maschinen, Treibstoffen und Düngemitteln – ganz alleine auffangen. Würde aber der Spargelpreis eine gewisse Schmerzgrenze übersteigen, würde er in den Läden und auf den Märkten liegen bleiben. In Frankreich oder Belgien würde das nicht passieren. Daher ist unser neues Problem, wie wir erstens die bisher engagierten Arbeitskräfte aus Osteuropa halten, wie wir dann zweitens die Rumänen und die Leute vom Balkan, die noch den alten Bestimmungen unterliegen, verstärkt gewinnen und wie wir drittens durch Kosteneinsparungen und Ertragsverbesserungen konkurrenzfähig bleiben können. Das alles ist wahnsinnig schwierig."

„Was kann denn auf den Feldern selbst noch passieren?", wollte Kathrin Eilers wissen.

„Da müssen die Fachleute ran. Das ist ein breites Feld, das nur von Betrieb zu Betrieb unterschiedlich bestellt werden kann. Bodengüte,

Spargelsorte, engere Pflanzung, gezieltere Düngung, Optimierung der Ernte und der Sortierung. All das spielt da eine Rolle. Ein Problem bleibt: Setzt einer unserer Betriebe eine einzige Saison komplett in den Sand, geht es sofort um die Existenz dieses manchmal jahrhundertealten, traditionsreichen Hofes. Wir haben ganz schwierige Zeiten."

„Bitte noch einmal zu den Saisonkräften zurück. Ist das Thema wirklich so virulent?" Kattenstroht war mit den Hintergründen noch nicht zufrieden.

Eversmann wippte auf seinem Drehstuhl hin und her. „Es ist natürlich ein politisch besetztes Feld. 2005 gab es in Frankreich eine euroskeptische Kampagne, in der vor polnischen Klempnern gewarnt wurde, ausgerechnet vor Klempnern. Die würden in Scharen gen Westen streben, um den Franzosen die Delikatessen wegzuessen, hieß es. Das Referendum um den EU-Verfassungsvertrag ging in Frankreich prompt den Bach herunter. Natürlich ist dieser Klempner nur ein Symbol für die Ängste der Menschen. Hätte es bei uns in Deutschland ein vergleichbares Referendum gegeben, hätte das Ergebnis ähnlich ausgesehen. Bei uns war das Symbol mehr der polnische Fliesenleger, der preisgünstig und vor allem ohne Meisterzwang die Badezimmer saniert."

„Und wie sehen Sie da die Zukunft?"

Der Experte zeigte sich nachdenklich: „Vergessen Sie nie, dass die Volkswirtschaften in Osteuropa enorme Fortschritte gemacht haben. Die Polen hatten mal fast 20 Prozent Arbeitslosigkeit. Die haben sie halbiert. Sie haben ähnliche demographische Entwicklungen wie wir. Das Bruttoinlandsprodukt hat sich überall gesteigert. Die jungen strebsamen Leute müssen nicht mehr abwandern. Und so golden, wie er in den Augen des Ostens einmal war, ist der europäische Westen auch nicht mehr." Eversmann zögerte leicht, bevor er zu einem Urteil kam: „Die großen Jahre der Saisonarbeit osteuropäischer Wanderarbeiter in Deutschland scheinen mir dem Ende entgegenzugehen. Ich bin mal gespannt, was dann kommen wird."

Als sie zum Auto gingen, bemerkte Kattenstroht, ihm hätten einige kulturhistorische Anmerkungen über den Spargel gefehlt. Schon der berühmte Senator Cato hätte im alten Rom den Spargel gepriesen. Und am Erbdrostenhof in Münster sei der König des Gemüses von Westfalens Erzbaumeister Schlaun als Symbol für den Monat Mai gewählt worden. Kathrin Eilers wurde etwas keck: „Fehlt nur noch, dass du dich über die aphrodisische Wirkung der Spargelstangen auslassen wolltest."

Der Kommissar hob gerade zu einer seiner weitschweifigen Auslassungen an, als sein Handy bimmelte und seine Büroleitung ihm mitteilte, ein gewisser Professor Rütting habe angerufen und ihm eine Mitteilung machen wollen. Wenn Kattenstroht Lust habe, könne er ihn ja auf einen Sprung besuchen kommen.

Kattenstroht schaute auf die Uhr Es ging mittlerweile auf 12 Uhr zu. „Wir könnten den alten Herrn noch vor Mittag in seiner Wohnung befragen und dann eine wirklich gute, nicht weit entfernte Kantine zum Mittagessen aufsuchen. Für den Nachmittag sind wir ja mit Schücking verabredet. Wie siehst du das, Kathrin?"

Die Assistentin stimmte sich per Handy kurz mit ihrem Thomas ab, der an diesem Vormittag in Münster war und sie morgens mitgenommen hatte. „Thomas könnte mich gegen 17.00 Uhr in Brinkbergen abholen. Ist das in Ordnung?"

Kattenstroht war mit der Lösung sehr zufrieden und lud die jungen Leute, wie er sich ausdrückte, generös auf 16.30 Uhr zur Kuchentafel ins Hofcafé ein. „Jetzt aber erst einmal auf zum gelehrten Mann Gottes!"

Der emeritierte Hochschullehrer Professor Dr. Heinrich Rütting entpuppte sich – wie der Kommissar zu formulieren beliebte – als ein „geistliches Gefäß von höchster Bildung". Er empfing den Kommissar und seine Assistentin in einer stilvollen Bibliothek, deren beeindruckend bestückte Bücherwände nur von offensichtlich echten Bildwerken christlicher Kunst des späten Mittelalters und der frühen Neuzeit unterbrochen wurde: „Wissen Sie, Mariologie, die wissenschaftliche Erforschung der Marienverehrung, ist eines meiner lang geübten Steckenpferde."

Er bot seinen Gästen an, in einer bequemen Sitzgruppe aus dicken Sesseln, zwischen denen ein kleines Rauchtischchen stand, Platz zu nehmen. Der Herr Professor präferierte offensichtlich noch immer leichte Sumatras. Neben den Rauchutensilien lag der Umschlag mit den Farbabzügen des Medaillons, die Kattenstroht dem Theologen hatte zustellen lassen.

„An sich kein Problem, mein lieber Herr Kattenstroht. Ich behaupte mal, mein alter Bekannter, Ihr Herr Vater seligen Angedenkens, hätte die Frage noch über seine Allgemeinbildung gelöst. Die Darstellung ist natürlich die Muttergottes von Knock in Irland. Das ist heute der wichtigste Wallfahrtsort der Grünen Insel!"

Der Kommissar und seine Assistentin wechselten überraschte Blicke: „Irland, schon wieder das Vereinigte Königreich! Schau mal einer an!", warf Kattenstroht leise ein.

„Richtig, aber seit der Zeit des Ersten Weltkriegs ist es die Republik Irland. Knock liegt in der Diözese Tuam. Nach dem Zeugnis einer Gruppe von Gläubigen im Jahr 1879 ist ihnen dort die Muttergottes in Begleitung des heiligen Josef und des Evangelisten Johannes erschienen. Die drei finden wir im Vordergrund des Medaillons. Im Hintergrund dann der ebenfalls von den Visionären beschriebene Altar mit dem Kreuz, dem Lamm und den anbetenden Engeln. Die Sache ist vollkommen klar: Das Medaillon bezieht sich auf Knock." Der Professor war sich seines Urteils völlig sicher. „Die Rückseite überlasse ich Ihrer Interpretation. Da haben sich wohl die Kinder dieser Welt ausgelassen."

„Wie kommt denn die irische Muttergottes an den Hals einer polnischen Jungfrau?", fragte der Kommissar mit leicht spöttischem Unterton.

Da könne er ihn beruhigen, bemerkte der Theologe: „Nach Knock kommen im Jahr etwa 1,5 Millionen Pilger. Der Wallfahrtsort hat einen eigenen Flughafen, und unser eiliger Vater aus Polen war 1979 auch schon mal da. Vielleicht ist das ja die Erklärung!"

Gewissermaßen am Wege lag ein kleines, hinter eleganten Bürogebäuden verstecktes Lokal mit dem merkwürdigen Namen Panzerschrank. „Wissen muss man, dass hier der Viersternekoch einer anerkannt erfolgreichen Bank für einen mäßigen Preis Menschen glücklich macht, die nun mal nicht zum Personal seines Geldinstitutes gehören!“, erläuterte der Kommissar seiner Assistentin die Vorzüge dieses kleinen gastronomischen Betriebes. Es waren nur wenige Plätze vorhanden, zur alleinigen Auswahl gab es nur ein ungeheuer gutes Essen, und auch das gab nur zu einem niedrigen Einheitspreis bei sehr freundlicher Bedienung.

Kathrin Eilers war perplex: „Wo hast du den Tipp mal wieder her? Warum weiß ich so etwas nicht?“ Die Assistentin musste sich von ihrem Chef erneut belehren lassen, dass die Herkunft aus Osnabrück in Münster noch lange nicht alle Türen öffne. „Wie gesagt: Münster ist nicht nur die eigentliche Friedensstadt, sondern in gewisser Weise auch ein Dorf, und es reicht, wenn du 300 Leute hier kennst.“ Und nach einer kurzen Pause: „Es müssen nur die richtigen 300 Leute sein!“

Kathrin Eilers hatte ihre blonden Locken geschüttelt und sich an ihrer Mousse au Chocolat erfreut. Dann waren sie zügig in den Brinkekreis aufgebrochen und gegen 14.30 Uhr beim Schulte up den Drene eingetroffen. Der hatte tatkräftig zur Abwicklung der Vernehmungen beigetragen, hatte mehrere Räume zur Verfügung gestellt und auch zugesehen, dass alle seine Leute sich zwar zu den Gesprächen einstellten, gleichwohl die Arbeit auf den Feldern getan werden konnte. Da Schücking noch etwas Zeit brauchte, bot der Hofherr Kattenstroht und Eilers noch ein spätes Mittagessen an. Der Kommissar bedauerte. Man habe bereits dienstlich gespeist, und überdies dürfe er als Beamter nichts annehmen – nicht mal Vernunft! Diese Bemerkung stieß bei Paul Schulte up den Drene geradezu auf Begeisterung.

Gegen 15.00 Uhr trafen sich Schückings Mitarbeiter und die Münsteraner Beamten in einem rückwärtigen Gastraum des Hofcafés. In den letzten Stunden hatten die vernehmenden Polizisten in einem fließenden Prozess Einzelergebnisse und Fragekomplexe untereinander ausgetauscht und konnten nun schon ein relativ geschlossenes Bild vorstellen. Der Kreiskommissar hatte auf Blättern eines Flipcharts die wichtigsten Punkte notiert und trug sie nun der Runde vor: „Marina Szepanski ist am Freitagmittag gegen 13.00 Uhr hier eingetroffen. Sie hat ihren Wagen auf dem Mitarbeiterparkplatz hinter den Wirtschaftsgebäuden geparkt. Da ist der kleine graue Micra auch am Samstagmittag noch gesehen worden. Sie hat dann von etwa 14.00 bis kurz nach 22.00 Uhr Dienst im Restaurant gemacht und am Abend vor allem in der Küche bei den Vorbereitungen für das Brunchen am Samstagmorgen geholfen. Sie hat mit einigen Kolleginnen spät noch im Gemeinschaftsraum gesessen und ist dann zu Bett gegangen." Schücking schaute noch einmal über seine Notizen. „Ja. Das wäre es zum Freitagabend."

Kattenstroht hakte ein: „Wie ist das mit den Betten organisiert? Ist das nicht ein Problem, wenn jemand einfach so für zwei Nächte aufschlägt?"

„Die Erntehelfer sind in Zweibettzimmern untergebracht. Auf dem Flur stehen verschließbare Spinde, in denen jeder seine Privatsachen unterbringt. Es gibt noch einen Umkleideraum für das Personal. Dort hängt die Berufskleidung, die der Hof zur Verfügung stellt. Marina hatte eine Vereinbarung mit einer Kollegin, die heißt", Schücking suchte in seinen Zetteln, „die heißt Julija Kwiczinski. Die hielt ihr das Bett frei und sauber und hatte damit durch die Woche meist ein Einzelzimmer. Ich weiß nicht, ob das ein Vorzugsservice des Hofes war. Egal. Marina hat dort die Nacht verbracht und ist am Morgen zum Dienst im Café angetreten. Am Samstagmittag, es war überraschenderweise ruhiger im Restaurant, hat sie beim Servicechef nachgefragt, ob sie eher gehen könne, da sie noch einen Termin hereinbekommen habe. Sie hätte eigentlich bis 14.30 Uhr Dienst gehabt. Sie hat schon gegen 13.00 Uhr das Lokal verlassen. Als ihre Zimmergenossin etwa gegen 14.00 Uhr auf die Bude kam, war die Szepanski schon weg. Es lag nur ein Zettel da, dass sie am Samstagabend rechtzeitig wiederkommen wolle."

„Ist der Zimmergenossin an Marina irgendetwas aufgefallen? War sie besonders nervös, aktiv oder mit irgendwelchen Fragen oder Problemen beschäftigt?" Kathrin Eilers wollte dem Bild des Opfers mehr Konturen geben.

„Nein, nichts dergleichen! Oder besser: Fast nichts! Die Zimmerkollegin hat nur registriert, dass die Szepanski am späten Freitagabend und auch in den frühen Morgenstunden des Samstags intensiv an ihrem

Notebook gearbeitet hat. Der Kwiczinski hat sie erklärt, sie habe irgendwann am Wochenende noch einen wichtigen Termin, für den sie sich vorbereiten müsse. Da Handy und Notebook aber ihre ständigen Begleiter waren, fiel es nicht besonders auf." Der Kreiskommissar schaute auf seine Gesprächsnotizen und auf die Bögen. „Das ist es wohl gewesen. Die Eindrücke sind bei allen Gesprächen gleich gewesen. Es gibt praktisch keine Abweichungen in den Darstellungen. Man muss aber auch sagen, dass etwa die Hälfte der Leute die Marina Szepanski am Freitag und Samstag gar nicht wahrgenommen haben will. Das ist bei der Größe des Hofes, der Unterschiedlichkeit der Arbeitsfelder und bei den gegeneinander verschobenen Arbeitszeiten nachvollziehbar. Einige haben nur ihr Auto gesehen, andere nicht mal das."

Kattenstroht schaute nachdenklich auf die großen Notizbögen an der Wand: „Sind irgendwelche Absprachen zwischen den Leuten erkennbar? Deckungsmechanismen untereinander vielleicht sogar?"

Schücking schüttelte den Kopf: „Haben wir nicht bemerkt. Es wäre für einen eventuellen Täterkreis allerdings Zeit genug gewesen vom Samstagmittag bis heute. Wir haben immerhin schon Donnerstag, wir wissen aber erst seit gestern Mittag um die Identität des Opfers. Die ganze Gruppe der Saisonarbeiter auf dem Hof wurde gestern erst am späten Nachmittag informiert. Sie hätten sich bis zum heutigen Morgen abstimmen können; sie haben wahrscheinlich auch drüber geredet, aber in den Inhalten ist das alles schlüssig."

Kathrin Eilers fragte nach Sympathien oder Antipathien gegenüber dem Opfer innerhalb der Arbeiterschaft, nach Eifersüchteleien, Konkurrenzdenken oder Neid.

„Nichts dergleichen zu hören oder zu sehen!" Sein Team habe verschärft auf dieses Feld geschaut, erläuterte der Kreiskommissar: „Marina Szepanski war in gewisser Weise der Star der Truppe. Sie hatte etwas geschafft, was für viele beispielhaft sein konnte: einen ordentlichen beruflichen Aufstieg und eine gelungene Integration." Nachdenklich setzte Schücking hinzu: „Trotz ihrer Jugend war sie, auch wohl als Nichte des ursprünglichen Sprechers der Gruppe, wichtige Beraterin und auch Dolmetscherin. Sie kümmerte sich um Termine mit Behörden und Versicherungen, betätigte sich als Steuerberaterin und musste immer ran, wenn es galt, ausgerechnet deutsche Formulare ausfüllen zu müssen. Die Trauer, die wir miterlebt haben, erscheint echt. Bei einigen der jüngeren Frauen haben wir auch so etwas wie Angst gespürt. Selbst die Servicekräfte, die nicht zur polnischen Truppe gehören, die Schülerinnen aus dem Dorf und die Studentinnen, sind tief getroffen und hatten im Gespräch Tränen in den Augen. Das verwundert ja nun nicht bei dem jungen Blut und diesem Schicksal!"

Die Suche nach einem Liebhaber oder gar einer Liebhaberin der schönen Marina Szepanski war im Kreise der Hofleute beim Schulte up den Drene erfolglos. Einer der Arbeiter hatte berichtet, Marina habe daheim in Polen einen festen Freund gehabt. Den hatte aber noch niemand zuvor gesehen. Niemand wusste, wann sie überhaupt das letzte Mal daheim in Oppole gewesen war. „Es ist wie verhext!", hatte der Kommissar geknurrt. „Selbst beim Thema, über das alle am liebsten quaken, ist hier Fehlanzeige."

Ein letztes Rundgespräch brachte keine weiteren Erkenntnisse. Man verabredete sich wegen der Berichte und Vernehmungsprotokolle, die die Kreispolizei umgehend nach Münster schicken wollte. Kattenstroht dankte Schücking für die wie gewohnt tatkräftige Zusammenarbeit und verabschiedete sich persönlich von allen Beamten seines Teams.

Auf dem Hof trafen sie gegen 16.30 Uhr verabredungsgemäß Thomas Eilers, der gekommen war, um seine Frau abzuholen. „Zuvor bestehe ich aber auf der Kuchentafel, zu der ich eingeladen habe!", erklärte der Kommissar. In einer Ecke des Hofcafés fanden sie einen freien Tisch, von dem aus man eine gute Übersicht hatte. Als Bedienung stand eine junge Dame parat, die zwar nicht ganz in die Truppe zu passen schien, dennoch des Kommissars höchste Aufmerksamkeit erregte. Klein gebaut, weißhäutig und stupsnasig, dazu hatte sie prachtvolle rote Locken. „Wann hat man zuletzt so schöne Summervüegelkes gesehen?", seufzte Kattenstroht angesichts der Sommersprossen dieser jungen Dame, die sich als freundlich, gewitzt und zügig im Service erwies. Ihren leichten Akzent konnte der Kommissar nicht so sofort einordnen.

Der Apfelkuchen war großartig, der Kaffee aromatisch und reichlich, das Gespräch nach anstrengenden Tagen entspannend. Kattenstroht erkundigte sich, was die Gartenpläne der Familie Eilers am Forsthaus im

Reckhölter Hagen machten, und musste zur Kenntnis nehmen, dass man nicht so weit gekommen sei wie geplant.

„Die alte Sonnenuhr haben wir noch nicht aufgestellt, aber die klassische Beetaufteilung ist wieder erkennbar. In den nächsten Tagen kommt Gertrud Wortmann und hilft, den Buchsbaum umzulegen und neu anzupflanzen“, erläuterte Thomas Eilers den Stand der Dinge.

„Ach richtig, die Gärtnerin aus eurer Nachbarschaft! Das ist ein guter Kontakt, denke ich!“, bemerkte Kattenstroht beiläufig und war schon wieder von der Bedienung abgelenkt, die er wenige Augenblicke zuvor zum Kassieren herangewinkt hatte.

Kathrin Eilers hatte in den letzten Jahren zwar eine freundschaftliche Neigung zu ihrem Kommissar aufgebaut. Sie ertrug seine Schrullen und teils schrägen Unkorrektheiten mit Engelsgeduld, sie schätzte seine zynischen Kommentare ebenso wie seine brillanten Ideen, wenn sie denn zur rechten Zeit kamen. Was sie jetzt jedoch erleben musste, überschritt eindeutig ihre Grenzen und ging ihr über die Hutschnur: Während die Bedienung leicht vornübergebeugt den Tisch-Bon vor den Kommissar gelegt, den Rechnungsbetrag in Euroscheinen in Empfang genommen und sich für das Trinkgeld bedankt hatte, galt Kattenstrohts Interesse eindeutig dem Dekolleté der jungen Frau. Dies war so offenkundig, dass es peinlich wirken musste.

Die Eilers stieß ihren Chef unter dem Tisch mit einem Fuß an. Der Kommissar erwachte aus seinem Bann und wurde nun auch ein wenig verlegen. Er lief leicht rot an und meinte nur, darüber müsse man sich draußen unterhalten. Kathrin Eilers war deutlich befremdet.

Auf dem Flur holte der Kommissar Luft: „Ich darf um Verständnis bitten. Wir müssen sofort mit dem Schulten über diese junge Dame reden. Ronda heißt sie; so steht es jedenfalls auf dem Namensschild.“ Er wandte sich Thomas Eilers zu. „Du musst noch etwas warten. Kathrin sollte an dem folgenden Gespräch teilnehmen.“

Die war sauer: „Ich nehme an nichts mehr teil, wenn ich nicht weiß, worum es geht und warum du im Dienst jungen Damen in die Wäsche starrst!“

Der Kommissar hatte sich wieder gefangen: „Du hast ja recht, meine Liebe, dass das wenigstens aus deiner Sicht daneben war. Aber wenn du gesehen hättest, was ich gesehen habe, wärst du auch fasziniert gewesen!" Und nach einer kleinen quälenden Pause ergänzte er: „Ich habe mich bei aller wunderschönen Ablenkung nicht verguckt. Diese Ronda trägt über ihrem Herzen ein Goldmedaillon der Muttergottes von Knock. Mein Blick mag in der Situation vielleicht etwas verunsichernd sein. Aber ich wette drei Portionen Stangenspargel darauf: Das Ding ist ein Parallelstück zu dem Medaillon, das wir bei der toten Marina Szepanski gefunden haben."

Jetzt war es an der jungen Assistentin zu staunen. Dennoch blieb sie bei ihrer Kritik, dass der Zweck nicht unbedingt alle Mittel heilige und Kattenstroht diese Sache auch diskreter und sensibler hätte angehen können. „Was soll denn die junge Frau jetzt von uns denken?"

Der Kommissar hatte sich wieder gefangen: „Es tut mir leid, aber wie sagte mal einer unserer Fortbildungsdozenten: Wir Männer sind nun mal so! Zudem darf ich bemerken, dass der Spruch vom Zweck, der die Mittel heiligt, von einem echten Münsterländer Theologen im 17. Jahrhundert formuliert wurde. Das wissen auch nur wenige. Also ist unsere Methodenwahl in gewisser Weise entschuldigt und als landesgebräuchlich abgesegnet."

Kathrin Eilers zischte was von Rabulistik, folgte ihrem Chef aber dennoch in das Büro des Schulten up den Drene. Der Hofherr saß gerade über einigen Tabellen und Rechenmodellen und war von der Frage ausgerechnet nach der roten Ronda etwas überrascht. „Ronda O'Donnell, Studentin aus England. Die kommt schon die zweite Saison zu uns. Die ist gut und aufmerksam, und wir wollen sie durch den nächsten Winter gerne auf dem Hof behalten."

„Was wissen Sie denn über die junge Dame?", setzte der Kommissar nach.

„Nicht viel! Wir sind tatsächlich über Marina an sie gekommen. Die hat sie in Münster irgendwo kennen gelernt. Die Ronda brauchte einen Job, und wir haben sie im letzten Sommer mit aufs Feld genommen. Da hat sie sich bewährt. Inzwischen ist ihr Deutsch recht gut geworden, sie hat Manieren und Auftreten, und deshalb will meine Frau sie ja auf Dauer in den Service mitnehmen. Inzwischen sind gute Englischkenntnisse auch bei uns ganz nützlich. Ronda wohnt etwa drei

Tage die Woche auf dem Hof. Einen Augenblick!", er griff zum Hörer, „ich rufe Fine mal dazu. Und dann lassen wir unsern Rotschopf kommen."

Die junge Frau wirkte zunächst etwas verschreckt, als sie sich im Büro ihres Chefs mit der Polizei konfrontiert sah. Allerdings nahm sie ohne Zögern am Besprechungstisch Platz und beantwortete alle Fragen der Polizisten scheinbar offen und höflich. Sie stamme aus einer englischen Familie irischen Ursprungs, wohne seit etwa einem Jahr in Münster und versuche, nach einem Sprachkurs dort einen Studienplatz zu bekommen. Zuvor aber müsse sie Geld verdienen.

Kattenstroht drehte seine Schrauben allmählich an. „Und was haben Sie mit Marina Szepanski zu tun?", fragte er wie beiläufig.

„Mit Marina?" Die Rothaarige tat unschuldig. „Nur so viel: Ich habe sie im letzten Jahr auf einer Party in einem Studentenwohnheim am Aasee in Münster kennen gelernt. Sie hat mir geholfen, in Münster Fuß zu fassen, und hat mir auch den Kontakt hierher zum Hof gemacht. Ich bin gerne hier!", schloss sie und strahlte den Schulten und seine Frau an.

„Und sonst ist da nichts erwähnenswert?", setzte der Kommissar scheinbar gleichmütig nach.

„Nein, nichts!" Die junge Frau schüttelte mit lammfrommer Miene den Kopf.

„Komisch!", konterte Kattenstroht. „Warum haben Sie denn in der Wohnung von Marina Szepanski eine Dependance? Es sind doch Ihre Sachen, die da aufgehoben und von unseren Kriminalisten erfasst wurden: Wäsche, Kleidung, ein komplettes Toilettenset von Marks & Spencer. Also reden wir nicht drum rum! Diese Ausstattung – die gehört doch Ihnen."

Ronda O'Donnell hörte scheinbar gelassen zu, aber in ihren Augen erschien eine gewisse verschlagene Vorsicht, wie Kathrin Eilers zu bemerken meinte: „Mag sein, dass da noch Sachen von mir liegen. Ich habe manchmal nach Partys oder nach einem Stadtbummel bei ihr übernachtet. Kann ich so nichts zu sagen."

„Dann mal zu was Wertvollerem. Sie tragen eine Medaille der Muttergottes von Knock. Oder habe ich mich verguckt?" Dem Kommissar schien die Frage etwas peinlich zu sein. Ronda griff reflexartig an ihr Dekolleté, so als suche sie unter dem Kleid das runde Medaillon zu ertasten. Dann zog sie es an dem Goldkettchen aus der Bluse heraus.

„Ja, das ist richtig. Das ist in meiner Familie Tradition und ein kleines Erbstück." Sie nickte bestätigend und hob das goldene Medaillon an der Kette etwas hoch, so dass alle am Tisch es sehen konnten.

„Und Sie haben ein Exemplar an Marina verschenkt?" Kattenstroht war jetzt ganz ruhig und ließ der befragten jungen Frau viel Raum und auch Zeit.

„Das mag sein, ist mir aber nicht mehr so im Kopf!", wiegelte Ronda ab.

„Dann will ich mal Ihrem Gedächtnis aufhelfen. Das Medaillon ist auf seiner Rückseite graviert und trägt die Inschrift ‚You are always on my mind – R O'. RO – Das sind doch Sie, Ronda O'Donnell.

Die Rothaarige schien leicht zu schwanken: „Das kann schon sein, weiß ich aber nicht mehr so genau!"

„Ronda, gestatten Sie, dass ich Sie so anspreche. Wir wollen doch mal ernsthaft bleiben. Hier geht es um Leben und Tod. Sie haben einen direkten Draht zu Marina Szepanski gehabt. Sie waren befreundet. Ich behaupte, Sie waren eng befreundet. Marina hat Ihnen irgendeinen wichtigen Gefallen getan. Eine entscheidende Hilfe gegeben! Schutz! Was weiß ich." Kattenstroht setzte alles ein, was er noch im Köcher hatte: „Sie schenken ihr ein Exemplar dieser frommen Medaille da. Sieht harmlos aus, aber allein der Goldwert dürfte unter Brüdern deutlich über 500 Euro liegen. Das güldene Ding dürfte jedenfalls mehr kosten, als Sie in zwei Wochen beim Spargelstechen hier netto verdienen. Das wollen Sie mir bitte erklären."

Kathrin Eilers registrierte nur, dass sich bei Ronda der Vorhang schloss. „Von der erfahren wir nichts mehr", dachte sie bei sich.

So kam es auch. Ronda O'Donnell machte zu. Einen solchen Wert der Medaille könne sie sich nicht vorstellen. Die habe sie mal von einer Tante aus Knock mitgebracht bekommen. Die hätte das Goldstück bestimmt nicht verschenkt, wenn sie um den Wert gewusst hätte. Am Freitag hätte sie Marina nur ganz kurz gesehen. Und überhaupt seien sie seit Monaten schon nicht mehr zusammen ausgegangen.

Es war zwecklos. Das Gespräch begann, sich im Kreise zu drehen, und führte zu keinem Ergebnis mehr.

Der Kommissar bemerkte zum Abschluss nur, man habe ja alle ihre Daten und Ronda müsse sich der Polizei weiterhin zur Verfügung halten. So verabschiedete er die junge Engländerin.

Kattenstroht schaute ihr durch ein Fenster des Saales nachdenklich hinterher. „Es gibt da einen Hintergrund, irgendeine gemeinsame Geschichte. Die müssen wir herausfinden. Ronda weiß etwas, oder sie steckt gemeinsam mit der Marina Szepanski in einer jedenfalls von ihr als gefährlich empfundenen Situation. Wenn wir das rauskriegen, haben wir möglicherweise die Lösung zu unserem Fall in der Hand.“

Kommissar und Assistentin saßen noch einige Minuten mit dem Schultenpaar zusammen. Paul und Josephine Schulte up den Drene waren auch ziemlich perplex über das Gespräch mit Ronda O'Donnell.

Gleichmütig ging Ronda derweil über den Hof zum Quartier der Erntehelfer. Hier und da sprach sie mit Kolleginnen und verschwand dann im Treppenhaus des Wirtschaftsgebäudes.

Kathrin Eilers sah es genauso wie ihr Chef: „Ihre Reaktionen waren nach außen gebremst und total beherrscht. Ich habe aber das Gefühl, dass sie Angst hat. Als klar wurde, dass sie Wohnungs- und vielleicht sogar Bettgenossin von Marina Szepanski war, geriet sie innerlich in Panik. Deshalb das Getue, als ob sie von nichts wisse. Ich bin mal gespannt, was die uns noch präsentiert.“

Am Freitag hatte Kattenstroht schon früh im Büro aufgeschlagen. Zu Hause war es ihm zu „wehrig“, wie er Mia Kunsleben später berichtete. Für seine Frau und seine beiden Söhne war es der letzte Schultag vor den Osterferien, und da ging es drunter und drüber. Betty hatte zudem noch in den frühen Morgenstunden die letzten Klausuren eines Oberstufenkurses korrigiert. Der Beitrag des Kommissars zum Familienleben bestand darin, den Frühstückstisch zu decken, Kaffee zu kochen und mit Snoopy eine Morgenrunde zu drehen. Ohne großes Aufheben hatte er sich dann klammheimlich zum Dienst verdrückt.

In der Teeküche brühte er sich dann einen eigenen Morgenkaffee auf. Als dieser dampfend auf dem Schreibtisch vor ihm stand, entschied sich Kattenstroht nach einigem Überlegen und kurzer Durchsicht seiner CD-Sammlung für Schuberts 9. Symphonie zur musikalischen Untermalung: „Wirklich groß, dauert über eine Stunde!“, hatte er in dem Wissen vor sich hin gebrummt, dass er, was seine Mitarbeiter betraf, eine ungestörte Stunde vor sich haben würde. Das Telefon hatte er in Absprache mit Mia Kunsleben auf den Apparat der Büroleitung umgestellt.

Die Berichte aus den Vernehmungen der Erntehelfer vom Schultenhof up den Drene lagen tatsächlich schon vor. Sie waren noch am Vorabend auf elektronischem Wege eingetroffen. Die Büroleiterin hatte sie ausgedruckt und sortiert auf den Schreibtisch des Kommissars gelegt. Natürlich waren die Berichte auch als Dateien im Rechner gespeichert.

Kattenstroht machte es sich am Schreibtisch gemütlich, legte sich am Bildschirm eine neue Frageliste an, speicherte sie ab und las dann Akte um Akte, wobei er mit Bleistift, mit Textmarkern oder Klebezetteln hier und da Erinnerungs- und Fragepunkte setzte. Hin und wieder notierte er auch Gedanken und Aufträge in das Computerdokument.

Er konnte den „Vernehmungskomplex Saisonarbeiter“ relativ schnell durcharbeiten, denn die Papiere enthielten nach der Besprechung vom vorherigen Nachmittag mit Schücking und seinen Leuten wenig Neues. Kattenstroht achtete dennoch überall darauf, ob es nicht doch zu Vernetzungen zwischen den handelnden Personen und den Aussagen kam, forschte nach Übereinstimmungen, suchte vergeblich nach Widersprüchen und fragte sich, als die Schubert-Symphonie schon ihrem

Ende entgegenstrebte, ob die aufwändige Befragung nicht vielleicht doch vergebliche Liebesmüh gewesen sei.

Den Bericht über das Gespräch mit Ronda O'Donnell hatte er noch an die Seite gelegt und sich in einem Anfall von Missmut zunächst den Morgenbericht der Pressestelle aus dem Aktenbock gegriffen. Der enthielt schon früh erste Presseberichte vom Tage und zusätzlich die internen Polizeiberichte. „Was so alles passiert im Münsterland!", knurrte der Kommissar. „Unbekannte stehlen 18 Schafe von einer Wiese." Er lästerte über die Qualität des Berichtes und was die Tiere denn auf einer Wiese verloren hätten: „Wenn schon als Osterlämmer draußen, dann bitte schön auf einer Weide. Kein Wunder, dass die Täter das Gerät für den Weidestrom haben mitgehen lassen." Weiter studierte er eine Suchmeldung mit dem Bild einer Tonfigur „Strickende Frau". Das Kunstobjekt gehöre zu einem Beutekomplex, meldete der Bericht. Kattenstroht starrte fast eine Minute auf die Abbildung und kam zu dem Schluss, selbst wenn ihm dieses Objekt gestohlen worden wäre, sich vor Scham ob dieser Geschmacklosigkeit bestimmt nicht zu melden. „War bestimmt ein Geschenk der bösen Patentante. Sollen froh sein, dass sie's quitt sind."

Ein letzter Bericht sprach ihn dann doch an: „Ohne Polen kein Spargel", verkündete die fette Überschrift des Zeitungsartikels, der die Organisation der Saisonarbeit auf einem Spargelhof bei Münster zum Thema hatte. Auf einem Farbfoto präsentierten der Bauer und eine Helferin fröhlich lachend den ersten geernteten Spargel, grünen wie weißen. Der Kommissar studierte den Artikel; er fand ihn gut recherchiert und inhaltlich im Einklang mit den Gesprächen, die er seit Mittwoch geführt hatte. Zügig rief er die Datei auch im Rechner auf, ließ einen Farbausdruck erstellen und nahm diesen zu den Akten „Zum Nachteil der Szepanski, Marina".

Bei den Eingängen fand sich der komplette Bericht aus der Rechtsmedizin zu diesem Fall. Professor Schulte Natrup hatte auch die Analyse der Haare aus der Wohnung der Szepanski abgeschlossen. Es hatte sich eindeutig dem Opfer zuweisen lassen. Drogengenuss gleich welcher Art war nicht nachweisbar. Die Staatsanwaltschaft, sie war in Durchschrift eingebunden, könne aus Sicht der Rechtsmedizin die Leiche zur Bestattung freigeben. Der Blick des Kommissars hing an dieser Information, und er mochte sich die Lage der Eltern Szepanski nicht vorstellen.

Leise aufseufzend zog Kattenstroht nun doch das Vernehmungsprotokoll der Ronda O'Donnell zu sich herüber. Er betrachtete die zwei mageren Blätter, studierte die Angaben zur Person noch einmal intensiv und las zweimal die wenig konturierte Aussage der Engländerin. Dann schaute er auf die Uhr, entschied, dass auch eine Studentin nunmehr wach sein müsse, und wählte die Handynummer der Rothaarigen. „The person you have called is temporarily not available!" schallte es dem Kommissar umgehend aus dem Hörer entgegen. Nach zehn Minuten weiteren Aktenstudiums versuchte es Kattenstroht auf der Nummer des Internationalen Studentenwohnheims am Aasee, das Ronda als festen Wohnsitz in Münster angegeben hatte. Hier landete der Kommissar beim Hausmeister. „Eine rothaarige Ronda aus England? Was sagten Sie: O'Donnell – mit Doppel-N und Doppel-L?" Und nach einer Pause des Suchens: „Mit so was kann ich hier leider nicht dienen."

Jetzt war der Spürsinn des Kommissars geweckt. Da Kathrin Eilers sich wegen eines Arztbesuches erst für den späteren Freitagvormittag angekündigt hatte, nahm er den jungen Tim Schaap mit und brauste zum Studentenwerk am Aasee, wo eine hilfsbereite Mitarbeiterin die Dateien der in Studentenheimen wohnenden Studierenden automatisch durchkämmte: „Tut mir leid, Herr Kommissar. Da haben Sie entweder einen falschen Namen, oder Ihre Grundinformation stimmt nicht. Wohnt die junge Dame eventuell im Haus eines anderen Trägers oder doch privat?"

Tim Schaap schlug die Akte auf und rezitierte noch einmal die Angaben, die Ronda O'Donnell im amtlichen Verhör gemacht hatte.

„Die Aussage ist eindeutig, und sie ist ebenso eindeutig falsch. Die Dame versteckt sich. Was soll das nur wieder bedeuten?", grübelte der Kommissar.

Eine Antwort war in den Computern des Studentenwerkes nicht zu finden, also baten sie das Studentensekretariat der Universität Münster um Amtshilfe. Tatsächlich fand sich die junge Engländerin auch nicht in der Matrikel aller Studierenden, wie sie eine halbe Stunde später im Schloss feststellen mussten. „Das macht sogar Sinn", bemerkte ein resignierter Kattenstroht, „denn wenn sie nicht immatrikuliert ist, kriegt sie ja auch keinen Heimplatz beim Studentenwerk. Die Kleine hat uns also hereingelegt. Ganz schön clever und dreist obendrein. Hat sich rein gar nichts anmerken lassen. Schücking hat natürlich nur auf den britischen Pass geguckt und nicht prüfen müssen, wo dieser Untertan von Lisbett Windsor seine Füße hochlegt. Mist! Wir hätten schon gestern dranbleiben müssen! Kathrin hatte mal wieder recht: Das Goldköpfchen war gebremst und beherrscht, hatte aber offensichtlich Angst, die sie hinter einer vorgespielten Unwissenheit versteckte. Wie sagt der Münsterländer: En Voss aohne Nück, is'n selten Glück!"*

Im Präsidium stießen sie auf Kathrin Eilers, der sie die neue Entwicklung geradezu atemlos vortrugen. Die Assistentin hörte regungslos zu und kommentierte nur: „Ich weiß gar nicht, warum ich mich nicht wundere! Meiner Meinung nach müssen wir die Dame kurzfristig an die Leine nehmen. Ich bin mal gespannt, ob unsere Ronda heute Mittag beim Schulten up den Drene überhaupt noch Spargel serviert."

Kathrin Eilers hatte ihre Befürchtung kaum ausgesprochen, als das Telefon klingelte. Es war der Herr des Spargelhofes, der in dürren Worten mitteilte, Ronda sei vor einer halben Stunde abgehauen. Sie sei noch am Morgen in der Gemeinschaftsunterkunft gewesen, habe aber auf die anderen gewirkt, als sei sie „nicht mehr ganz in der Welt". Dann hätte sie vor dem Dienst mehrfach auf dem Hof mit dem Handy telefoniert. Schließlich hätte sie, anscheinend nach einem Telefonsignal, zwischen zwei Serviervorgängen das Hofcafé verlassen, übrigens in der Dienstkleidung. Mitgenommen hätte sie nur ihre Reisetasche, die sie zuvor in der Garderobe abgestellt hatte.

„Das gibt's doch alles nicht!" Kattenstroht schlug die Hände über dem Kopf zusammen. „Wir müssten eigentlich sofort raus!" Er blickte besorgt auf die Uhr. „Lasst uns mal gucken, wo Schücking steckt. Der könnte wahrscheinlich viel eher auf dem Hof aufschlagen als wir."

Tatsächlich war der Kollege in einer Diebstahlsache in Stockhem unterwegs, konnte aber sofort umschalten und sich um die Vorgänge auf dem Spargelhof kümmern. Er werde sich umgehend melden, sobald etwas zu hören sei.

Mit Routinearbeiten und Aktenumdrehen hielt sich das Team Kattenstroht etwa eine Stunde auf, bis Schücking sich vom Schulten-

---

* Ein Fuchs ohne (Hinter-) List ist ein seltenes Glück!

hof up den Drene meldete, um über das Verschwinden der Ronda O'Donnell Bericht zu erstatten. Kattenstroht und seine Leute hatten sich im Besprechungsraum versammelt und ließen das Telefonat über Lautsprecher laufen: „Die Kleine scheint durchgebrannt zu sein. Gezielt, überlegt, so wie in schlechten Romanen höhere Töchter mit einem Liebhaber auskneifen. Was Sie mir vor einer Stunde berichteten, wurde hier noch mal weitgehend bestätigt: Nach dem Gespräch mit Ihnen und Frau Eilers am gestrigen Abend hat sie völlig normal getan. Sie muss aber schon gestern am Abend ihre Sachen gepackt haben. Der Zimmernachbarin ist das jedoch nicht aufgefallen, die hatte einige Zeit auch noch Dienst. Schon gestern gab es dann einen lebhaften Telefonverkehr. Die O'Donnell führte mehrere Gespräche von ihrem Handy aus, meist auf dem Hof. Offensichtlich sollte sie niemand belauschen können. Sie deponiert irgendwann zwischendurch ihre Reisetasche in der Garderobe des Hofcafés und wartet ab einem abgesprochenen Zeitpunkt auf ein Signal. Sie bricht ihre Arbeit ganz unvermittelt ab, muss angeblich zum WC und ist durch den Hinterausgang raus."

„So weit, so schlecht!", unterbrach Kattenstroht den Kollegen. „Gibt es Zeugen, die unsere Ronda nach dem Verlassen des Hofgebäudes und bei der Abreise beobachten konnten?"

„Eine der Konditorinnen hat sie vom Fenster der Backstube aus gesehen, wie sie in Trenchcoat und Reisetasche den Wirtschaftshof verließ und die Lieferantenauffahrt herunterging. Dabei hatte sie es offensichtlich ziemlich eilig. Von einem der Polen, der mit Düngearbeiten in den Beerenkulturen beschäftigt war, haben wir gehört, dass unten an der Straße ein teurer Wagen parkte, so ein großes Teil mit hohem Kasten, breiten Rädern und allerlei Klimbim. Nach der Beschreibung wahrscheinlich ein recht neuer dunkelgrüner Range Rover oder Jeep mit auffallenden gelben Streifen an der Seite. In den ist die eingestiegen – und weg war sie!"

„Gab es noch weitere Details zum Auto?", wollte der Kommissar wissen.

Schücking brauchte etwas Zeit und schien in seinen Notizen zu blättern: „Dem Polen ist einiges aufgefallen. Es muss ein englischer Wagen gewesen sein, denn er hatte ein gelbes Nummernschild und – Überraschung! Es war ein Rechtslenker. Zudem hatte er auf dem Dach so eine gelbe Warnblinkanlage, wie sie bei Straßenbaufirmen gebraucht werden. Dann dieses verchromte Bullengitter, zusätzliche Lampenleisten und Scheinwerfer, wie ein Weihnachtsbaum, und eine Seilwinde vorne dran."

„Also in vollster Kriegsbemalung, wie?" Kattenstroht war jetzt sichtlich beeindruckt. „Was haben wir mit bunten Völkern zu tun!" Dann hielt er plötzlich inne. Er schien auf eine Idee gekommen zu sein. „Erst mal weiter, Kollege Schücking: Der Fahrer oder weitere Insassen waren nicht zu erkennen?"

„Die Seitenscheiben des Autos waren natürlich abgetönt. Zudem war der Arbeiter auch nicht dicht genug dran. Wenn er nicht eben zufällig zum Nachfassen des Düngers auf den Hof gekommen wäre, hätten wir von Ronda O'Donnells Abreise im Detail noch gar nichts erfahren."

Der Kommissar wirkte jetzt ein wenig abwesend. Er bedankte sich bei Schücking für die kollegiale Hilfe und legte den Hörer auf. Er nickte Mia Kunsleben und Schaap zu und bat sie, für das Fahrzeug eine Ausschreibung zur Fahndung vorzubereiten. Etwas genervt guckte er in die Runde: „Hat hier jemand am Freitagmittag noch eine Idee?"

Es war der stille Pötter, der wieder einmal mit seiner Belesenheit aufwartete: „Wenn wir mal zusammenfassen, dann wissen wir von Ronda O'Donnell doch eine ganze Menge. Sie ist Engländerin, jedenfalls dem Pass nach, aber irischen Ursprungs. Sie ist katholisch, zumindest lebt sie die Brauchformen dieser Konfession. Sie hat sich anscheinend über einen Sommer und einen Winter hinter einer möglicherweise falschen Identität versteckt. Sie hängt sich in einer Notsituation ans Handy und wird prompt am nächsten Tag abgeholt – oder meinetwegen wieder eingefangen. Der Wagen ist höchstwahrscheinlich ein Engländer, zudem mit auffallender Aufmachung. Das scheint doch alles zu Tinkern zu passen, oder etwa nicht?"

Kathrin Eilers schaute missmutig auf: „Was haben denn die bunten Pferdchen mit Ronda O'Donnell zu tun?"

Kattenstroht hatte anerkennend gepfiffen: „Bravo, Pötter, toller Hinweis!", meinte er, und zu seiner Assistentin gewandt: „Kollege Pötter meint nicht die Gäule, der meint ihre Besitzer. Tinker oder auch Traveller, fahrendes Volk in der Tradition irischer Kesselflicker! Die machen sich in den letzten Jahren in der ganzen EU bemerkbar. Das wäre allerdings das erste Mal, dass wir hier bei uns im Münsterland mit denen zu tun haben. Deshalb sind wir nicht gleich draufgekommen."

Schnell verteilte Kattenstroht einige Rechercheaufgaben, verwies auf Fachzeitschriften, Internetquellen und die Schwerpunktstaatsanwaltschaft in Bielefeld. „Wirtschaftsstrafsachen! Da liegen wir überhaupt richtig. Ich habe da auch noch einige Rückfragen wegen der Saisonarbeiter. Da lasse ich mir über Jochen Stellmacher zügig einen Draht nach Bielefeld machen." Er schaute in die Runde: „Um 14.00 Uhr Kaffee-Konferenz mit Berichten an dieser Stelle! "

Mia Kunsleben und Tim Schaap kamen noch wegen der Suche nach dem Auto, mit dem Ronda O'Donnell abgereist war. „Die Fahndung muss raus, das ist klar!", hatte der Kommissar entschieden, „aber bringen wird das wohl nichts mehr. Ronda taucht in ihren familiären Hintergrund irgendwo in Europa ab, weil sie Angst gekriegt hat. Die hat sie bestimmt nicht allein unseretwegen. Ihre Freundin wird umgebracht, und wahrscheinlich weiß sie einiges aus dem Umfeld der Szepanski, aus deren Leben und Kontakten. Da wird der O'Donnell der Boden zu heiß, und sie flüchtet zurück in die Arme ihrer Familie. Wenn Pötter richtigliegt, was ich durchaus glaube, dann ist nach den paar Hinweisen, die ich über den Komplex der Tinker oder Traveller überhaupt noch im Kopf habe, all unser Tun ein Luftgespinst. Wie sagt das Alte Testament da so schön: Viel Wissen, viel Ärger! Denn kriegen werden wir die rote Ronda nie mehr."

Zur Besprechung am frühen Nachmittag tauchte auch die Staatsanwaltschaft in Person der Sabine Engler auf, und Kattenstroht wies die junge Frau in die bisherigen Erkenntnisse über das Umfeld der ermordeten Marina Szepanski ein. Er berichtete über die schmalen Ergebnisse der umfangreichen Befragungen der Erntehelfer auf dem Schulten-Hof und kam zum Schluss auf die rätselhafte Persönlichkeit der Ronda O'Donnell zu sprechen, die inzwischen verschwunden sei. „Wir verfolgen diese Spur, die uns in die Kreise von Tinkern oder Travellern führt. Wir wollen jetzt mal versuchen, alles zu dem Komplex zusammenzutragen. Ich denke, Kollege Pötter ist in der Sache kompetent. Er hat uns ja erst auf die Idee gebracht. Dann darf er auch mal anfangen." Kattenstroht schaute den Beamten aufmunternd an, dessen Zurückhaltung im Team ebenso bekannt war wie seine oft erstaunliche gedankliche Flexibilität.

„Durch einen längeren Artikel, der im letzten Jahr in einer Fachzeitschrift auftauchte, bin ich auf das Thema gekommen. Ich habe die Fakten mal zügig in einer Datei aufgelistet, für den Fall, dass Rückfragen kommen." Pötter hatte sich in der kurzen Zeit brillant vorbereitet. „Ich schiebe die Info noch heute Nachmittag allen Kolleginnen und Kollegen auf den Rechner." Er bediente die Tastatur seines Laptops: „Dann mal los!"

Die Leinwand leuchtete auf, und Kattenstroht war nach wenigen Minuten wieder einmal froh, einen derartig zuverlässigen Mitarbeiter zu haben. Kurz, knapp und klar gegliedert trug er die Fakten über diesen Teil des fahrenden Volkes vor:

„Ihre Herkunft ist nicht in jeder Hinsicht klar: Die wichtigsten Travellerstämme kommen ursprünglich aus Irland. Dort waren sie in historischer Zeit vielfach als Kesselflicker tätig. Daher auch die Bezeichnung Tinker. Die Leute verstehen sich als eigene Ethnie, sind soziologisch aber höchstens als gesellschaftliches Isolat zu definieren. Sie stammen aus der keltischen Urbevölkerung der Inseln und haben genetisch mit Zigeunerstämmen wie den Sinti oder den Roma wohl nichts zu tun. Es gibt die Theorie, dass kleinere, verarmte Teile der irisch-englischen Mehrheitsbevölkerung an den Rand und in den Hausierhandel gedrängt wurden und sich dann in dieser Nischenwirtschaft und in einem nomadischen Leben eingerichtet haben. Das Selbstverständnis als eigene Ethnie hätte sich demnach über Jahrhunderte erst entwickelt. Den Lebenskern bilden die jeweiligen Großfamilien; die haben untereinander keinerlei hierarchische Struktur. Könige wie bei anderen wandernden Völkern gibt es bei ihnen nicht."

Kattenstroht berichtete, es sei noch in den 1970er /1980er Jahren mal sehr modern gewesen, mit Tinkerwagen und zwei bunten Pferdchen davor über die Grüne Insel zu fahren. „Wenigstens dazu hat Betty mich nie gekriegt!"

Pötter fuhr fort und ging auf den Verhaltenskodex der Traveller ein: „Sie haben eine eigene, auf ihre Kultur beschränkte Weltanschauung. Was außerhalb ihrer Welt ist, zählt nicht, also auch nicht der Rechtskodex in der Welt der Sesshaften. Es gibt klare Regeln für das Innenverhältnis unter den Familien, klare Verhaltensregeln auch gegenüber den Sesshaften und vor allem gegenüber amtlichen Vertretern wie Polizei oder Behörden. Das führt natürlich zu einer Art Doppelmoral, nach der man leben kann. Alles, was außerhalb der eigenen Kultur ist, wird nur als Ressource für das eigene Überleben verstanden." Pötter nannte dann einige Merkmale für den Verhaltenskodex der Traveller: „Sie selbst nennen sich Pavee, sprechen untereinander eine Geheimsprache, die Shelta oder Cant heißt. Sie schließen keine Freundschaften außerhalb ihrer Kreise und heiraten sehr früh und nur unter Traveller-Familien. Das verengt übrigens ihren Genpool. Sie haben wohl auch daher eine auffallend niedrige Lebenserwartung. Ein fester Ehrenkodex gilt nach innen, Streitigkeiten werden von den Männern in Kämpfen mit der bloßen Faust ausgetragen. Interessant ist, dass sie intern gegen die eigenen Leute durchaus Gewalt anwenden, nach außen nie. Sie wollen partout nicht auffallen und vermeiden alle offenen Konfrontationen. Wenn irgendein Ungemach droht, weichen sie aus und reisen ab. In einem Artikel definierte das ein Fachmann als ‚Erfolgsformel des Überlebens'. Natürlich sind Nomaden innerhalb einer sesshaften Mehrheit physisch immer unterlegen."

„Aber sie machen Bombengeschäfte!", warf Kattenstroht ein und erinnerte daran, dass man gegen 14.30 Uhr mit der Staatsanwältin Witter in Bielefeld telefonisch verabredet sei. „Wir kennen die Dame, Spitzname Ungewitter, ja schon aus früheren Fällen. Schwerpunkt ,Wirtschaftskriminalität'. Ich glaube, die kann uns zu den Verwandten der Ronda O'Donnell auch noch einiges sagen."

Die Verbindung kam pünktlich zustande, und nach den üblichen Präliminarien kam die Bielefelder Beamtin direkt zur Sache: „In England und in den Staaten sind die Traveller ja meist als Dachdecker und Asphaltierer unterwegs. Sie ziehen über Land, bieten ihre Dienste an, kassieren teures Geld und hinterlassen Schundarbeit. Nach einem Frost platzt die Garagenauffahrt wieder auf, und beim ersten Schauer tropft es den Leuten durchs Dach. Seit der Öffnung der Grenzen in Europa zieht es sie aber auch mehr und mehr auf den Kontinent. Kollegen aus anderen Bezirken melden in den letzten Jahren vermehrt Hausierhandel, der offensichtlich von Traveller-Familien gesteuert wird. Das Zielpublikum sind Landbewohner, denen sie Kettensägen, Notstromaggregate, Wasserpumpen, elektrische Weidetore und ähnliche Landtechnik anbieten."

„Diese schönen Dinge kann man dort ja auch sehr gut gebrauchen!", bewies der Kommissar seine profunden Kenntnisse vom Landleben.

„Richtig, aber dann sollen sie auch ordentliche Ware anbieten. Bei dem, was die Traveller verkaufen, handelt es sich fast immer um Blenderwaren und Plagiate, die in Ostasien für einen Pappenstiel passgenau für diesen Markt und diesen Vertrieb produziert werden. Fälschungen von Kettensägen und Aggregaten bekannter deutscher Hersteller sind besonders beliebt. Die Hausierer bieten die Geräte dreist unter bekanntem Logo und Markennamen an, der Preis liegt unter dem marktüblichen, und die Leute schlagen zu in dem Glauben, ein tolles Schnäppchen gemacht zu haben. Dabei kann es passieren, dass nach dem ersten Sägeversuch der Baum noch steht, aber die Beine des Sägebesitzers ärztlicher Behandlung bedürfen, wenn sie denn überhaupt noch dran sind."

„Wer kauft denn so was an der Tür?", wollte Schaap wissen. „Zudem, was hat der Bauer davon? Denn von den Hausierern kriegt er doch keine Rechnung mit Vorsteuerausweis."

„Richtig gesehen!", bemerkte die Bielefelder Staatsanwältin. „Wir befinden uns hier tief in der Schattenwirtschaft. Die buchführungsverpflichteten Landwirtschaftsbetriebe, und das sind eigentlich alle, die aktiv übrig geblieben sind, können an solchen Geschäften kein Interesse haben. Aber wir haben in jeder Bauerschaft Dutzende von Familien, die auf ehemaligen Betrieben wohnen und noch so ein bisschen Landwirtschaft nebenher betreiben. Da gibt es Bedarf für Geräte aller Art. Die Bindung an die eigene Genossenschaft oder den örtlichen Schmied ist nicht mehr so stark. Der Händler an der Tür hat genau das kleine Stromaggregat, das man für die Nachbarschaftsfeier draußen am Waldrand schon immer haben wollte. Und erst recht die Kettensäge: Welchem Mann macht man denn damit keine Freude, wenn er seine Wallhecke auf den Stock setzen muss? Schließlich die Wasserpumpe für den großen Gartenteich oder die restliche Gräfte? Die paar hundert Euro hat man nebenbei zur Verfügung. Typischerweise läuft's dann so: Spätestens beim zweiten Nachbarschaftsfest hat das tolle Stromaggregat Totalausfall. Dann schämt man sich und erzählt natürlich nicht, bei wem man das Ding gekauft hat. Rechnungspapiere, Garantie, Regress? Nichts dergleichen! Unsere Traveller sind längst 300 Kilometer weiter im Handel unterwegs. Der Schrott landet dann bei nächster Gelegenheit still und heimlich beim Schrotthändler oder im Wertstoffcontainer. Das Zeug wird ganz einfach abgeschrieben."

„Das elektrische Hoftor mit automatischer Bedienung schiebt man dann auch wieder selbst mit der Hand auf! Das ist wenigstens gesundheitsfördernd", warf Kattenstroht ein.

Die Witter in Bielefeld schien auch ein wenig zu schmunzeln. „Wir sind zuerst durch geschädigte Firmen, die sich mit Garantieforderungen konfrontiert sahen, auf das Thema gebracht worden. Da hatten die Hausierer sogar die Dreistigkeit, Garantieurkunden in Farbkopierern zu fälschen. Zum Glück hat die landwirtschaftliche Fachpresse unsere Anregung aufgegriffen und zahlreiche Warnhinweise veröffentlicht. Jetzt erleben wir das Engagement der Traveller vermehrt in grünen Stadtrandgebieten, so dass auch Beschwerden über die Verbraucherberatungen aufschlagen."

Die Telefonkonferenz kam allmählich zu ihrem Schluss. Man vereinbarte, die Lage zu beobachten und auch im Bezirk Münster zunehmend auf Aktivitäten der fahrenden Hausierer zu achten. Die Staatsanwältin aus Bielefeld versprach, zum Wochenbeginn noch weitere Informationen aus der internationalen Fachpresse an das Team Kattenstroht weiterzuleiten. Man verabschiedete sich und wünschte sich gegenseitig ein entspanntes Wochenende.

Kathrin Eilers blätterte dann in eigenen Unterlagen: „Irgendwie ist das ja schon skurril. Diese Lebensform auf Campingplätzen in teuren und sehr gepflegten Wohnwagen. In jedem Caravan mindestens ein Marienaltärchen mit einer Statue der Muttergottes." Sie schaute auf und meinte: „Daher ja auch wohl die Goldmedaillons, die Marina Szepanski und Ronda O'Donnell um den Hals trugen. Die Tinker heiraten jung, meist im Teenageralter. Ich habe hier noch den Hinweis, dass die Ehen immer von den Eltern abgesprochen sind. Das könnte eine Erklärung für Rondas Verhalten sein. Sie sollte wahrscheinlich verheiratet werden und ist ausgerissen. Sie findet in Münster eine Bleibe und begegnet Marina Szepanski. Die hilft ihr – und muss am Ende vielleicht just dafür bezahlen?"

Pötter wandte ein, das widerspreche dem tief verwurzelten Verhaltenskodex der Tinker total. Eine schwerkriminelle Straftat gegen die Mehrheitsbevölkerung gefährde bekanntlich den Status der gesamten Traveller-Zunft.

Kattenstroht nahm den Ball sofort auf: „Dass die ihre Ronda wieder einfangen bzw. dass sie unter Druck zu ihrer Familie zurückkehrt, das ist schlüssig. Im Gesamtzusammenhang wäre es aber unlogisch, wenn die O'Donnells die Szepanski beseitigt hätten. Zudem darf ich mal auf die Abfolge verweisen. Zuerst wird am Samstag die junge Polin ermordet. Am Sonntag wird sie gefunden, und wir identifizieren sie erst am Mittwochmittag. Am Donnerstagnachmittag lernen wir die Ronda O'Donnell kennen und rekonstruieren dank des Segens der Muttergottes von Knock und unverschämter Blicke meinerseits die Verbindung der beiden jungen Frauen untereinander. Prompt ist Ronda heute Morgen ausgerissen. Sie brauchte nur etwas Zeit, um ihre Familie zu kontaktieren, die wer weiß wo in Europa gerade unterwegs ist. Papa O'Donnell beweist Familiensinn und holt das Töchterchen heim in den Schoß der Sippe. War also nichts mit der Elvis-Botschaft auf dem Medaillon und keine einzige Chance mehr, die Ronda glücklich zu machen. Nächsten Monat wird sie dann in den Wicklow Mountains verheiratet."

Fragende Blicke in der Runde zwangen Kattenstroht zu der Erläuterung: „Die Wicklow Mountains liegen südlich von Dublin. Eine zauberhafte Gegend. Ich bin da mal mit meiner Betty gewesen. Es ist ein Segen, mit einer Anglistin verheiratet zu sein."

„Dabei habe ich gedacht, das hätte nur die Sucht nach schottischem Whisky zum Ergebnis, die bei Beamten des Höheren Dienstes verbreitet zu sein scheint!", warf die Engler leicht bissig ein.

Ob sie denn nicht wisse, dass der Leitende Oberstaatsanwalt Stellmacher und er, Kattenstroht, in einer Fastenwette miteinander verbunden seien, über mehr als sechs Wochen bis Karfreitag auf den geliebten Single Malt zu verzichten?, fragte sie der Kommissar.

„Doch, von der Fastenwette weiß die ganze Justizbehörden-Welt in Münster, aber der Leitende wird uns dabei zu einem *grumpy old man*!", erwiderte die Engler: „So viel Englisch kann ich auch!"

Kapitel 14

Das samstägliche Ritual der Familie Kattenstroht wurde auch nach dieser arbeitsreichen Woche strikt eingehalten. Betty und Klaus machten sich zur üblichen Zeit auf den Weg zum Markt, hatten jedoch noch ihren älteren Filius zum Busbahnhof zu bringen; der wollte das erste Ferienwochenende bei seiner Itzi in Osnabrück verbringen. Beide Eltern mutete es merkwürdig an, wie der Knabe mit seiner Reisetasche im Überlandbus verschwand. „Egal wie, bestimmt gewinnen wir wieder mehr Zeit füreinander!", hatte die resolute Betty etwas getröstet, um dann witzig werden zu wollen. „Wenn auch Benedikt geht, haben wir ja noch den Hund!"

„Und wenn der stirbt, dann beginnt das richtige Leben! Waren das nicht die drei Rahmenbedingungen? Haus bezahlt, Kinder aus dem Haus und Hund tot! Dann beginnt das Leben!", kalauerte der Kommissar albern herum.

Auf dem Domplatz angekommen, wurde zunächst bei Eier-Wild-Geflügel Sautmann das Osterlamm für dieses Jahr bestellt. Dann gingen die Kattenstrohts mit der Verabredung auseinander, sich etwa eine halbe Stunde später in einem Marktcafé wieder zu treffen. Der Kommissar machte Käse-Humborg seine Aufwartung und diskutierte mit dem alten Herrn die Vorzüge dänischer Käse mit Kümmelbeigabe. Betty war derweil zu einem erst kürzlich entdeckten Stand unterwegs, wo es Trockenfrüchte, Nüsse und weitere exotische Produkte jeglicher Art zu kaufen gab. In letzter Zeit hatte sie stets ein Tütchen solcher Früchte dabei und half sich so auch über den Schulmorgen. Pflanzen für das Frühbeet und einige Sämereien für den Garten standen auch noch auf ihrer Einkaufsliste.

So traf der Kommissar als Erster im Marktcafé ein. Dort fand er in der wärmenden Frühlingssonne vor dem Haus ein windgeschütztes Plätzchen, von dem aus er das lebhafte, bunte Markttreiben beobachten konnte. Er bekam auch prompt Gesellschaft, denn Dr. Petry, der Psychiater, kam zufällig vorbei und schlug die Einladung zu einem Kaffee nicht aus.

Zunächst diskutierten die beiden über das bevorstehende musikalische Ereignis, das die Kattenstrohts, die Petrys und auch Stellmacher und seine Theresia am Karsamstag zusammen erleben wollten. Passend zu Ostern würde in einer riesigen Logistik-Halle in Unna nahe der Autobahn Mahlers Auferstehungssymphonie c-Moll erklingen. Betty war durch die Presse auf die Aufführung aufmerksam geworden und hatte inzwischen die Karten besorgt. „In Münster hat man ja für ein Orchester von 130 Musikern und einen Chor von 300 Leuten keinen Platz, von den etwa 1.200 Zuhörern will ich erst gar nicht mal reden!“, hatte sie kritisch kommentiert.

Dr. Petry hatte Zeit und war gerne bereit, wie er es formulierte, Kattenstroht beim Warten auf seine Betty zu helfen. Eher beiläufig kam man auf den Fall Szepanski zu sprechen, den der Psychiater bisher nur in der Presse verfolgt hatte. Da er regelmäßig die Polizei in Fachfragen beriet, hatte Kattenstroht kein Problem damit, ihn in Breite und Ausführlichkeit über den Fall und die bisherigen Erkenntnisse zu informieren. Dabei war ihm allerdings Diskretion gegenüber den Nachbartischen wichtig. Er sprach in angemessener gedämpfter Tonlage: „Wir stochern uns gerade vor allem durch das Gebiet der Arbeitsmigration. Das Opfer kam aus dem Milieu polnischer Saisonarbeiter; es hatte sich zwar durch Studium und Berufstätigkeit davon schon etwas gelöst, blieb aber der eigenen Herkunft doch verbunden. Dazu hatten wir scheinbar eine Brücke zu ihr über eine junge Migrantin aus England gefunden, aber diese quicke Dame ist uns gestern ausgerissen. Wir nehmen an, aus Angst ums eigene Leben.“

Der Psychiater stellte noch die eine oder andere Frage und kam dann zu dem Schluss, dass beide jungen Frauen, das Opfer wie auch die Freundin, offensichtlich das eigene Herkunftsmilieu als sicheren Hafen verstanden hatten. „Die eine ging auf den Hof, wo ihre Freunde und Verwandten gewissermaßen als Vertreter der polnischen Heimat noch immer arbeiten, die andere schließt sich offensichtlich trotz aller Bedrängnis wieder dem eigenen Familiengeschäft an. Die Kreise schließen sich. Dabei mag es sein, dass sich beide aus neuen Milieus ausgegrenzt gefühlt haben.“

„Oder entschieden wieder ausgestoßen wurden?“, stellte Kattenstroht eine Frage in den Raum. Der Psychiater war zurückhaltend: Dazu wisse er zu wenig um die Umstände und von den Persönlichkeiten der Betroffenen.

„Mal was anderes!“ Kattenstroht nippte vorsichtig an dem zweiten Caffè Lungo, den er sich hatte bringen lassen. „Macht es einen besonderen Sinn, die Ermordete zunächst auf einem Schiff zu verstecken? Eins ist eindeutig, das Verfahren verwischt Spuren. Tatort und Fundort sind absolut auseinander. Die Transportwege zum Schiff bleiben unklar. Hätte ein kleines Mädchen nicht aufmerksam in die Welt geguckt, wäre die Tat möglicherweise erst am Mittellandkanal oder noch weiter weg entdeckt worden. Zwar wissen wir bis jetzt nur wenig, bei einem späteren Leichenfund wäre es aber noch schwieriger geworden.“

Dr. Petry zupfte an seinem spärlichen Bärtchen: „Die Frage ist dieselbe: Wohin nur mit der Leiche? – Ich habe jetzt nicht das ganze Szenario vor mir. Aber wenn ich das richtig verstanden habe, ist die Verbringung der Toten auf das Schiff nicht ohne Risiko für den oder die Täter gewesen. Der Matrose oder die Familie des Kapitäns hätten leicht etwas bemerken können. Der Täter betritt ein neues, eigentlich unbekanntes und mobiles Territorium. Man fragt sich, ob er das Schiff zuvor beobachten konnte und ob er sich den Plan für genau diesen Transport und dieses Transportmittel gezielt überlegt hat. Dann könnte man ja auch noch viel weiter spinnen!“

„Natürlich!“, bei Kattenstroht fiel der Groschen. „Er bringt die tote Polin auf ein polnisches Schiff. Das soll die Frau möglichst wieder in die kalte Heimat zurückbringen! Wenn das ein Programm war, kannte der Täter sein Opfer genau. “

„Aus psychologischer Sicht auf den ersten Blick faszinierend, aber ich mahne zur Vorsicht!“, sagte Dr. Petry. „Schauen Sie sich erst einmal die Fahrtzeiten des polnischen Dampfers an. Dann bitte ich, mal die Lichtverhältnisse am Kanal und die Beleuchtung des Schiffes am letzten Samstagabend zu rekonstruieren. Selbst wenn der Täter seinen Plan, sein Opfer auf diesem oder einem ähnlichen Wege abtransportieren zu lassen, schon einige Zeit zuvor gefasst hatte, dürfte es eher ein Zufall gewesen sein, dass just dieses Schiff am Kanal zur Nachtruhe lag. Spontanes Handeln des Täters bleibt also möglich.“

„Recht haben Sie!“, seufzte Kattenstroht. „Der Liegeplatz wird eigentlich nicht mehr so oft gebraucht, sagt die Wasserschutzpolizei. Beleuchtet ist er auch nicht. Aber es hätte doch nach einem echten Programm ausgesehen, wenn just die *Jan Sobieski* die Marina Szepanski gen Osten zurückgefahren hätte."

„*Jan Sobieski*? Ist das nicht ein Polen-König aus dem 17. Jahrhundert?", sinnierte der Psychiater.

„Richtig! Polen-König und Sieger in der Schlacht von Wien im Jahr 1683. Aber mit gutem münsterländischen Nachleben. Sein Enkel war Clemens August von Wittelsbach, Kurfürst von Köln und Bischof von Münster. Das war der mit den barocken Schlössern und der Parforcejagd!"

Gerade traf Betty Kattenstroth ein, aus deren Einkaufstasche neben drei Lauchstangen mehrere Bünde frischen Buchsbaums herausragten: „Schließlich ist ja bald Ostern, und ich möchte am Palmsonntag wenigstens ein entsprechendes Zeichen im Haus haben!"

Nachdenklich fingerte der Psychiater vorsichtig an den kleinblättrigen Pflanzen herum: „Die werden doch morgen traditionell in der Kirche geweiht. Meine Oma hat noch bei Gewitter einzelne Buchsbaumzweige in den Herd geworfen, das war so eine alte Kochmaschine. Ich höre heute noch die Eisenringe der Herdplatte rappeln, wenn sie mit der Kalten Hand, diesem gebogenen Eisenpinn, die Feuerstelle öffnete. Nach altem Glauben wendet dieses Feueropfer den Blitzschlag vom Haus ab. Ich sehe mich noch heute mit meiner Angst in Omas Küche. Und Ängste müssen nun mal bekämpft werden, das bestätigt mir meine Wissenschaft tagtäglich. Nehmen sie überhand, scheitern alle Lebensentwürfe."

Kattenstrohts Handy bimmelte, und eine ziemlich aufgeregte Fine Schulte up den Drene meldete sich mit den Worten: „Ronda O'Donnell hat mich gerade eben angerufen!"

Der Kommissar war sofort in Höchstform, sprang aus seinem Stuhl und suchte sich eine ruhige Ecke draußen vor dem Café: „Nun mal der Reihe nach! Was hat sie gesagt? Können wir sie noch einmal kontaktieren?"

„Also, das war ziemlich schwierig. Sie hat wohl von einer öffentlichen Telefonzelle aus angerufen. Ich habe erst gar nicht verstanden, wer da eigentlich dran war. Als ich das endlich verstanden hatte, war das Telefongespräch schon fast vorbei. Es waren auch so viele Geräusche dahinter." Die Meirschke up den Drene holte ein wenig aus. „Sie hat geweint und sich mehrfach entschuldigt, dass sie ohne Abschied abgehauen ist. Sie will doch tatsächlich unsere Dienstkleidung gewaschen zurückschicken. Es täte ihr alles zu leid. Es wäre ihr aber wegen des Todes von Marina zu gefährlich geworden. Da sei sie sogar bei ihrer Familie sicherer."

„Hat sie denn mitteilen können, wo sie steckt?", wollte der Kommissar wissen.

„Da hat sie keinen Ton drüber verlauten lassen. Ich weiß nicht mal, ob ich sie danach gefragt habe, so überrascht war ich. Dabei hatte ich das Gefühl, dass es da, wo sie war, sehr windig war. Dann hörte man irgendwelche Maschinen fahren und Sirenen tuten. Mir klang das nach einem Hafen. Und dann diese Hektik." Die Spargelbäuerin bat um Verständnis. „Zum Schluss hat sie noch eine Bemerkung gemacht, die für Sie bestimmt war. Sie, also die Polizisten, sollten sich wegen Marina mal an eine bestimmte Familie wenden. Den Namen, den sie dann nannte, habe ich über die ganzen Geräusche nicht mehr verstanden. Ich grüble schon eine Viertelstunde darüber. Dann war die Verbindung mit einem Schlag weg."

„Konnten Sie eine Nummer registrieren? Speichert Ihre Telefonanlage eingehende Anrufe?", wollte der Kommissar wissen.

„Die Nummer ist gespeichert, das ist aber ein Monstrum von 16 oder 18 Zahlen!" Die Meirschke up den Drene schien etwas verunsichert.

„Die Zahlen wollen Sie bitte nicht löschen und sicherheitshalber noch einmal aufschreiben", bat Kattenstroht. „Nun mal zu dem Namen der Familie, mit der wir Kontakt aufnehmen sollen. Sie haben wirklich nicht mehr mitgekriegt?"

„Da kam eine Störung dazwischen, ein Krach – und Schluss. Ich muss noch mal in mich gehen. Ich meine, der Name wäre dreisilbig gewesen, und es waren hell klingende Vokale. Es kommt ja noch hinzu, dass die Ronda meist Englisch und nur wenig Deutsch mit starkem englischen Akzent sprach. Einer unserer Gäste hat mir dazu mal gesagt, sie spräche zumindest nicht das Englisch der Königin."

Kattenstroht bestätigte das. „Nach dem, was wir heute über Rondas Familie zu wissen glauben, ist sie sprachlich auch noch anderswo zu Hause. Nun gut. Ich möchte Sie bitten, liebe Frau Schulte up den Drene, dass Sie sich mal mit Ihrem Mann zusammensetzen und versuchen, das Gespräch und speziell den Schluss zu rekonstruieren. Wenn Ronda den Namen ohne weiteren Zusammenhang nannte, ging sie bestimmt davon aus, dass Sie ihn kennen. Sie sprachen von drei Silben und hellen Vokalen. Vielleicht finden Sie im Gespräch und – bitte nicht lachen – in Silbenspielen und Reimereien die Lösung und den richtigen Namen. Rufen Sie mich auf jeden Fall – egal zu welcher Zeit – unter dieser Nummer an, auch heute oder morgen, am Sonntag!"

Der Kommissar verabschiedete sich, klappte sein Handy zu und nahm wieder am Tisch bei Dr. Petry und seiner Frau Platz. Er berichtete nur kursorisch über das Lebenszeichen der O'Donnell und drängte in fast unhöflicher Hast zum Aufbruch. Die Information aus Brinkbergen hatte ihn ins Grübeln gebracht. Dabei hätte er zufrieden sein können. Ronda O'Donnells Telefonat war die Bestätigung für die Zusammenhänge, die sie mit den Kollegen im Rahmen der Nachforschungen nur aus Indizien erschlossen hatten: Die junge Tinkerin hatte etwas im Zusammenhang mit Marina Szepanski gewusst. War das der Schlüssel zu dem Fall?

Die Kattenstrohts verabschiedeten sich von Dr. Petry. Der Kommissar brachte Betty und die Einkäufe nach Hause. Dort fand er keine Ruhe und konnte es letztlich doch nicht lassen, am Nachmittag mit dem Fahrrad ins Büro zu fahren. Dort widmete er sich einem intensiven Aktenstudium. Immer wieder blickte er aufs Telefon, als warte er auf einen Anruf aus Brinkbergen. An diesem Samstagnachmittag blieb der Apparat jedoch stumm. In einer Faxbotschaft vom Schultenhof las er immerhin die Telefonnummer, unter der Ronda O'Donnell sich gemeldet hatte. Er leitete die Information gleich mit der Bitte an Schaap weiter, sich um eine Identifizierung des fraglichen Telefonapparates zu kümmern. Im Licht eines wunderschönen Sonnenuntergangs kam der Kommissar erst am späten Nachmittag wieder zu Hause an.

Am Palmsonntag hielt das schöne Wetter noch immer an. Die Temperatur stieg nach einer kühlen Nacht im Licht einer klaren Sonne stetig. Die Frühlingsblüte und der Blattaustrieb setzten sich energisch fort, und Betty hatte am Morgen sogar überlegt, den Frühstückstisch der Familie Kattenstroht auf der Terrasse zu decken. „Pass mal auf", unkte sie, „jetzt haben wir den ganzen Sommer dieses Jahres schon im April! Das soll uns im Mai und Juni wohl betrügen!"

Der Kommissar warf seiner Frau vor, mal wieder wie eine Übelkrähe die schöne Stimmung des Morgens zu vertreiben. So als wolle er dem Pessimismus seiner Frau bewussten Widerstand leisten, telefonierte er mit Stellmacher und verabredete sich für den späten Vormittag mit ihm auf der Twickelschanze an der Promenade zum Boule. Die beiden hatten seit Jahren Freude an diesem französischen Kugelspiel, das sie jedoch ohne Fanatismus betrieben: Die Gelegenheit zum Gespräch, zu einem Glas Rotwein und zum unkritisierten Griff zu einem der sonst in den Häusern verpönten Cigarillos lockte die beiden. Das Spiel am Palmsonntag eröffnete gewissermaßen die Jahressaison.

Tatsächlich waren sie nicht alleine. Einige weitere Freunde des Kugelsports hatten sich schon eingefunden. Nach einigen Durchgängen zu zweit bildeten Kattenstroht und Stellmacher mit weiteren Sportsfreunden zwei Mannschaften und spielten engagiert gegeneinander. Der Platz war angenehm trocken und fest, die Platanen trugen erst wenige Blätter, so dass die Sonne die Spielfläche erleuchtete und erwärmte. Auf den Bänken an den erhaltenen niedrigen Wällen der Barockschanze, die einst von Westfalens Erzbaumeister Schlaun angelegt worden war, standen bald die ersten geöffneten Bouteillen jenes leichten Rotweins, den man so gerne mit einem Frankreichurlaub verbindet. Natürlich fehlte auch der Typ mit der Baskenmütze nicht, der sich seine filterlose Zigarette noch selbst drehte. Das Schweinchen, die kleine Zielkugel aus Holz, wanderte über die Platzflächen, und mit einem mehr oder minder dumpfen Plopp folgten die Eisenkugeln. Oft genug vertrieben sie mit scharfem Klicken das gegnerische Metall aus dem Zielbereich.

In einer Pause sprachen Staatsanwalt und Kommissar natürlich über ihren aktuellen Fall. Stellmacher beruhigte seinen langjährigen Freund, der mit dem Zeitfaktor haderte. „Vergiss bitte nicht: Du bist eigentlich erst seit Mittwoch dran. Dafür weißt du schon eine ganze Menge!“

„Mag sein“, knurrte Kattenstroht, „aber die erste Zeugin, von der ich bestimmt was in Erfahrung gebracht hätte, ist mir schon ausgekniffen. Unser Füchschen Ronda wusste was, schweigt aber aus Angst und reißt aus. Zurzeit versuchen wir mit einem Buchstabenrätsel, das geht ab wie Scribble, einen Tipp von ihr zu verifizieren. Sie nennt in einer Geräuschkulisse einen Namen, den die Meirschke up den Drene nicht versteht. Wenigstens wird ihr Anruf von gestern lokalisiert werden können. Die Nummer haben wir ja. Wenn das Gespräch, wie ich vermute, aus einem Hafen geführt wurde, dann ist das Goldköpfchen längst wieder irgendwo auf den Inseln des Vereinigten Königreiches oder in Irland.“

Als die Mittagsglocken läuteten, radelte der Kommissar durch die Altstadt, bewunderte am Domberg, wo gerade der Festgottesdienst zum Palmsonntag zu Ende gegangen war, eine Prozession kirchlicher Würdenträger und machte sich im Büro kundig, ob es nicht doch noch etwas Neues gab. Es blieb jedoch bei der Fehlanzeige.

Die Radtour hatte Appetit gemacht. Ein kleines Schläfchen nach dem Mittagessen wirkte beruhigend. Nach dem Tee hatten es sich die Kattenstrohts gerade mit Büchern und Zeitungen bequem gemacht, als das Handy bimmelte. Es war Paul Schulte up den Drene, der sich höflich mit vollem Namen meldete und sodann laut und vernehmlich nur das Wort Siekendiek geradezu triumphierend in den Hörer seines Telefons trompetete.

„Sieken – was?“, fragte Kattenstroht nur verständnislos nach.

„Siekendiek! Das war der Name, den die Ronda meiner Frau gestern Morgen am Telefon genannt hat. Siekendiek: Da sollten Sie sich doch als Kommissar mal um die Familie kümmern. Das passt ja auch. Wir haben mit den Siekendieks in Reckelsum zu tun. Mit beiden, mit der Schnapsdestille wie mit dem Ethanol-Produzenten. Ist ja auch beides sehr geistreich.“

Das Gespräch zog sich in die Länge, und der Schulte up den Drene schilderte dem Kommissar lang und breit, wie seine Geschäftsbeziehungen zu den Gebrüdern aussah: „Wir sind eigentlich mit beiden gut klargekommen. Was aber die Marina mit den Siekendieks zu tun gehabt haben soll, weiß ich nicht. Kann ich mir auch eigentlich gar nichts drunter vorstellen."

Kattenstroht bedankte sich, verabschiedete sich von dem Spargelschulten und kündigte zugleich für den folgenden Tag einen erneuten Besuch in Brinkbergen an. Dann schaute er noch einmal auf die Uhr, auf die langsam sinkende Sonne und auf sein Handy.

„Lass es, bitte lass es!", ließ sich Betty Kattenstroht vernehmen, die nur kurz von ihrem Buch aufgeschaut hatte.

„Was soll ich lassen?", knurrte Kattenstroht fast schon leicht gereizt.

„Du sollst jetzt bitte nicht Kathrin aufjagen. Lass sie um Himmels willen in ihrem schönen Forsthaus an der Aa in Frieden. Du hast jetzt deinen Namen, einen neuen Aufhänger und damit wieder einen guten Grund, ins Brinketal zu juckeln. Außerdem haben wir auch Sebastian versprochen, ihn am Busbahnhof aufzugreifen. Wenn du ein Gentleman bist, rufst du später am Abend bei Kathrin an und versprichst ihr, sie morgen früh im Reckhölter Hagen abzuholen."

Natürlich hörte Kattenstroht auf seine Frau, und er verfuhr tatsächlich wie ihm geheißen. Beim Stichwort „Gentleman" hatte er allerdings erstmals seit fünf Wochen sehr starke Gelüste verspürt, sich einen Single Malt zu leisten. Aber auch hier obsiegte der klare Kontrollblick seiner klugen Gattin.

Am Montagmorgen traf der Kommissar pünktlich zur Lagebesprechung um 8.30 Uhr im Büro ein, so als könne er den danach geplanten Aufbruch ins Brinketal kaum abwarten. Zunächst berichtete er der kollegialen Runde über das Lebenszeichen der rotgelockten Tinkerin und über ihren Hinweis auf eine Familie Siekendiek in Reckelsum. „Es gibt wohl ein Brüderpaar, dem einer der großen Höfe in Reckelsum gehört. Der eine macht in Ethanol-Produktion und dürfte der wohl größte Brenner für Industriealkohol im Tal sein, während der jüngere Bruder angeblich die alte Destille im Dorf geerbt und sich auf Feinbrand verlegt hat. Den Namen habe ich auch schon öfter gehört und das Zeug auch wohl schon mal probiert." Er schaute von seinen Notizen auf. „Keinerlei Kopfschmerzen! Ich habe da zumindest keine schlechte Erinnerung dran."

Schaap war mal wieder fix gewesen: „Die Nummer, unter der die O'Donnell beim Schulten up den Drene angerufen hat, ist einer öffentlichen Telefonzelle am Hafen von Zeebrügge in Belgien zuzuordnen. Es ist also davon auszugehen, dass sie mit ihrer Familie, bestimmt aber wohl in Begleitung, nach England übergesetzt hat. Das Telefonat erfolgte gestern am Vormittag. Von Zeebrügge aus gehen Passagierfähren nach Hull zum Beispiel, aber ganz überwiegend legen RoRo-Fähren ab, also Fahrten für LKW und Gespanne, nach mehr als ein Dutzend Häfen in England oder Irland. Allein zwischen 10.00 und 14.00 Uhr haben gestern neun Schiffe dort abgelegt."

„Und die CCTV*-Überwachung?", warf Austrup ein. „Ronda muss doch auch irgendwo auf einem Video auftauchen, wenn sie es bis in eine Telefonzelle geschafft hat."

„Ich nehme mal an, dass das Telefonat unter schwierigen Umständen erfolgte. Irgendein Vater, Bruder oder Cousin dürfte das Mädchen bewacht haben." Kattenstroht brütete vor sich hin: „Unsere Fine up den Drene hat ja auch berichtet, dass Ronda bei dem Telefonat Angst hatte und geweint hat. Zudem wurde das Gespräch ziemlich abrupt beendet. Es ist wahrscheinlich, dass sie in einem Wohnwagen, einem Container, vielleicht einer LKW-Kabine versteckt wurde."

„Was übrigens die Pässe und die automatische Registrierung in den Fährhäfen angeht, so können wir uns da Optimismus ebenfalls sparen." Pötter, der sich in der Fachliteratur über die Tinker auskannte, wies auf eine weitere Schwierigkeit hin: „Tinker haben aufgrund ihrer Familienstruktur nur wenige Familiennamen und vergeben innerhalb von Geschwisterreihen auch offiziell gerne dieselben Vornamen für die amtliche Registrierung. Untereinander rufen sie sich dann mit sehr speziellen Spitznamen. Also ist es sehr schwer, gezielt ein Mitglied der Familie zu packen. Wenn sie mal in Schwierigkeiten kommen, tauschen sie ruck, zuck die Pässe. Bei Familienähnlichkeiten von einzelnen Individuen gelangt man dann schnell zum heiteren Personenraten. Solange wie wir keine biometrischen Daten überall in die Pässe eingebaut haben, ist eine Identifizierung zumindest sehr erschwert. Nur mal zur Illustration: In den Staaten gibt es eine Tinker-Siedlung, in der in der Winterszeit mehr als 1.500 Menschen leben, die mit gerade mal zwölf Familiennamen auskommen."

* CCTV: Im englischen Sprachraum werden Videoüberwachungsanlagen als Closed Circuit Televesion bezeichnet.

„Und wenn sie ganz clever waren, dann haben sie Ronda noch am Freitagabend irgendwo verheiratet!“, schloss der Kommissar die Runde: „Sie heißt jetzt O'Poetter!“

Der so geehrte Junggeselle verstand zwar im Gegensatz zu seinen Kolleginnen und Kollegen den Witz nicht wirklich, aber dies trübte die Stimmung in der Runde keineswegs. Sie sprachen noch die Tagesplanung und einzelne Aufgaben ab, die von der Büroleitung überwacht werden sollten. Dabei war dem Kommissar ein wenig unwohl mit dem Auftrag an Austrup, auch über die Saisonarbeiter auf dem Brinkbergener Schultenhof Informationen bei verschiedenen Dienststellen und dem Finanzamt einzuziehen. „Geht leider nicht anders!“, hatte er geschlossen.

Kattenstroht brach dann über die Autobahn nach Reckhölter auf, verließ aber schon unmittelbar am Zubringer die Landstraße und fuhr über Verkoppelungswege längs der Aa in den Reckhölter Hagen. Der Frühling hatte auch hier Einzug gehalten, und der stolze Hochwald auf den Höhen des Zippenberges stand im ersten Grün. Kattenstroht versuchte, eine Bauernregel aus den Gesprächen seines Vaters zu erinnern, wonach eine Blüte der Eiche vor der Esche im Sommer eine große Wäsche bringen müsste. Aber irgendwie bekam er das Reimpaar nicht mehr richtig auf die Reihe und fuhr noch im Grübeln über Eiche und Esche, über Wäsche und Bleiche auf den Vorplatz des schönen Forsthauses. Dort stand im Esszimmer eine Tasse Kaffee für ihn bereit.

Zügig ging es in Begleitung von Assistentin Kathrin Eilers zurück zur Autobahn, und über die Abfahrt Brinketal gelangten sie nach Brinkbergen und zum Hof des Schulten up den Drene, der sie schon erwartete.

„Sie dürfen nicht übersehen, dass die Siekendieks eine ganz besondere Sorte sind. Der alte Siekendiek war ja so was wie der König von Reckelsum: Bürgermeister, Kirchenvorstand und Kreistagsabgeordneter. Da hatten es die beiden Jungs nicht leicht. Dann spukt da noch auf dem Hof der Öhm Caspar Siekendiek herum, der unverheiratete Bruder vom Alten. So an die 80, würde ich mal sagen. Aber ein Brenner mit Kopf und Gefühl. Zudem dürfen Sie eines nicht vergessen. So klein, wie Reckelsum auch sein mag: Köppig sind die da, traditionsbewusst und auch ein bisschen eigen! Die sind im ganzen Brinketal berüchtigt." Der Schulte tat so, als schaue er sich vorsichtig um, wurde dann eine Stufe leiser und meinte nicht ohne einen kleinen Schalk: „Dass ich meine Fine aus der Dorfbauerschaft Reckelsum gekriegt habe, galt damals im ganzen Brinketal als ein kleines Wunder!"

„Und die beiden Jungs, wie Sie die Söhne Siekendiek nennen, die haben inzwischen Familien?", fragte der Kommissar nach.

„Ach was! Wo denken Sie hin?" Der Schulte schüttelte heftig den Kopf. „Ein Siekendiek heiratet doch nicht vor 40. So jedenfalls die Politik auch bei denen. Wilm, der ältere Sohn, hat vor dem Dorf einen ganz neuen Betrieb gebaut mit Schwergewicht Ethanol-Produktion. Deswegen haben wir mit dem zu tun. Meine Fine hat ihren elterlichen Hof geerbt, und Wilm Siekendiek hat sich vor einigen Jahren Flächen von ihr gepachtet. Eigentlich betreibt der eine moderne chemische Fabrik. Wenn Sie von hier über die Autobahn durch Reckelsum fahren, liegt der neue Betrieb hinter dem Dorf linker Hand auf der Anhöhe. Den können Sie gar nicht übersehen."

Kattenstroht versuchte, sich zu orientieren: „Das müsste doch die Landstraße sein, die von Reckelsum auf Stockhem geht und von der man auch zu Edelbroicks Landhotel kommt, oder?"

„Völlig richtig. Zu Edelbroick müssen Sie aber sofort hinter der Brinkebrücke rechts abbiegen. Dann können Sie ja die alte Kreisstraße fast die ganze Brinke runter sogar bis Kerkhövel fahren. Eine wunderschöne Ecke! Die Landstraße selbst geht ja geradeaus nach Stockhem und dann im Bogen über Rodorpe auch nach Kerkhövel. Hinter dem Dorf kommen beide Routen dann wieder zusammen."

Dem Kommissar schoss durch den Kopf, dass beide Straßen unmittelbar bis an den Kanal und zu dem Ort führten, an dem offensichtlich die Leiche der Marina Szepanski verladen worden war. Beiläufig erkundigte er sich nach den Wegstrecken. Der Schulte up den Drene wies auf die Kreiskarte an der Wand: „Von uns die Brinke runter bis Reckelsum, das mögen so 12 Kilometer sein. Von dort nach Stockhem acht und noch mal acht bis Rodorpe. Dann weiter nach Kerkhövel und an den Kanal. Das mögen von hier zusammen etwa 35 Kilometer sein. Die alte Straße an der Brinke ist ein bisschen länger, weil die allen Kurven folgt, die der

Fluss macht. Die ist aber so schmal, das dauert. Da kann man besser die Landstraße nehmen."

„Was haben Sie denn mit dem jüngeren Siekendiek zu tun?" Kathrin Eilers war um Abrundung des Bildes bemüht und interessierte sich offensichtlich weniger für die Verkehrsinfrastruktur im Brinketal.

Der Schulte guckte und erwiderte pfiffig: „Ich habe ja schon gestern am Telefon gesagt, dass der Antonius Siekendiek was von Schnaps versteht. Der alte Hof im Dorf hat noch die antike Brennerei, über 125 Jahre alt, voll einsatzfähig und mit allem Drum und Dran. Sieht aus wie ein Museum, ist aber den heutigen Vorschriften von Hygiene und Technik voll angepasst. Öhm Caspar ist ein zwar ungelernter, aber in Jahrzehnten durchgekochter, raffinierter Balkenbrenner. Wir versuchen jetzt, sortenreine Feinbrände von Obst aus unserer eigenen Produktion zu kreieren. Der Tönne Siekendiek kann so was. Unser erster Probelauf, Himbeergeist aus dem vorigen Herbst, ist eine Sensation. Aber leider ist die Menge noch klein. Wir gehen jetzt im Herbst auf einen sortenreinen Apfelbrand. Das wird was werden!" Es schien, als liefe dem Schulten schon beim Gedanken an die neue Kreation das Wasser im Munde zusammen.

Der Kommissar bekundete zunächst sein Interesse an derlei geistreichen Getränken, verwies aber auf die Fastenzeit und im Besonderen auf die begonnene Karwoche und lenkte das Interesse noch einmal auf die Kreiskarte. Er schien über irgendetwas zu grübeln. „Wo haben wir denn die Brinkequelle?", wollte er schließlich wissen.

Der Schulte tippte mit seinem Bleistift auf die Karte: „Hier, genau hier, zwei Kilometer vor dem Dorf. Und soll ich Ihnen mal was sagen: Die Quelle liegt auf unserem Land."

„Da sind Fluss und Tal ja in besten Händen!", schloss Kattenstroht das Gespräch.

Gemeinsam machten sich Kommissar und Assistentin wieder auf den Weg nach Reckelsum.

Von Brinkbergen aus nahmen sie die Straße, die parallel zum kleinen Fluss verlief. Sie fuhren durch die Frühlingslandschaft, unterquerten die Autobahn unmittelbar an der Brücke Brinketal und gelangten bald nach Reckelsum, das sich mit dem aus Ziegelsteinen gemauerten Staffelgiebel seines niedrigen Kirchturms und seinen roten Dächern klein und pittoresk präsentierte. Neben dem Ortsschild reckte sich eine noch recht neue Reklametafel in die Höhe: „Hofbrennerei Siekendiek – garantiert geistreicher Genuss!", war darauf zu lesen. Ein frisches Logo gab der eindrucksvollen Tafel ihre eigene Prägung. Zudem wurde der Betrachter zur Besichtigung der Brennerei und des Hofladens aufgefordert. Kattenstroht erinnerte das an Reklameschilder aus den 1930er Jahren: „Wer Bier trinkt, hilft der Landwirtschaft! – Der Schnaps stand da aber in einer gewissen Konkurrenz. Gerste war nie wirklich Brotgetreide. Aus einem Doppelzentner Roggen produzierst du 35 bis 40 Liter Schnaps, aber auch ein ganzes Regal frisches Brot. Das war in Notzeiten stets ein Argument gegen die Schnapskocherei!"

Mit solcherlei tiefschürfenden Überlegungen gelangten die beiden Beamten aus Münster ins Dorf und parkten ihr Auto nahe der kleinen Dorfkirche St. Agatha, einem geradezu putzigen kapellenartigen Bau des späten Mittelalters. Unmittelbar an den Kirchhof grenzte der prächtige Hof Siekendiek, abgegrenzt nur durch einen antiken Gitterzaun aus Schmiedeeisen, dessen einzelne geschwungene Elemente zwischen Pfeilern aus Sandstein eingehängt waren. Das große Haus selbst zeigte sich eingeschossig in der Bauform eines westfälischen Langhauses und vollständig aus sorgfältig behauenen Sandsteinquadern errichtet. Die Laibungen von Türen und Fenstern, Ecksteine, Gesimse und Traufkanten zeigten beste Handwerkskunst der Steinhauer.

„Bestimmt kein Zufall, dass die Tür der Flettküche direkt der Kirchentür gegenüberliegt. Sollte mich nicht wundern, wenn St. Agatha kirchengeschichtlich mal eine Eigenkirche war!", hatte der Kommissar kommentiert und musste seiner Assistentin erst einmal erklären, dass es im Mittelalter im Münsterland durchaus Situationen gegeben hatte, in denen ein reicher niederadeliger Hofbesitzer für sich und seine Leute eine eigene Kirche baute und unterhielt, die nicht dem Bischof gehörte.

„Das ist echt münsterländisch: Tunlichst nur einen Herrn über sich haben, und zwar den im Himmel. Und was sagte der Schulte up den Drene noch: Die Leute in Reckelsum gelten als besonders traditionsbewusst und dickköppig. Man kann sich das so richtig vorstellen, dass so ein alter Siekendiek sein Dörfchen voll in der Hand hat, vom Feld und den Wiesen an der Brinke bis zum Kirchhof, von der Kommunalpolitik bis in den Kirchenvorstand. Ich behaupte mal, dass es hier im Umkreis von 150 Metern mindestens eine Kneipe, eine Schule und ein Feuerwehrhaus gegeben hat. Und bei allen hatte der zeitliche Siekendiek was zu sagen!"

Ein großes Tor, dessen Elemente offensichtlich erst in neuerer Zeit dem antiken Zaun nachempfunden worden waren, führte auf den Hof, der mit Katzenköpfen gepflastert war, aber einzelne Wegstrecken mit einer glatten Pflasterung aus Natursteinen aufwies: „So können ältere Leutchen sogar mit einem Rollator sicher zu den einzelnen Läden gelangen, um ihr Geld auszugeben!" Der Kommissar wies auf die Nebengebäude an der rechten Seite: „Brennerei, Probierstube und Hofladen! Alles da, alles blitzeblank!"

An der Ostseite der Hoffläche stand ein dreigeschossiges Gebäude aus Backsteinen, das dem Stil nach im 19. Jahrhundert errichtet worden zu sein schien. Die Ziegel waren teilweise als Formklinker ausgebildet, sie gliederten die Fronten und gaben so dem Haus einen eigenen Schwung. Ein ebenso schlicht wie edel in Schwarzweiß gestaltetes ovales Schild an einem Ausleger wies auf die Funktion des Hauses als Brennerei hin. Ein Zwerchhaus auf dem Dach trug einen Seilaufzug, mit dessen Hilfe man Materialien vorzugsweise in Säcken bequem in die beiden oberen Etagen transportieren konnte. An der rechten Giebelseite führte ein Zugang in den Keller, der gewiss als Lager zur Reifung der Produkte eingerichtet war. Das Haus war sonst durchgängig symmetrisch angelegt, die Fensterrahmen mit kleiner Glasteilung und Holzsprossen leuchteten weiß, und die Türen waren in einem typischen Grün gestrichen. Im Erdgeschoss sorgten Blumenkästen mit Stiefmütterchen für Farbtupfer auf den Fensterbänken, kleine Rasenflächen vor dem Haus und größere Blumentöpfe mit Dauergrün gliederten die Wege, denen sich die Besucher anvertrauen sollten.

Der Hofladen und die Probierstube waren im alten Back- und Brauhaus untergebracht, das sich seitlich der Brennerei in einem Abstand von wenigen Metern erhob, aber nach Stil und Material in etwa zeitgleich mit dem Haupthaus der Siekendieks vor etwa 200 Jahren errichtet worden war.

Im Laden mussten sie erst einmal warten, denn eine Gruppe von etwa 25 Damen mittleren Alters war gerade eingetroffen und startete nun eine Brennereiführung, für die eine jüngere Frau im Trachtenlook zuständig war. Sie geleitete das lebhafte Geschwader, das an dem Ausflug zum Wochenstart offensichtlich viel Freude hatte, nach und nach aus dem Laden heraus, so dass Kattenstroht sich endlich an die zweite Bedienungskraft hinter der alten Theke wenden und seinen Wunsch vortragen konnte, Herrn Antonius Siekendiek einmal zu sprechen. Er selbst stellte sich und Kathrin Eilers nur namentlich vor. Das noch recht junge Mädchen, vielleicht eine Schülerin im Ferienjob, zeigte sich gewandt und fix und klärte den Besuch aus Münster darüber auf, dass der Hofbesitzer und Brennereimeister gar nicht im Lande sei: „Der ist auf einem Destillers-Congress in Edinburgh in Schottland. Den erwarten wir erst zu Ostern zurück." Dann setzte sie ein wenig keck nach: „Wissen Sie denn nicht, dass wir für unseren letzten Kornbrand einen Anerkennungspreis des schottischen Verbandes bekommen haben?"

Kattenstroht stotterte ein wenig verlegen herum, er habe zwar von den Qualitäten dieser Brennerei gehört, dass man aber inzwischen im Land der Dudelsäcke auf die Produkte aus dem Münsterland aufmerksam geworden sei, hätte er doch nicht gedacht. Aber es freue ihn doch sehr! Sprach's und wandte sich den Regalen zu, auf denen sich die Produkte der Brennerei präsentierten. Korn und Doppelkorn, Wacholder und Aufgesetzter, verschiedene Obstbrände und Liköre fand er dort aufgereiht.

Die Einrichtung des Hofladens im früheren Back- und Brauhaus stammte offensichtlich aus einer alten Dorfkneipe. Ein bis zur Decke reichender Aufbau mit Glasregalen und Spiegelflächen prunkte mit gedrehten Säulen und historistischen Schnitzereien aus edlem Holz. Die Theke zeigte dem Publikum an ihrer Schauseite reiches Schnitzwerk, und ganz offensichtlich hatte man die Auswahl der Stühle und Tische im Probierraum an der alten Täfelung ausgerichtet, die die Wände bis in Augenhöhe bedeckte. Sorgfältig ausgesuchte Bilder, überwiegend alte Fotografien, und typische Antiquitäten aus der Hofgeschichte hingen oberhalb der Täfelung im freien Raum bis zur Decke, die aus Backsteinen mit einer leichten Wölbung aufgemauert war. Auf den Tischen lagen Prospekte der Brennerei und auch Preislisten aus, auf die der Kommissar einen Blick warf. Das Layout der Flyer sprach ihn an und kam ihm auch irgendwie bekannt vor.

Die junge Bedienung hatte die Unschlüssigkeit der beiden Besucher gespürt, war kurz verschwunden und kam mit einem besonderen Angebot zurück: Wenn der Herr sich vor so viel Damenwelt nicht fürchte, dürften Kattenstroht und Eilers sich der gerade laufenden Brennereibesichtigung gern anschließen. Die Gruppe habe nichts gegen zwei weitere Gäste einzuwenden.

Die beiden hatten sich kurz prüfend angeschaut, hatten dann zustimmend genickt und fanden sich wenige Augenblicke später im großen Raum der Brennerei wieder, die mit ihren Gerätschaften in dem vorderen Teil des Hauses die Höhe bis zum Dachgeschoss ausfüllte. Hier stand nicht nur der in Kupfer glänzende Brennkessel mit seiner Haube, sondern auch eine weitere Brennanlage mit einer Verstärkerkolonne, bei der sich ein Aufbau in Etagen mit Schaurohren und verschiedenen Armaturen und Abläufen über mehrere Meter in den Raum erhob. Alles glänzte und blitzte von Kupfer und Messing, alles wirkte penibel sauber. Die Wände waren gefliest und weiße Plattenflächen mit Formplatten gegeneinander abgesetzt, die mit dicken, farbigen Wulsten in Blau und Rot auch hier für Ordnung sorgten. Auf gewisse Weise spiegelte der Hauptraum der Brennerei das äußere Erscheinungsbild des Hauses.

Die Führungskraft, die sich als Sophie Leusing vorstellte, passte in diesen Rahmen hinein, denn sie agierte prick und propper, wie Kattenstroht sie einordnete, und sie war ganz offensichtlich sehr sachkundig. Flink erläuterte sie die Unterschiede vom Obstbrand zum Kornbrand, lobte den Fruchtzucker und sprach über die Notwendigkeit, beim Kornbrand erst einmal eine Maische zu erstellen, in der Stärke zu Zucker verwandelt würde, damit diese Mischung dann in Gärung versetzt und letztlich gebrannt werden könne. Geschickt wies sie auf den großen Maischekessel hin, den man in einer Öffnung in der ersten Etage betrachten konnte, über den Weg der fertigen Maische in den Brennkessel. Hier sprach sie die historisch ältere Methode im Brennkessel an, bei dem zwei Brennverfahren, Raubrand und Feinbrand, notwendig waren, und erklärte dann den komplizierten Weg der Kolonnenverstärkung, mit der man zwei Destillierverfahren hintereinander vermeiden könne.

Kattenstroht und Eilers waren von der komplexen Arbeit durchaus fasziniert und erfuhren doch eine Menge über die notwendigen fachlichen Qualitäten der Brenner. „Speziell auch im Obstbrand ist es unheimlich wichtig, den genauen Stand des Verfahrens zu kennen und mit vielen Methoden zu reagieren. Wir bereiten in den letzten Jahren im Kundenauftrag mehr und mehr Obstbrände zu, Himbeergeist zum Beispiel. Die Früchte müssen absolut ausgesucht sein, da darf keinerlei Fäulnis dabei sein. Von Verschmutzung rede ich erst mal gar nicht. Schon die Maische kann kippen und verderben. Und in der Abstimmung des Feinbrandes kommt es wirklich auf Nase und Gaumen des Brenners an!“ Gerade diesen Punkt betonte Sophie Leusing mit Nachdruck. „Die Abgrenzung im Feinbrand zwischen Vorlauf, Mittel- und Nachlauf liegt in unserem Betrieb allein in der Geschmackskompetenz und Kenntnis unseres Herrn Siekendiek und“, dies äußerte sie mit einem leisen Lächeln, „auch bei unserem Öhm Caspar. Nur der Mittellauf ist von Geschmack und Gehalt her zum Genuss geeignet. Ihn muss man passgenau eingrenzen. Geschieht das nicht, schmeckt das Produkt nicht, oder man hat zu viele Verluste und brennt nicht wirtschaftlich.“

Die Gruppe durchlief auf festgelegten Wegen und Stiegen das Brennereigebäude, bestaunte die Mühlen und Transporteinrichtungen, die Wasserführung mit ihren zahlreichen Armaturen, den großen Maischekessel und die zahlreichen kleinen Geräte, mit denen die verschiedenen Zustände und Zusammensetzungen der Produkte in den einzelnen Stadien der Herstellung überprüft werden konnten.

„Am Ende haben wir ein klares und reines alkoholisches Produkt aus reinen Naturstoffen, im Kessel bleiben Rückstände, die als gesundes Viehfutter weiterverwertet werden. Von der Qualität unserer Arbeit können Sie alle sich jetzt in der Probierstube überzeugen!", lud Sophie Leusing ihre Gäste herzlich ein.

Da die redegewandte Führungskraft die Brennerei wieder abschließen musste, bildete sie mit Kattenstroht und Eilers das Ende der Gruppe, die sich über die Pflasterwege inzwischen zum Hofladen aufgemacht hatte. Unterwegs stellte sich Kattenstroht nun auch dienstlich vor und fragte ziemlich unvermittelt, ob der Sophie Leusing eine junge Dame namens Marina Szepanski bekannt sei.

„Marina?", überlegte Sophie Leusing. „Ina meinen Sie bestimmt! Da hat der Chef was mit zu tun gehabt. Die kam gelegentlich her." Sie stutzte ein wenig: „Letzte Tage wurde hier erzählt, die Tote vom Kanal, die in der Zeitung stand, das sei sie gewesen. Aber der Chef, der müsste mehr dazu wissen, der ist aber verreist, nach Schottland."

„Was, bitte sehr, hat der Chef mit der Ina zu tun gehabt?", begehrte Kattenstroht nachdrücklich zu wissen.

Inzwischen waren sie schon wieder vor dem Back- und Brauhaus angekommen, und die Leusing hatte es, so schien es, ein wenig eilig. „Die Ina macht irgendwas mit Werbung. Und darüber hat sie was mit Tönne Siekendiek organisiert. Ich weiß da aber nichts von. Fragen Sie doch mal beim Öhm Caspar nach. Der weiß immer alles!"

Derartig abgeblitzt, machten sich Kattenstroht und Eilers auf den Weg zum Haupthaus. Mittlerweile war es zwölf Uhr geworden, und vom Turm der Kirche läuteten die Mittagsglocken. „Hoffentlich fallen wir dem alten Herrn nicht in die Suppe!", meinte Kattenstroht, als die Türklingel an der Haustür ziemlich nachdrücklich schepperte.

Nach wenigen Augenblicken hörte man tappende Schritte hinter der Tür, und ein alter Mann öffnete. Misstrauisch musterte er die beiden Beamten aus Münster, warf einen kritischen Blick auf die vorgehaltenen Dienstausweise und bat erst nach einigem Zögern den Kommissar und seine Assistentin hinein. In der großen Flettküche stand ein langer Tisch mit mehreren Stühlen noch vor dem Bosen des schönen Herdfeuers, das mit Eisen und Kupfersachen glänzte. Hier bot er dem Besuch an, sich zu setzen.

Kattenstroht hatte den alten Mann intensiv gemustert. Holzschuhe hatte er an den Füßen, eine schwarze Cordhose trug er, ein weißes

Hemd und darüber eine reine Arbeitsjacke mit schmalen Längsstreifen, wie sie früher oft auf den Höfen üblich gewesen war. „Fehlt nur noch die schwarze Deckelmütze!", war es bei seinem Anblick Kathrin Eilers durch den Kopf geschossen. So hatte sie auch ihren verstorbenen Großvater in Erinnerung behalten.

Kattenstroht stellte sich und Kathrin Eilers noch einmal ausführlich vor und kam dann umgehend auf Marina Szepanski zu sprechen.

„Sie war es also doch!", seufzte der alte Mann bedauernd. „Ich war mir bei dem Bild gar nicht sicher und hatte ja immer noch gehofft, es wäre jemand anders. Schade, so schade drum!"

„Was hatten Sie denn mit Marina Szepanski zu tun?", wollte Kattenstroht nun wissen.

„Unser Tönne hat sie bei einer Sitzung des Heimatvereines kennen gelernt. Sie machte Werbungssachen, für Betriebe und auch für Touristen. Da hat er sie mal mitgebracht. Das war ein kurantes Wicht*, muss ich sagen. Sie hat für unsere Brennerei auch die letzten Prospekte gemacht."

Der Kommissar nickte, und nun wurde ihm die Gemeinsamkeiten zwischen dem Design der Hofwerbung und der Homepage der Ermordeten klar. „Sie haben aber wirklich einen schönen Betrieb hier mitten im Dorf!", meinte er im Rundblick durch die schöne Flettküche.

„Tja, und den wollte zuerst keiner mehr haben. Mein Bruder hat mit Wilm, seinem Ältesten, den neuen Hof und die neue Brennerei vor dem Dorf gebaut. Ich wollte hier nicht weg. Wissen Sie, wenn man von Kindesbeinen auf hier gelebt hat, will man nicht verpflanzt werden. Dann hat Tönne, der zweite Sohn, etwas Geld und die angebliche Bruchbude hier bekommen. Wir haben uns zusammengetan, haben die Brennerei wieder flottgemacht, haben den Hof saniert und sind jetzt zwölf Jahre dabei. Was sehen Sie? Gut geht's uns. War die richtige Entscheidung." Etwas Stolz klang in den Worten des Caspar Siekendiek durchaus mit durch.

„Spezialisierung, das scheint mir der Trend der Zeit zu sein!", bemerkte Kattenstroht. „Wir wollen jedenfalls noch heute Ihren anderen Neffen in der großen Brennerei vor dem Dorf besuchen. Denn wenn wir richtigliegen, hatte auch er was mit Marina Szepanski zu

---

* kurantes Wicht: niederdt. für: ein patentes Mädchen

tun." Als er dies sagte, ging eine leichte Bewegung, fast wie ein Befremden, über das Gesicht des alten Mannes. Der Kommissar bemerkte es und sprach es vor dem Haus mit Kathrin Eilers an: „Ich weiß gar nicht, wo wir hier wieder reinfassen. Bin mal gespannt, in welchem Maischebottich wir landen." Dann schaute er auf die Uhr, erinnerte sich und seine Assistentin an die Unnerst, die klassische Ruhestunde auf den Höfen, und schlug vor, die paar Kilometer zum Landhotel Edelbroick zu fahren. „Wir können uns ja angesichts seiner Preise auf eine gute Suppe beschränken! Die wäre immerhin sogar der Fastenzeit angemessen."

Es war Kattenstroht, der das Schild auf der Einfahrt des Landhotels als Erster entdeckte. Kopfschüttelnd und mit geradezu grimmiger Miene registrierte er das besondere Küchenangebot des edlen Hauses und seiner noch edleren Küche: „Jetzt zur Karwoche: Täglich frische Struven!“

Sein Erstaunen war echt, und Kathrin Eilers musste vernehmen, dass es Struven traditionell eigentlich nur an einem Tag im Jahr geben dürfe, nämlich am Karfreitag. „Und heute ist erst Montag!“, brachte der Kommissar sein Verdammungsurteil auf den Punkt. „Struven schon am Montag und dann die ganze Karwoche durch. Tiefer kann das Münsterland kaum sinken.“

Kathrin Eilers verstand die Reaktion ihres Chefs zunächst nicht und musste sich und ihre Kenntnisse erst sortieren: „Struven sind doch so eine Art Pfannkuchen. Mein alter Herr fuhr deswegen noch jahrelang zu Ostern zu meiner Oma nach Lahsum, angeblich weil meine Mama das Rezept nicht beherrschte. Sie war aber eigentlich froh, dass Papa weg war. Da konnte sie sich in Ruhe dem Hausputz vor Ostern zuwenden!“

„Pfannkuchen“, seufzte der Kommissar, „wenn ich das schon höre! Es ist ein Hefeteig mit Rosinen, der in der Pfanne in Öl plätzchenartig ausgebacken wird. Die Struven kommen heiß auf den Tisch und sind höchstens noch mit Zucker und Zimt zu bestreuen. Da kann man sich den Bauch vollschlagen. Man isst kein Fleisch, hat was Nahrhaftes, und süß ist es auch noch! Was will man mehr am Tag, da der Herr gekreuzigt wurde?“

Da es draußen vor dem Haus im Schatten eindeutig zu frisch war, nahmen Kattenstroht und Eilers im Gastraum des alten Fachwerkhauses nahe der Theke Platz und inspizierten gründlich die Speisekarte. Tatsächlich bot Edelbroick für den kleinen Hunger auch eine deftige Erbsensuppe mit Fleischeinlage und einem Mettendchen in einer „Terrine für zwei“ an, auf die man sich schnell einigte. Während sie auf die bestellten Getränke warteten, kam der Hausherr an ihrem Tisch vorbei. Der erkannte die Besucher wieder, begrüßte sie freundlich und verwickelte die Beamten natürlich in ein Gespräch, denn ein Besuch Kattenstrohts hatte immer eine besondere Bedeutung. „Ich komme gleich nach dem Essen noch mal vorbei!“, kündigte er an, als die Suppe aufgetragen wurde. Die schmeckte vorzüglich und war für die Mittagspause genau die richtige Wahl.

Kattenstroht hatte zwei Kaffee bestellt, die dann von Edelbroick persönlich serviert wurden. Eine dritte Tasse hatte er für sich selbst mitgebracht und schien nun auf Neuigkeiten zu warten. „Sagen Sie mal“, nervte Kattenstroht ein wenig ironisch, „darf eigentlich längs der munter murmelnden Brinke irgendetwas passieren, was Sie nicht wissen müssen?“

„Sagen wir mal so: Wenn die Oberspürnase der Polizei aus Münster durch unsere Reviere schleicht, dann ist auch irgendetwas los. Ein Wirt, der klug ist, weiß, was läuft. Dann nehmen ihn auch seine Gäste ernst, die einheimischen wie die auswärtigen. Zudem“, Edelbroick lächelte über den Rand seiner Kaffeetasse hinweg, „ich weiß auch eine ganze Menge!“

Kattenstroht nahm den Ball auf und hakte gleich nach: „Was weiß denn der Wirt aus dem Landhotel von dem Schnapsbrenner Antonius Siekendiek zu Reckelsum?“

Der Wirt setzte seine Tasse ab, drehte sich zur Theke und wies auf das Regal: „In der mittleren Reihe in den schönen Flaschen sehen Sie alle seine Obstbrände: Apfel, Birne, Pflaume, Mirabelle! Wirklich Spitzenleistungen. Im Kühlfach Korn, Doppelkorn, Wacholder und Doppelwacholder. Er macht sogar wieder einen Braunen. Das ist zwar bei Sachkennern ein wenig umstritten wegen der Färbung mit Zuckercouleur, aber doch ein schönes Produkt. Sein Lagerkorn wurde vor einiger Zeit international ausgezeichnet. Dann bitte schön die Liköre und Aufgesetzten für die Damen. Unser Haus ist ein guter Kunde von Tönne Siekendiek.“

„Und sonst, jenseits der Werbeunterbrechung?“, warf Kathrin Eilers ein.

„Wissen Sie, schon mein Vater kaufte die Schnäpse fürs Haus bei Siekendiek. Der ist bei uns so etwas wie ein Hoflieferant. Da passt einfach alles zusammen. Der Rahmen, die Produktion, das Ergebnis, die Präsentation. Wir haben Reisegruppen hier im Haus, die machen bei Siekendiek eine Betriebsbesichtigung und kaufen, was das Zeug hält. Wir kriegen Prozente. Er hat die hohe Qualität, auch garantiert durch einen alten Öhm auf dem Hof, der sein Leben lang nur Schnaps gebrannt hat." Und nach einer kleinen Pause: „Der mag das Zeug selbst aber auch sehr gerne. Öhm Caspar ist das Schnapsoriginal im Brinketal, als Brenner und als Genießer."

„Kommt denn Siekendiek selbst hier vorbei, um seine Flaschen auszuliefern?" Kattenstroht schien eine Brücke zu einem neuen Thema schlagen zu wollen.

„In der Tat, das macht er selbst. Er kommt so alle zwei bis drei Wochen vorbei. Wir rufen an oder ordern per Mail, wenn es mal knapp wird. Dann kommt er schnell rüber und regelt die Mangelverwaltung." Der Wirt nickte anerkennend: „Der hat das alles auf Schuss. Für die festen Kunden wie uns gibt es ein geschütztes Bestellsystem, in das wir am Computer eintragen. Das System druckt ihm zeitgleich Lieferschein und Rechnung, registriert die Lagerhaltung und regelt auf Absprache auch die Bankabbuchung. Da ist Tönne Siekendiek wirklich spitze."

„Den Computer und die moderne Technik beherrscht er allein? Auch sein Marketing mit Design und Internetauftritt?" Kathrin Eilers rührte unauffällig in ihrer Kaffeetasse, so als suche sie etwas.

Der Wirt begriff: „Jetzt kapiere ich, worauf Sie aus sind: Die junge Polin, mit der war er mal hier. Die ist doch tot in Münster auf einem Kanalschiff gefunden worden letzte Woche. Stimmt! Es stand am Samstag auch bei uns in der Zeitung." Edelbroick stutzte ein wenig: „Hätte ich Sie anrufen müssen?"

Kathrin Eilers dehnte den Satz ein bisschen: „Wenn Sie uns denn schon angerufen hätten, was hätten Sie uns dann erzählt?"

Der Wirt holte etwas weiter aus: „Ich habe das nicht für wichtig gehalten. Siekendiek war ein- oder zweimal mit der jungen Dame hier: Tina oder Dina oder so nannte er sie. In der Zeitung stand Marina. Er hatte mit ihr ein Projekt vor, das aber dat Küern no nich hebben kaonn*, über das man also schweigen musste."

„Und wir, sind wir nun würdig, diese Information entgegenzunehmen?", fragte der Kommissar mit bewusst ernster Stimme.

„Sie selbstverständlich, bei Ihnen ist es ja dienstlich gut aufgehoben."Der Wirt nickte heftig. „Es ging um folgende Idee. In etwa

* „Ein Projekt, das das Reden drüber noch nicht vertragen konnte."

fünf bis sechs Jahren könnte im Brinkekreis eine so genannte Regionale stattfinden. Das ist eine breit angelegte Aktion der Landesentwicklung, bei der man die Bereiche von Natur, Ökologie, Wirtschaft und Entwicklung unter ein landesplanerisches Dach stellt. Dafür gibt es dann Fördermittel aus Düsseldorf in Millionenhöhe. Weil der Kreis noch nicht so weit war, hatte Tönne Siekendiek sich Informationen von Kunden oder Freunden besorgt und die junge Dame aus Polen, die von diesen Dingen scheinbar was verstand, um erste Ideen gebeten. Damit waren die beiden dann zu mir gekommen, weil sie mich für diesen Plan gewinnen wollten. Wir hätten in der Projektentwicklung einen erheblichen Vorsprung gewinnen können."

„Was war das Thema: eine Schnaps-Pipeline vielleicht?", bohrte Kattenstroht nach.

„Schnaps durfte auch vorkommen, aber sie wollten insgesamt eine landeskundliche, touristische Route die Brinke entlang entwickeln. Ein Rad- und Wanderwegesystem mit entsprechender Führung, übrigens durch Satelliten, Informations- und Kartenmaterial, mit Rastplätzen und Kunstinstallationen, mit allem Drum und Dran also. Da kommen Themen von der Natur der Wälder und Hecken bis hin zu Schutzgebieten für bestimmte Tierarten. Sie dürfen nicht vergessen: Mit den Rodorper Bergen und dem malerischen Brinketal haben wir hier das grüne Herz des Münsterlandes – oder so. Jedenfalls stand das früher so in unseren Prospekten." Der Wirt hatte sich ein wenig in Eifer geredet. „Ganzheitlich müsse es sein, das hat sie mehrmals gesagt: Ganzheitlich. Sie wollte alle möglichen Aspekte da hineinpacken, auch Fragen eines notwendigen Rückbaus zum Beispiel der Flurbereinigung. An den Stellen, wo sie vor 50 Jahren die Brinke mal begradigt haben, es gibt da Abschnitte nahe am Kanal bei Kerkhövel, da sollte sie wieder renaturiert werden. Pflanzprogramme für Bäume sollte es geben, eine geplant organisierte Pflege der Wallhecken, und neue Schutzgebiete sollten kommen." Edelbroick nickte nachdenklich. „Diese junge Frau hatte was drauf und wusste über eine ganze Menge gut Bescheid. Wahrscheinlich hat sie mehr Schönheiten unserer Heimat gesehen, weil sie nicht von hier kam."

„Wer wusste denn noch davon? Der Schulte up den Drene etwa?"

Der Wirt lachte leise: „Paul up den Drene dürfen Sie mit so etwas erst kommen, wenn Sie die eigenen Schäfchen im Trockenen haben. Das ist ein derart gewitzter und intelligenter Bursche, der muss natürlich mit dabei sein, als bester Hofvermarkter die Brinke rauf und runter, aber er hätte ja auch was bringen müssen. Die Brinkequelle liegt auf seinem Land, ohne ihn kein Startpunkt der Route. Ihn hatten sie wohl noch nicht gefragt, obwohl die Polin den Schulten offensichtlich kannte."

Kattenstroht nickte: „Klar, sie hat jahrelang bei ihm gearbeitet. Aber mal weiter. Was denken Sie, hätte man denn die Dörfer und die Gemeinschaften längs der Brinke unter ein gemeinsames Dach gekriegt?"

„Tönne Siekendieck ist viel zu klug, um nicht genau zu wissen, wie man das anfängt. Wir hatten über Jahre Streit wegen der Vereinigung der Genossenschaften hier. Da stellen sich jedes Dorf und jede Bauerschaft auf die Beine und sagen nur: Dat is mien Eegen! Dat is miene Vuegelstange!"* Edelbroick schüttelte den Kopf: „Nein, zur rechten Zeit hätten die die Freiherren von Wolberg-Stockhem in die Schlacht geworfen, den jungen wie den alten Baron. Die in Verbindung mit dem Schulten ohne Bindestrich, den Politikern und den Banken hätten so ein Projekt hinbekommen." Der Hotelbesitzer nickte entschieden. „Natürlich hatte ich sofort Interesse. Hätte ich mich aber an die Spitze gestellt, hätten die Ersten gesagt: ‚Kiek an, de Hotelier! Is wieer an't Verdeinen!' Aber es ist so im Münsterland. Wer ein Projekt anstößt, hat erst ganz viele Fragen zu beantworten. Das dauert manchmal ganz schön lange und kann ganz schön lästig werden."

„Ich darf mal lästigerweise was fragen, was in eine andere Richtung zeigt?", meldete sich Kathrin Eilers zu Wort. „Sie reden immer vom Brinkekreis oder vom Brinketal. Versteht sich denn das Tal als eine Einheit, mit der man auch meinetwegen politisch agieren kann?"

Der Wirt wurde geradezu grimmig: „Das ist eine wirklich gute Frage. Zuerst immer die Bauerschaft, dann das Kirchspiel. Da herrscht Solidarität. Kirchspiele nebeneinander, das ist schon schwierig. Ich muss Ihnen doch nicht sagen, dass unsere Jungbüllekes sich bis in die Gegenwart hinein auf den Schützenfesten und Kirmessen um die schönsten Mädchen geprügelt haben. – Und in dem Umfeld agiert dann die Kreispolitik. Unser alter Landrat sprach, wenn er die Leute aus Rodorpe und

* „Das ist mein Eigen. Das ist meine Vogelstange!"

Kerkhövel meinte, immer von ohnehin unruhigen, zanksüchtigen und streitbaren Bergvölkern. Am Ostersonntag lassen die von Rodorpe wieder ihre Osterräder brennend den Berg herunterlaufen. Ich weiß nicht, wie oft die von Stockhem und Reckelsum versucht haben, denen die großen Räder eine Nacht früher anzustecken oder sie zu klauen. Und die Rodorper haben im Gegenzug den andern ihre Osterfeuer vor der Zeit abgefackelt."

„O ja, das friedliche Osterbrauchtum. Die Botschaft des Herrn wird auch da nicht gehört", lamentierte der Kommissar scheinheilig.

„In Reckelsum schlagen sich die Dorfjungen aus dem Unter- und dem Oberdorf am Ostersonntagnachmittag um eine Holzscheibe, die sie mit Riesentempo durch das Dorf über die Hauptstraße jagen. Inzwischen ist das eine Touristenattraktion, und ich schicke meine Wandergäste gerne dahin", wandte der Wirt ein.

„Es lebt also doch noch viel aus alter Zeit!", fasste der Kommissar zusammen und schaute auf die Uhr. „Wir müssen weiter. Aber noch eine letzte Frage, Herr Edelbroick: Wie, glauben Sie, hätten denn die Bauern einem solchen integrierten Landschaftskonzept gegenübergestanden: Aufgeschlossen oder ablehnend?"

Nach dem Kommissar erhob sich auch der Wirt, zögerte aber mit der Antwort. Dann meinte er: „Es wäre darauf angekommen, die richtigen Persönlichkeiten dafür zu gewinnen. Man muss die Leute auf dem Lande überzeugen mit Klarheit und Wahrheit. Schauen Sie sich den jahrelangen Streit um die Umgehungsstraße in Brinkbergen an. Die Leute wurden am Anfang nur bruchstückhaft informiert. Im Klartext: teilweise belogen! Das Theater kam, und politisch wird das keiner von den jetzigen Damen und Herren überleben, der die Autobahnbrücke über das Tal bauen sollte. Mein Vater berichtete mir, wie vor fast 50 Jahren ein damaliger Landesminister die Bauern in Reckelsum mit der Trassierung der heutigen Autobahn über den Tisch gezogen hat. Da hat sich der alte Vater Siekendiek bei einem Ministerbesuch – das war ein Kreisparteitag hier bei uns im Saal – erhoben und hat dem schlauen Besuch aus Münster nur gesagt: ‚Herr Minister, Sie bauen die Autobahn jetzt so, wie Sie sie wollen. Aber die Bauern werden Ihnen das nicht vergessen!' Das sagte der alte Siekendiek und ging mit seinem ganzen Anhang grußlos nach Hause. Drei Jahre später wurde der Minister bei der Aufstellung zur Landtagswahl im Altkreis eiskalt abgesägt. Die Bauern hatten sich die Brinke rauf und runter alle klammheimlich zusammengetan, hatten Dutzende von neuen Parteimitgliedern geworben und ruck, zuck am Abend vor der Wahl einen neuen Landtagsabgeordneten aus dem Hut gezaubert. Der Minister wurde praktisch zum Abschuss freigegeben. So geht das hier, wenn's brenzlig wird. Dann spielt Solidarität doch eine Rolle."

Edelbroick wandte sich noch einmal Kathrin Eilers zu: „Ich glaube, auch wenn Tönne Siekendiek das Programm ohne die junge Frau fahren muss, wird es ein Erfolg. Schade drum, sie war sehr nett anzusehen und auch sehr sympathisch."

„Mal aus der psychologischen Brille des Gastwirtes gesehen: Hatten die beiden was miteinander?" Kattenstroht wollte es nun genau wissen.

Der Gastwirt schaute zu, während die beiden Beamten mit dem Zahlkellner abrechneten. „Sagen wir mal so: Wenn die was miteinander hatten, dann haben sie es sehr gut versteckt. Sehr unterschiedliche Typen! Der Altersunterschied? Mindestens 15 Jahre, oder so?" Er schüttelte dann heftig den Kopf. „Nein, das war ein rein sachlicher Kontakt, ein Geschäft. Da bin ich mir sehr sicher!"

Er begleitete seine Gäste bis zum Parkplatz und gab ihnen dann doch noch den Tipp, sich in Reckelsum auch mit Bernadette Ölmöller zu unterhalten. „Eine Frau mit einem klüftigen Kopf!", hatte Edelbroick nur geurteilt.

„Andere scheint es im Brinketal sowieso nicht zu geben!", beschied ihn der Kommissar aus Münster.

Nach kaum zehn Minuten Fahrt erreichten sie den neuen Hof des Wilm Siekendiek, der auf einer leichten Anhöhe vor Reckelsum lag. Ein moderner Bungalow bildete das Wohngebäude. Stallungen und eine fabrikartige Anlage, hinter der mehrere röhrenförmige Tanks aus Edelstahl aufragten, rahmten den Hofplatz ein. Ein Lkw mit Hänger hatte gerade Kartoffeln abgekippt, die nun über Laufbänder in die Brennerei transportiert wurden. Aus Dachlüftern stiegen Dampfschwaden auf, die einen erdigen Geruch verbreiteten. Der Hofherr stand in schlichter Arbeitskleidung neben dem Lkw und unterschrieb gerade einen Lieferschein, den der Transporteur dann an sich nahm. Der tippte als Abschiedsgruß an seine Mütze, stieg ein und steuerte mit lautem Brummen und Scheppern den Lkw samt Anhänger wieder vom Hof.

Kattenstroht hatte den Dienstwagen sicherheitshalber am Hofrand abgestellt. Gemeinsam gingen er und seine Assistentin über die asphaltierte Hoffläche, die mit Erdbrocken und lehmigen Fahrspuren überzogen war. Sie versuchten, den gröbsten Dreckflächen aus dem Weg zu gehen, und wurden dabei von einem jungen braunen Jagdhund jaulend und bellend umspielt, der zweifellos noch nachhaltiger Erziehung bedurfte: Der Bauer pfiff und rief, der Hund aber ließ nicht von den Polizisten ab. Erst ein fester Griff seines Herrn brachte das zappelnde Jungtier zur Ruhe. Es wurde umgehend in einen nahen Zwinger gebracht, aber auch hinter den Gittern wollte das Gebell nicht verstummen. „Phylax ist noch jung, ich muss noch einiges an seiner Erziehung tun", bemerkte der Bauer. Nachdem er einen Blick auf die Ausweise von Kattenstroht und Eilers geworfen hatte, stellte er sich auch selbst vor und bat den Besuch ins Büro, das in einem Eckraum des Wohnhauses mit einem direkten Zugang zum Hof untergebracht war. Von dort konnten Betrieb, Hof und Zufahrt überblickt werden.

Kattenstroht kam ohne Umschweife zur Sache und stellte nach wenigen einleitenden Worten über den Gegenstand der Ermittlungen fest, dass Wilm Siekendiek die Marina Szepanski ja wohl gekannt habe. Er hielt ihm ein Foto der jungen Frau unter die Nase. Wissen wolle man, wann er ihr zuletzt begegnet sei. Der Bauer wiegelte ab. Er habe erst nach einigem Nachdenken durch die Zeitungsmeldungen am Wochenende erfahren, dass es sich um jene Frau gehandelt habe, mit der sein Bruder hin und wieder Geschäfte gemacht hätte. „Unser Tönne mit seiner Präöttkerei da im Dorf legt ja Wert auf diesen ganzen Werbe-Schnickschnack. Diese Polin hat ihm da auch so allerhand Kram verkauft und Pläne mit ihm gemacht. Reell war das alles nicht, typisch polnische Wirtschaft. Ich bin den beiden ein- oder zweimal unten im Dorf begegnet." Siekendiek machte aus seiner Geringschätzung keinen Hehl.

„Präöttkerei?" Kathrin Eilers wollte etwas nachhören. „Wir haben uns den Betrieb und die Brennerei unten im Dorf angeschaut. Das macht doch alles einen soliden und erfolgreichen Eindruck."

Wilm Siekendiek setzte eine abschätzige Geste dagegen: „Was ich hier habe, das ist ein gut laufender, zeitgemäßer und solider Betrieb. Ich bin mit meinem Laden groß in die Bioalkoholproduktion gegangen. Muss ich Ihnen was von der Energiewende erzählen? Wir können gleich gerne mal durch meine Brennerei gehen, damit Sie sehen, wie eine moderne Alkoholproduktion heute angelegt ist und sich ausrichtet. Dieser antike Kram da im Dorf ist doch über! Nein, nein, lassen Sie sich da nichts vormachen. Öhm Caspar und mein Bruder stochern Balkenbrand wie unser Vater und der Großonkel im letzten Krieg und in der Nachkriegszeit. Wenn man nicht aufpasst, wird man blind von dem Fusel, und man kriegt hässliche Kinder! Kommt doch nichts bei raus. Messing und Kupfer glänzen ja ganz schön in dem Museum, aber richtige Penunzen kommen dabei nicht rum."

„Können Sie uns denn sagen, was Ihr Bruder mit der Szepanski zu tun hatte?", ließ der Kommissar nicht locker.

„Ich sagte Ihnen doch: Mein Bruder Tönne hatte mit dieser Dame Projekte vor, wie er das nannte. Genau dahintergeguckt habe ich auch nicht. Er kam vor ein paar Wochen auch mal allein zu mir und wollte mich von einigen Ideen zum Tourismus im Brinketal überzeugen. Natürlich sollte ich Geld in einen gemeinsamen Fonds einzahlen." Siekendiek schüttelte den Kopf: „Ja, bin ich denn bescheuert? – Geld nur für die Wirte und Hoteliers latzen?"

„Noch einmal zur Klarheit: Wann haben Sie Marina Szepanski zuletzt gesehen oder sind ihr zuletzt begegnet?" Kattenstroht legte

Nachdruck in seine Frage, und Siekendiek wich schon wieder aus. Er wollte sich offensichtlich nicht festlegen: „Ich meine, das ist so zwei oder drei Wochen her. Ich war im Dorf und habe Tönne und diese Dame vor der Bank getroffen. Guten Tag und guten Weg, das war's schon!"

„Also eine herzliche brüderliche Liebe?", kommentierte Kattenstroht bissig und provozierte so den Alkoholerzeuger, der prompt reagierte: „Bin ich denn der Hüter meines Bruders? Ich wüsste nicht, inwieweit meine Familienangelegenheiten Sie interessieren sollten?"

Der Kommissar biss zurück: „Klare Frage – klare Antwort: Mein Team und ich, wir arbeiten an der Aufklärung eines Mordes. Zunächst sind alle Leute, die irgendwie mit dem Opfer zu tun hatten, genau zu betrachten. Wir haben klare Hinweise, dass Marina Szepanski, das Opfer, Kontakte zur Familie Siekendiek in Reckelsum hatte. Sie haben sie gekannt, Ihr Bruder hat sie gekannt, Ihr Onkel hat sie gekannt, mindestens auf dem Hof im Dorf dürfte sie öfter gewesen sein."

Wilm Siekendiek ruderte etwas zurück: „Sie wollen mir doch nicht was anhängen mit dem Weib?"

Kattenstroht blieb ungerührt: „Ich will nur, dass Sie uns nach Ihren Möglichkeiten helfen, den Fall aufzuklären, und dass Sie uns die Wahrheit sagen. Was Sie bisher ausgesagt haben, es ist nur wenig, nehmen wir zur Kenntnis. Ich gehe davon aus, dass Frau Eilers und ich noch mal vorbeikommen werden."

Der Brennereibesitzer versuchte nun, die Stimmung etwas zu heben, und lud mit einer steif wirkenden Höflichkeit zur Besichtigung seines Betriebes ein. Zwar hatte Kattenstroht dazu eigentlich keine Lust mehr, aber Kathrin Eilers' Interesse war geweckt, und sie wollte verhindern, dass durch die Bärbeißigkeit ihres Chefs weitere Gespräche unnötig erschwert wurden.

So folgten sie Wilm Siekendiek in die weite Halle der Brennerei, wo Kartoffeln mit einem kleinen Frontlader in großer Menge in eine wassergefüllte Rinne geschoben wurden. Das Wasser war in Bewegung, und die Kartoffeln wurden in mehreren Gängen tüchtig gewaschen. „Sauberkeit ist bei unserem Geschäft das A und O!", hatte der Brenner bemerkt. „Die Kartoffeln werden nach mehreren Waschgängen in die nächste Abteilung befördert und dort in einer Hammermühle zerquetscht. Der Brei kommt dann in den großen Vormaischbottich, wo er mit Wasser gemischt und erhitzt wird. Die Enzyme, die wir zusetzen, verwandeln die in den Kartoffeln vorhandene Stärke in Zucker."

Im Gang durch die fabrikartige Anlage, deren gekachelte Wände, verschiedene Kessel, zahlreiche Pumpanlagen und Armaturen aus Edelstahl vor Sauberkeit blitzten, erläuterte Siekendiek seinen Besuchern den zweitägigen Gärprozess und den Brand in der Kolonne. „Im Schnitt verarbeiten wir verteilt über das Jahr zwölf Tonnen Kartoffeln am Tag und produzieren so etwa 1.400 Liter Alkohol mit einer Reinheit von circa. 85 Prozent in einem Durchlauf. Die Bedarfe steigen, die Basis wird von Kartoffeln auch auf Mais und Getreide erweitert werden. Unser Alkohol hat Konjunktur!"

„Und was geschieht mit diesem Zeug?", wollte Kattenstroht wissen. „Das ist doch kein trinkbarer Stoff!"

„Wir wollen und dürfen hier gar keinen Trinkalkohol produzieren. Der Rohbrand geht nach den diversen Zollkontrollen in die Reinigungsanstalten. Die machen im Wege des Feinbrandes daraus Alkohol für die Industrie, für Medikamente oder eben Treibstoff: Das ist unser Markt der Zukunft! Es geht um nachwachsende Rohstoffe, die unsere Energiekrise lösen werden. Betriebe wie meiner sind der Schlüssel für zukünftige Energien!"

Der Kommissar hatte skeptisch dreingeschaut, so als traue er dem Industriebrenner nicht über den Weg. Auf dem Hof verabschiedete man sich schließlich korrekt und höflich.

Als sie ins Dorf herunterfuhren, bat Kathrin Eilers ihren landeskundlich kompetenten Chef doch noch einmal um eine genaue Erklärung des Begriffes „Balkenbrand". „Ich habe den nun schon einige Male gehört, kann mir aber darunter so recht nichts vorstellen." Kattenstroht lächelte und grub seine Kenntnisse aus dem Umfeld der väterlichen Heimat in Westerbauer aus: „Alkohol – speziell Schnaps – war in Kriegszeiten und auch danach bis etwa 1948 geradezu unerschwinglich. Wegen der Verwertung des Brotgetreides hatte man die Brennereien unter strikte Kontrollen gestellt. Jetzt nimm mal einem richtigen Münsterländer Landmann seinen Klaren weg! Also haben die Leute es mit dem

Schnapsbrennen selbst versucht. Die Klempner in den Dörfern löteten aus Kupfer kleine Brennanlagen zusammen, wie man sie übrigens heute für den Eigenbedarf wieder kaufen kann: Das ist ein Kessel mit Beheizung, die eigentliche Brennblase, über der sich der kupferne Helm erhebt. Von dem aus geht das Geistrohr herunter in die Kühlschlange. Also das Prinzip von Erhitzung, Dampfbildung und Wiederverflüssigung. Dann wurde eine Maische angesetzt, die man mit Hefe zum Gären brachte, so dass sich Alkohol in der Maische bildete. Der wurde dann mit seinen flüchtigen Stoffen gewissermaßen herausgedampft. Das ist ein ungeheuer komplizierter chemischer Prozess, an dessen Ende der Rohbrand steht, den man dann mindestens noch ein weiteres Mal durch die Brennblase schicken muss. Das Zeug ist dann aber so hochgradig, dass man es verdünnen muss. Da kannte mein Großvater enorm viele Rezepte."

„Das alles vollzog sich auf der Basis von Brotgetreide?", wollte Kathrin Eilers wissen. „Kein Wunder, dass das in Hungerzeiten verboten war."

„I wo, das geht eigentlich mit fast allen sauberen Früchten, die man vergären kann. Äpfel, Birnen, Pflaumen, Himbeeren sind besonders gut geeignet, weil sie ja schon Fruchtzucker enthalten. Bei den stärkehaltigen Grundlagen, also beispielsweise Roggen, muss man durch Mälzen und Maischen die Stärke erst einmal in Zucker verwandeln. Das ist eine ganz komplizierte Sache. Mein Onkel Felix hat sich daher vor allem um Veredelung seiner Pflaumen aus dem eigenen Garten bemüht. Natürlich kann man das Schwarzbrennen nur schlecht verstecken, weil das ganze Haus nach der Maische riecht. Deshalb war man ja auch so vorsichtig. Ich habe mal gehört, der Balkenbrand habe Balkenbrand geheißen, weil der auf den Dachböden und Hillen heimlich verarbeitet worden sei."

„Und die Polizei war dahinter her?"

Kattenstroht nickte energisch: „Klar, und die Lebensmittelkontrolleure. Die Leute, die heimlich brannten, suchten sich auch abgelegene Höfe und Scheunen und sahen zu, dass sie alles versteckten. Mein Onkel Felix, wie gesagt, ist mal in einer Nacht mit seinem ‚Maschinken', wie er das Teil aus Kupfer nannte, über drei befreundete Höfe gezogen.

Man fühlte die Polizei im Nacken. Onkel Felix hat in der Nacht keinen Liter Alkohol zuwege gebracht, sich jedoch die Arme verbrannt, dass er sein Leben lang Narben behielt: Auf dem dritten Kotten aber, wo sie den Schnaps stochen wollten, hat er in solcher Nacht tatsächlich seine spätere Frau, meine Tante Hildegard, kennen gelernt!"

„Im Grunde ist es doch die Befriedigung einer Sucht!" Kathrin Eilers' Missbilligung war und blieb eindeutig. Damit kam sie aber bei ihrem Kommissar nicht gut an.

„Alles ist Medizin, es kommt nur auf das rechte Maß an! Ich kannte Leute in der Bauerschaft, die nur einmal am Tag zwei Schnäpse tranken. Dafür gab es Signale: Die Eisenbahn, die tutete, die Glocke, die läutete, was auch immer. Der alte Hausarzt meines Vaters pflegte immer zu sagen, auf den Bauernhöfen habe man früher auch bei alten Männern nur selten Erkrankungen im Entwässerungsbereich gefunden, weil sich die Senioren regelmäßig den Wacholderschnaps leisteten, im Volksmund auch ‚Pippifix' geheißen. Der pflegt Nieren und Blase! Es ist alles eine Frage der Dosis, die die Dinge zum Gift macht."

Die Assistentin schüttelte den Kopf, dass die blonden Locken mal wieder nur so flogen: „Aber es ist doch ein Elend, dass der Schnaps auch über die Leute bringen kann. Wir haben bis zu 4 Prozent Alkoholkranke in unserer Gesellschaft, oder etwa nicht?"

„Das kann und will ich nicht bestreiten!", räumte Kattenstroht ein. „Der Schnaps ist auch ein schlimmer Tröster mit all seinen Folgen. Aber wir sollten nicht immer über den Missbrauch, den es zweifelsfrei gibt, den Genuss im rechten Maß vergessen. Wenn ich einen schönen reinen Korn trinke, was etwa einmal in der Woche vorkommen mag, kenn ich zum Glück meine Grenzen: Auf einem Bein kann man nicht stehen! Drei oder vier Pinnchen sind aber zu viel. Und was den Whisky oder den Schnaps grundsätzlich angeht: Die letzten Jahre haben Jochen Stellmacher und ich diese Fastenwette wirklich durchgehalten. Es ist ein schönes Gefühl, mal sechs Wochen konsequent verzichten zu können. Das zu schaffen, steigert die Vorfreude und den Genuss auf Ostern nach sechs trockenen Wochen."

„Jochen und du und eure edlen Whiskys! Das ist auch so eine Dauernummer für sich!", seufzte die Assistentin.

„Nun ja, wir sind nicht so arm dran wie der Helbergs Öhm in Westerbauer. Der war dicht an der Flasche, erzählte mein Vater. Als im Krieg der Schnaps rationiert war, hatte der Wirt Wessendorf den Auftrag, die Schnapsrationen für die ganze Gemeinde aus Münster abzuholen. In Helbergs Kurve ist der mit seinem Tempo-Dreirad ins Schleudern gekommen, dabei ist einer der Glasballons in diesen Flaschenkörben vom Wagen gefallen und zerbrochen. Helbergs Öhm sieht das Elend auf die Straße fließen, rennt ins Haus und holt sich einen frisch gebackenen Stuten. Das schöne Weißbrot hat er gebrochen und mit den Stücken den Schnaps aus den Pfützen aufgesaugt und genossen! Das nenne ich Sparsamkeit!", resümierte Kattenstroht.

„Oder eben doch Sucht!", erwiderte Kathrin Eilers kategorisch.

Die ihnen von Edelbroick empfohlene Bernadette Ölmöller mit dem klüftigen Kopf war in ihrem Haus in Reckelsum nicht anzutreffen. Von einer vierschrötig wirkenden Nachbarin, die mit hochgerecktem Kopf aus dem Nachbargarten über den Zaun lugte, erfuhren sie, die gesuchte Frau sei noch bei der Arbeit in der Uni in Münster. Dort mache sie jeden Tag Erdkunde.

Am Dienstagmorgen traf man sich in gewohnter großer Runde im Präsidium. Austrup übernahm es, aus seinen Nachforschungen zum Bereich der Saisonarbeiter auf dem Schultenhof up den Drene zu berichten: „Ich habe in Abstimmung mit den Kollegen aus Bielefeld die zuständige Arbeitsverwaltung und die Ausländerämter über die Erfahrungen in den Vorjahren befragt. Jetzt ändert sich wegen der EU ja sowieso alles. Bei diesem Brinkbergener Hof hat es über viele Jahre keine Unregelmäßigkeiten gegeben. Da stimmen die Abrechnungen wie die Papiere: Steuern, Versicherungen, alles ist in Ordnung. Verstöße wie bei dem uns noch bekannten Schlachthof oder bei den Hühnerbratereien, die wir vor einiger Zeit mal im Visier hatten, sind nicht festzustellen."

„Und die Wirtschaftslage der Betriebe?", wollte Kattenstroht wissen. Da griff auch schon die Staatsanwaltschaft in Person der Frau Engler ein: „Mal bitte nicht so hopplahopp, lieber Herr Kommissar! Bei der Sachlage kriegen wir keinen Durchsuchungsbefehl für irgendeine Bank. Das können Sie vergessen! Und auch das Finanzamt ist in solcher Situation noch mehr als zurückhaltend."

Kattenstroht verdrehte die Augen: „Und ich wollte gerade fragen, ob wir nicht mal die Wirtschaftsdaten der Balkenbrenner Gebrüder Siekendiek in Reckelsum einsehen könnten."

Die Staatsanwältin blieb eisern: „Vergessen Sie es! Sie haben bisher keinerlei Anhaltspunkte gegenüber diesen Leuten. Bei der schlechten Beweislage holen wir uns bei Gericht doch nur eine klare Abfuhr." In der Art, wie die Engler den Kopf schüttelte, spiegelte sich ihre ganze Unzufriedenheit mit dem Fortgang der Ermittlungen: „Stellen wir mal nüchtern fest: Wir haben den neunten Tag nach der Auffindung der ermordeten Marina Szepanski. Seit sechs Tagen haben wir sie identifiziert. Weitergekommen sind wir keinen Schritt, oder? Was machen die Daten, Herr Schaap?"

Der junge IT-Fachmann wand sich ein bisschen: „Es tut mir leid. Wir können die Dateien auf dem Laptop nicht öffnen, weil wir mit unseren Methoden die Passwörter nicht umgehen können. Seit gestern stehen wir in dieser Sache mit dem LKA in Kontakt, wo man uns wahrscheinlich helfen kann. Wir haben das Handy der Szepanski bisher nicht aufgetrieben, ihr kleines Notebook, das sie angeblich bei sich hatte, ist ebenfalls noch nicht gesichtet worden."

„Und der Wagen auch nicht!", warf Pötter ein. „In diesem Fall kommen wir nur zögerlich voran, weil die Zusammenhänge sich nur ganz langsam erschließen."

„Andererseits werden die Projekte der Szepanski etwas klarer", trug die Kunsleben endlich etwas Positives vor. „Ich habe mir gestern die Akten aus dem Rollcontainer in der Wohnung mal in Ruhe durchgelesen. Es handelt sich bei einem Komplex von etwa 20 Vorgängen um eine zusammenhängende Gesamtmaßnahme: ‚Unsere Zukunft an der Brinke' steht da als Arbeitstitel drüber. Alle die kleineren Maßnahmen fügen sich zusammen zu einer Aktion, in der Landschaft, Kultur und Wirtschaft des Gebietes gemeinsam gesehen und interpretiert werden. Da tauchen Fragen der Verkehrserschließung, der Siedlung, des Landschaftsschutzes und der Landschaftspflege, der Energiegewinnung, der Geschichte und Kultur, der Landwirtschaft und anderer Branchen auf."

Kattenstroht hatte aufmerksam zugehört: „Das dürfte das Projekt ‚Regionale' sein, auf das Edelbroick uns gestern hingewiesen hat. Dann dürften sich auch die Akten zu den alten Landhandwerken da einordnen. Was sagten Sie noch vorige Tage, Kollege Schaap, als wir den Inhalt des Aktenschrankes erstmals diskutierten? Da fehlte doch ein Vorgang, oder irre ich mich?"

Der Angesprochene studierte seine Unterlagen: „Ja, richtig, es fehlte nur in der Reihe eine Nummer mit dem Kürzel Bb und der Ziffer 4012."

„Bb! Die Jungs in den 1960er Jahren hätten von Brigitte Bardot geträumt!" Nach einigem Überlegen ließ sich der Kommissar noch einmal die in den Vorgängen der Szepanski erfassten Gewerke und Themen aufzählen und bat um Mitdenken: „Natürlich! Klar wie Klara Korn", seufzte schließlich die Büroleiterin: „Es ist alles drin an alten Landhandwerken, nur der Schnaps nicht!"

Der Kommissar pfiff durch die Zähne: „Das wäre mein Lösungsvorschlag: Bb = Balkenbrand! Die verlorene Akte berührt unsere Schnapsbrenner aus Reckelsum!"

Man wog in der Runde die verschiedenen Aspekte ab. Und verabredete sich auf den kommenden Tag erneut. Die Kunsleben schob dem

Kommissar einen Ausdruck zu: „Das sind die Daten der Frau Ölmöller von der Internetseite der Uni. Wenn ihr die Dame besuchen wollt, so hat sie heute Vormittag noch Zeit, da sie keine Lehrverpflichtung hat. Ich habe euch sicherheitshalber zu 10.00 Uhr mal angemeldet."

Kattenstroht hatte auf die Uhr geschaut, die morgendliche Kaffeepause kommentarlos gestrichen und sich mit Kathrin Eilers alsbald auf den Weg zum Geographischen Institut begeben. Hier stieß er in einem beengten Gebäude auf das Büro der Frau Dr. Ölmöller, das so ganz seinen Vorstellungen von einer Gelehrtenstube entsprach. Bücherregale an allen Wänden, einige wenige Bilder, Stapel von bedrucktem und beschriebenem Papier überall. Dazwischen eine muntere Dame von etwa 45 Jahren, der man Umtriebigkeit und wissenschaftliche Begeisterung wirklich abnehmen konnte.

„Das Projekt ‚Unsere Zukunft an der Brinke' ist eigentlich bei Tönne Siekendiek auf dem Hof am Kamin aus der Taufe gehoben worden. Das ist aber schon mehr als ein Jahr her, als ich erstmals von einer möglichen Regionale im Münsterland hörte. Ich kenne die Siekendieks seit ewigen Zeiten, und wir püttkerten im Spätwinter des letzten Jahres mit einigen ihrer besten Brände am Herdfeuer herum, als die Idee geboren wurde. Später kam er dann mit der Marina Szepanski an, die die erste Vorstudie für unser Unternehmen schreiben sollte. Tönne hatte die junge Dame beim Schulten up den Drene kennen gelernt." Die Geographin zeigte sich bewegt: „Erst am Samstag habe ich aus der Zeitung erfahren, dass sie ermordet wurde."

„Gab es denn eine regelmäßige und schon beständige Zusammenarbeit zwischen Ihnen?", startete Kathrin Eilers die Befragung, während der Kommissar im Stehen die Rücken der zahlreichen Bücher und Fachzeitschriften studierte. Tatsächlich war im engen Büro kein Platz für drei Stühle.

Die Ölmöller bemühte sich um sachliche Erinnerung: „Ich könnte es anhand der Akten rekonstruieren. Wir haben uns zu dritt etwa drei- oder viermal in Reckelsum getroffen, bei Tönne Siekendiek oder bei mir. Die Marina ist, würde ich schätzen, ähnlich häufig hier in meiner Sprechstunde oder zu getrennten Verabredungen erschienen."

„Was verspricht man sich denn von so einem Projekt einer Regionale? Ich verstehe die Bandbreite noch nicht so ganz“, zeigte sich Kathrin Eilers in der Sache unsicher.

Die Geographin lächelte: „Es ist ein sehr komplexes Projekt, das sich ehrgeizige Ziele setzt. Sehen Sie mal, wir sind hier zweifelsfrei ländlich orientiert, haben aber auch in den Mittelstädten und in den Ausrichtungen auf die Oberzentren urbane Strukturen. Wir sind im Münsterland zweifelsfrei solide und bodenständig, aber wir haben Weltmarktführer für bestimmte Produkte höchster Technologie. Wir sind grün und ein Nahbereich der Erholung. Ziel ist es, die Region neu zu interpretieren und in ihrer Entwicklung voranzutreiben. Übersehen Sie nicht: Der so genannte demographische Wandel stellt auch das Münsterland vor völlig neue Herausforderungen! Wenn wir hier und besonders an der Brinke eine Zukunft haben wollen, müssen wir unsere Stärken endlich ausspielen.“

„An welche Bereiche ist denn dabei gedacht?“ Kathrin Eilers blieb am Thema.

„Grundsätzlich ist die Regionale an Projekten orientiert. Die können größer oder kleiner sein. Sie können von Trägern unterschiedlichster Prägung entwickelt werden. Es können Einzelunternehmungen oder Netzwerkprojekte sein, sie können den Wirtschaftsstandort stärken oder bürgerschaftliche Initiativen fördern. Hauptziel ist es, ein zukunftsorientiertes Leben an der Brinke zu ermöglichen.“

Kathrin Eilers überlegte und fragte dann: „Mal konkret bitte, was heißt das denn, und was ist damit gemeint?“

Die Dozentin nickte: „Ein Beispiel, das wir in Kerkhövel versuchsweise angedacht haben. Die Bevölkerung dort nimmt deutlich ab, und die Versorgung durch verschiedene Fachgeschäfte wird immer schlechter. Wir prüfen dort die Möglichkeit, durch einen von einem Bürgerverein eventuell genossenschaftlich getragenen Laden zumindest eine Grundversorgung zu garantieren. Als Ort schwebt uns ein aufgegebener Bauernhof vor, der denkmalgeschützt ist und neues Dorfzentrum werden kann. Vergessen Sie nicht: Die Kneipen als Kommunikationszentren schließen ja auch mehr und mehr. Ein weiteres Beispiel: Mit sinkenden Schülerzahlen werden nach und nach die Schulen in den kleineren Dörfern geschlossen. Das trifft den Öffentlichen Personennahverkehr ins Mark. Also wollen wir Modelle eines Bürgerbus-Verkehrs durch das Brinketal von der Quelle bis zur Mündung entwickeln. Denn bedenken Sie bitte: Wir haben auch bei uns eine alternde Gesellschaft. Wollen Sie, dass die Menschen, die noch auf dem Lande leben, in jene Immobilität zurückfallen, die es bis in die 1950er Jahre gegeben hat?“

Kathrin Eilers hatte natürlich die Antwort auf die rhetorische Frage der Frau Dr. Ölmöller parat. Jetzt aber mischte sich Kattenstroht doch in die Diskussion ein. „Wenn ich das richtig verstanden habe, kommt es besonders auch auf wirtschaftliche Schwerpunkte an, die zukunftsorientiert, nachhaltig und ökologisch verantwortbar gefördert werden sollen. So etwas haben wir doch schon im Brinketal: Die Großbrennerei von Wilm Siekendiek erfüllt doch solche Kriterien, oder etwa nicht?“

Frau Dr. Ölmöller schaute den Kommissar fast mitleidig an: „Das Geschäft um die Industriealkohole und Ethanole, also die Gewinnung von Biokraftstoffen aus Kohlehydraten, ist unglaublich dynamisch und übrigens global aufgestellt. Alle Welt redet von umweltgerechter Energieversorgung und Senkung der CO2-Emissionen. Also werden verschiedene Getreidearten, aber auch Mais, Stroh und Holzabfälle als Grundstoffe für Biotreibstoffe mehr und mehr einbezogen. Was wir in der Gemengelage sehen, ist in verschiedener Hinsicht kritisch zu beleuchten: Die Gewinnung von Bioalkohol steht zum einen längst in Konkurrenz zur Lebensmittelproduktion. Zweitens konkurrieren diese subventionierten Produktionsarten noch untereinander. Drittens verdrängt der Anbau der Grundstoffe übrige, bei uns sinnvolle Produktionsarten. Sie haben überall im Münsterland steigende Pachtpreise, bei denen Milch- und Fleischbetriebe nicht mehr mithalten können. Und im Hintergrund spielt etwas ganz anderes mit: Länder wie Brasilien oder Indonesien roden im großen Stil ihre Urwälder, um beispielsweise über das Zuckerrohr Biosprit oder das Palmöl Biodiesel in die Weltmärkte zu pumpen. Das geschieht übrigens in einem Ausmaß und zu Preisen, dass Kartoffelbrennereien wie der von Wilm Siekendiek über kurz oder lang die Puste ausgehen dürfte. Und der Mais? Mehr als ein Fünftel der Nutzfläche im Münsterland ist inzwischen mit dem alten Welschkorn besetzt. Das dient aber nur noch zum Teil der Veredelungswirtschaft als Futtermittel in Fleisch erzeugenden Betrieben."

Kattenstroht hatte aufmerksam zugehört: „Also bekommt Ihrer Meinung nach auch Wilm Siekendiek in naher Zukunft wirtschaftliche Probleme?"

„Die hat er doch längst! Er will es nur nicht zugeben. In Reckelsum pfeifen es doch die Spatzen von den Dächern, dass er Probleme hat und selbst die Rechnungen lokaler Handwerker nur mit Kneifen bezahlt. Wenn ein Siekendiek wirkliches gutes Geld verdient, dann ist es Tönne mit seiner Hofbrennerei." Die Geographin war jetzt richtig in Fahrt: „Und wenn einer im Münsterland glaubt, er könne es in einer an Masse orientierten Agrarproduktion mit dem Weltmarkt aufnehmen, dann lass er sich schön die Finger verbrennen. Diversifikation, lokale Produktion, hohe Qualitäten, kurze Wege, Nachhaltigkeit, unmittelbare Vermarktung – das sind meiner Meinung nach die Wege in eine gesicherte Zukunft auf dem Lande."

„Und das ist auch die Meinung von Leuten wie Antonius Siekendiek und Paul Schulte up den Drene, oder irre ich mich?" Kattenstroht schien um eine Zusammenfassung bemüht.

„Zweifellos! Die beiden sind vorneweg!" Die Geographin nickte entschieden. „Eine regionale Landwirtschaft werden wir nur halten, wenn wir auf neue Ziele setzen. Wir werden das Münsterland mit seinen Regionen nur bewahren können, wenn wir es wirklich wertschätzen und nicht vollends einer ungesteuerten Massenproduktion aussetzen."

„Und das Brinketal, was ist damit?", wollte Kathrin Eilers wissen.

Frau Dr. Ölmöller hatte alles im Auge: „Dieses Tal mit seinem Flüsschen ist das Herz des Münsterlandes mit all seinen Schönheiten. Wir müssen das achtsam, behutsam und vorausschauend entwickeln! Nur kurzfristig wirksame Schnellschüsse sind nach meiner Meinung und allgemeiner wissenschaftlicher Überzeugung irreführend. Landschaftsbild und Ökologie sind die Prüfsteine! Wir müssen den Erholungswert der Parklandschaft pflegen!" Sie wies auf einige Fotos, die an die Innenseite der Tür geklebt waren: „Kennen Sie eigentlich die Bedeutung der Wallhecken?"

„Na klar“, brummte Kattenstroht. „Die Wallhecken gliedern die Landschaft. Sie schaffen Räume ohne Decken, und man tritt als Wanderer auf dem Lande gewissermaßen von einem Zimmer in das nächste: So hat es jedenfalls Annette von Droste-Hülshoff mal beschrieben.“

„Richtig! Respekt! Ein belesener Polizist! Aber das war mal, das mit der Droste. Heute geht's um mehr. Die Wallhecken gliedern das Kleinklima, sie bieten unzähligen Lebewesen eine Nahrungsgrundlage, sie sind Lebensraum vieler selten gewordener Pflanzen. Was da nicht alles kreucht und fleucht! Wallhecken liefern aber richtig umgesetzt auch eine Menge Material für die Energieerzeugung. Die frühere Flurbereinigung, die eine maschinengerechte Landschaft schaffen wollte, hat die grünen Wände weitgehend abgeräumt, um große Schläge zu schaffen. Jetzt hat man, auch in Verbindung mit Geographen und Biologen, Formen eines Heckenmanagements entwickelt, mit dem man innerhalb eines geographischen Raumes in Anlehnung an den früheren siebenjährigen Umtrieb Holzschnitzel für neuere Heizungsformen gewinnt. Das geht maschinell, wird per Satellit überwacht und berechnet, das ist hochmodern: Und doch ist es auch ein Stück Rückbesinnung.“

„Nur dass das früher Buschken waren, so große Reisigbündel, die die Knechte im Winter zu hacken und zu binden hatten!“, ergänzte Kattenstroht.

Die Geographin nickte: „Es ist so viel zu tun. Aber vergessen Sie nicht: Viele Politiker denken oft nur eine Legislaturperiode weit bis zur nächsten Wahl. Unsere Landwirte dagegen kennen aus Jahrhunderten ganz andere Lebensrhythmen. Darauf müssen sie sich nur wieder besinnen. Dann haben sie die Zukunft auch in der Hand, und zwar nachhaltig!“

Mit verschiedenen Text- und Bildmappen zu regionalen geographischen Themen ausgestattet, verließen Kattenstroht und Eilers das Geographische Institut. Als sie gerade den Wagen besteigen wollten, klingelte das Handy. Mia Kunsleben gab eine Meldung der Wasserschutzpolizei durch. Im Kanal bei Kerkhövel habe man einen Kleinwagen gefunden. Es sei nicht auszuschließen, dass es sich um das vermisste Auto der Marina Szepanski handele.

Unverzüglich machten sich Kommissar und Assistentin auf den Weg.

Kapitel 20

Der Fundort des Fahrzeugs lag am Kanal, und zwar in der Nähe des Betonmischwerkes nördlich von Kerkhövel, wo die Kreisstraße ebenfalls auf einer neuen Brücke die jüngst verbreiterte und abgespundete Wasserstraße überquerte. „Von dort bis zur Schulte-Lagemann-Brücke sind es etwa 2,5 Kanalkilometer!", hatte Kattenstroht mit einem Blick auf die Karte festgestellt und gleich die möglichen Wege kalkuliert, die der Täter gefahren sein musste. „Wir wissen natürlich nicht wirklich, wo er die Marina Szepanski erdrosselt hat: In ihrem oder in seinem Wagen? Vielleicht war es an irgendeinem x-beliebigen Ort, so dass der Wagen wirklich nur Transportzwecken diente. Und wenn er das Auto versenkt, will er doch wohl Spuren verwischen. Konnte er denn wohl selbst zu Fuß nach Hause laufen, oder haben sich die beiden in der Nähe getroffen?", brummte Kattenstroht vor sich hin, während Kathrin Eilers den Wagen durch die wieder im Sonnenglast liegende Frühlingslandschaft nach Kerkhövel steuerte.

Sie war guter Stimmung: „Ich bin ja mal gespannt, wer eher am Fundort ist: Wir mit dem Wagen oder die Kollegen mit ihrem Bötchen?", hatte sie gelacht und noch etwas mehr Gas gegeben. Kattenstroht hatte ob dieses Enthusiasmus ebenfalls gelächelt und gemeint, sie solle sich mal keine Sorgen machen: „Die Landpolizei ist eher da. Wenn ich es richtig verstanden habe, haben Kinder am Kanal gespielt. Die haben ein Auto im Wasser entdeckt und haben am Betonwerk Alarm geschlagen. Die melden natürlich bei der Wasserschutzpolizei. Allerdings hat die WSP Münster umgehend bei Mia Kunsleben angerufen, weil sie den Zusammenhang zu unserem Fall gesehen haben. Die hat gleich auch Schücking beim Kreis und Ritzmann aus Stockhem alarmiert. Ich vermute mal, dass wir Münsteraner – ob zu Lande oder zu Wasser – bereits von einem Empfangskomitee der Kreispolizei begrüßt werden."

„Was ist mit der Spurensicherung?", wollte Assistentin Eilers wissen.

„Die hat Mia gleich aufgescheucht, auch die Polizeitaucher von der Technischen Einsatzeinheit TEE Bochum. Die Bergung aus dem Wasser ist immer ein kompliziertes Spielwerk. Das kann uns noch über Stunden beschäftigen. Wir werden wahrscheinlich schnell wissen, ob es sich um den Wagen der Szepanski handelt. Und wenn er es ist, ist es an uns, uns in Geduld zu üben!"

Vor der aufsteigenden Höhe der Brückenrampe führte eine Seitenstraße rechts ab in Richtung Betonwerk. Vor dessen Tor und Liegeplatz war jedoch durch die Verschiebung der Brücke, die in diesem Fall nach Norden erfolgt war, längs der kleinen Straße ein größerer freier Platz entstanden, der teils mit alter Pflasterung, teils mit Asphalt und teils offensichtlich auch mit Resten von vergossenem Beton befestigt war. Längst hatte die Kreispolizei die Stelle bis auf die Zufahrt zum Betonwerk gesperrt. Flatterbänder grenzten Platz und Ufer ab. Am Rande standen schon drei Dienstwagen, und Schücking und Ritzmann begrüßten Kattenstroht und Eilers: „Sie sind eher da als die Wasserschutzpolizei! Rennen gewonnen! Glückwunsch!“ Tatsächlich sah man hier die Kanalstrecke etwa einen Kilometer weit nach Nordosten hinauf und konnte in der Ferne ein blauweißes Boot erkennen, das mit hoher Fahrt und weißer Bugwelle auf Kerkhövel zusteuerte.

„Vor etwa zwei Stunden sind spielende Kinder hier aufgelaufen. Es sind ja zurzeit Ferien, und die beiden Knaben hatten vor, ihr funkgesteuertes Bootsmodell auf dem Kanal fahren zu lassen. Da in den letzten Tagen relativ wenig Verkehr am Betonwerk war und es auch heute relativ ruhig ist, sind wenige Trübstoffe im Wasser aufgewirbelt, und man kann trotz einer Wassertiefe von fast vier Metern an der Spundwand tief heruntergucken. Mag sein, dass die Sonnenstrahlen auch die Chromteile haben aufleuchten lassen.“ Ritzmann verwies mehrfach auf die Wasseroberfläche, die zwar in der Sonne ein wenig blendete, aber doch schemenhaft die Umrisse eines Kleinwagens erkennen ließ. „Die Jungs haben das Auto trotz seiner blaugrauen Farbe entdeckt und im Betonwerk Bescheid gesagt, sie hätten ein Auto gefunden. Der Maschinenmeister und ein Fahrer haben sich dann bequatschen lassen, sich den Fund selbst mal anzuschauen. Von dort aus wurden wir alarmiert.“

Kattenstroht ließ sich genau an die Stelle der Spundwand führen, von der aus man angeblich den besten Blick hatte. In dem recht klaren Wasser waren tatsächlich in der Tiefe die Konturen eines Autos zu entdecken. „Der Wagen liegt auf der rechten Seite, die Nase hier nach Norden, so als wenn er schräg an die Spundwand gelegt worden wäre.“ Schücking erläuterte die ersten Erkenntnisse und Beobachtungen.

Kattenstroht sah sich um, schaute auf den Boden, so als suche er Spuren, und machte sich ein Bild. „Die Karre müsste dann in einem spitzen Winkel mit der Vorderachse zuerst über die Stahlkante gerutscht sein, dann kippte sie nach rechts ab." Er kniete sich hin und betrachtete die wulstige Kante der Spundwand genauer: „Hier könnte sich das linke Hinterrad aufgehängt haben, wenn die Bewegung nicht zu schnell war. Sollte mich nicht wundern, wenn der Wagen von hinten geschoben worden wäre."

Kathrin Eilers schaltete sich ein: „Bisher gehen wir von einem Einzeltäter aus. Der mag meinetwegen kräftig sein. Aber ein Auto versenkt man nicht so leicht. Gab es vielleicht doch einen Mittäter?"

Schücking schloss nicht aus, der Kleinwagen könne mit gelöster Bremse und im Leerlauf von hinten von einem anderen Fahrzeug geschoben worden sein. Allerdings gebe es kein geeignetes Spurenbild auf dem so chaotischen Platzbelag. „Ob wir dann an dem Fahrzeug selbst noch Spuren finden, sei mal dahingestellt. Zudem sind seit der Tat zehn Tage vergangen."

Kattenstroht erwies sich als Realist mit Vorstellungsvermögen. „Vielleicht war ein Frontlader dabei! Diesen Treckertyp gibt es hier auf dem Lande ja wohl häufiger. Da wird man kaum Spuren sehen. Sollte ein anderer Pkw zum Anschieben eingesetzt worden sein, wird der Täter sich bemüht haben, keine Spuren zu hinterlassen. Und hier auf dem Lande soll es auch Autofreunde geben, die Freude an Stunts haben. So nach dem Motto: Wir fahren mit geöffneter Tür auf den Kanal zu und springen im letzten Augenblick ab."

Inzwischen hatte das Boot der Wasserschutzpolizei angelegt. Die Kollegen Wellmann und Lindenbaum waren gekommen und wurden mit ihren Fachkompetenzen in die Arbeit am Fundort eingebunden. Aus ihrer Zentrale waren mittlerweile ein Hebekran und ein Tieflader bestellt worden, deren Besitzer Erfahrungen mit Wasserbergungen hatten.

Man hielt sich noch einige Zeit in der Sonne auf und wartete ab. Nachdem nach verschiedenen Telefonaten ersichtlich war, dass mit dem Eintreffen der Taucher nicht vor dem frühen Nachmittag zu rechnen war, fuhren die Beamten gruppenweise nach Kerkhövel, um in einem Metzgereiimbiss nahe der Kirche etwas zu essen. Kattenstroht nutzte die Zeit, um per Handy mit Austrup und Pötter über die Befragung der weiteren Betriebe und Personen zu sprechen, die in den Akten der Szepanski aufgetaucht waren. Es hatten sich für den Kommissar einige Rückfragen ergeben, die man am nächsten Morgen erörtern wollte.

Gegen 14.00 Uhr waren die beiden Taucher einsatzbereit. Sie hatten ein Schlauchboot zu Wasser gelassen und machten sich an die Arbeit. Schon nach wenigen Minuten kam einer von ihnen wieder an die Wasseroberfläche und nannte ihnen das Kennzeichen des Autos. Es war das Münsteraner Kennzeichen, das den Beamten aus den Akten bekannt war und das sie zu finden gehofft hatten.

„Bingo!", kommentierte Kattenstroht: „Es ist das Auto der Szepanski." Ein wenig entspannter gab er sofort dem Team in Münster die Information über den Fund weiter.

Die beiden Taucher suchten jetzt in mehreren Tauchgängen das Umfeld des Wagens ab und berichteten den Kollegen am Ufer über die Fortschritte. Klar war nun, dass der Wagen leer war. Die Scheiben der beiden Seitentüren waren heruntergedreht, die Fahrertür offensichtlich nicht geschlossen. Der Schlüssel steckte noch. Weitere Funde auf dem Grund des Kanals machten die Taucher nicht.

Nachdem der Einsatz der Taucher in der Tiefe erfolgreich beendet war, rollte der schwere Kran in seine Ausgangsposition und schwenkte den langen Hebearm über die Fundstelle. An einem kräftigen Haken wurde ein Gestänge herabgelassen, das die Taucher an zwei Stellen unter den Wagen zu schieben versuchten. Trotz der schwierigen Lage des Wagens an der Spundwand gelang es dem erfahrenen Team, den Wagen nach und nach in die Waagerechte zu bringen und dann vier Taue mit Haken an der Karosse zu verankern. Dann brauste der schwere Motor des Krans an, die Seilrollen drehten sich, die Stahltrossen spannten sich, und langsam wurde der Wagen angehoben.

Das Dach tauchte auf der Wasseroberfläche auf. Die Seitenflächen der Karosserie erschienen im Blickfeld, und man erkannte die heruntergedrehten Seitenscheiben von Fahrer- und Beifahrertür. Nun schoss das Wasser in dickem Strahl aus den verschiedenen Hohlräumen des Wagens. Der Kranführer hielt inne, bis die Wassergüsse weitestgehend verpladdert waren. Dann hob er das Gefährt über die Höhe der Spundwand an, drehte den Schwenkarm langsam in Richtung Land und setzte den kleinen Micra der Szepanski vorsichtig auf dem Platz ab. Der Wagen fiel mit einem Ächzen in seine Federn.

„Wir nehmen die Haken erst mal runter!", rief der Kranführer. „Der Tieflader ist noch nicht da. Der muss die Karre nach Münster fahren. Mit dem Kollegen Engbers, dem Werkstattleiter da, ist das alles geklärt."

„In Ordnung!", rief Kattenstroht, „aber die Spurensicherung fängt hier schon mal an!" Er winkte Beucking und seinen Leuten zu, die sich mit ihren Fotoapparaten und Instrumenten an die Arbeit machten. „Es wird dunkel, bis der Wagen in Münster auf dem Platz steht. Mal sehen, was Beucking hier schon herauskriegt."

Nachdem der Wagen sicher auf dem Platz stand und das Wasser an der Fundstelle sich beruhigt hatte, starteten die Taucher noch mehrere Tauchgänge, bei denen sie das nähere Umfeld am Kanalgrund intensiv untersuchten. Dabei mussten sie zum Teil im Trüben mit den Händen den Schlamm abtasten. Tatsächlich fanden sie nichts Besonderes mehr. „Ein Fundkomplex scheint nur im Wagen selbst denkbar zu sein", erstattete der Leiter der Tauchgruppe dem Kommissar Bericht. Die Taucher legten ihre Ausrüstung ab, zogen sich in ihrem Spezialwagen um, und dann machte sich die TEE aus Bochum wieder auf den Heimweg.

Das Wageninnere brachte auf den ersten Blick nicht das, was man zu finden gehofft hatte. Beucking und seine Leute sicherten zwar eine Handtasche und zwei Akten in Plastikhüllen, jedoch war das Notebook des Opfers im Auto nicht zu finden.

„Das Handy ist auch nicht da, jedenfalls haben wir es bisher nicht gesehen. Engbers wird zwar die Sitze und Verkleidungen noch mal genau untersuchen, aber auf den ersten Blick sind wir leider erfolglos. Was war denn eigentlich mit der Ortung?"

„Die haben wir schon am letzten Donnerstag eingeleitet. Da war das Gerät aber offensichtlich schon abgeschaltet. Jedenfalls war es in keiner Funkzelle mehr eingeloggt", erläuterte Kattenstroht den Kollegen Schücking und Ritzmann. „Wir hatten immer noch die Hoffnung, Notebook und Handy im Wagen zu finden. Möglicherweise hätten wir trotz zehntägiger Wässerung noch Daten herauslesen können. Ist aber leider nichts draus geworden."

Mit Ritzmann und Schücking vereinbarten sie dann die Details der Befragung der Kinder, die den Wagen entdeckt hatten. Auch die Leute vom Betonwerk mussten ihre Aussagen machen. Möglicherweise fanden sich noch Zeugen aus der Nachbarschaft, die in der Mordnacht irgendetwas mitbekommen hatten.

„Mal unterstellt, der Wagen wurde hier in der Nacht vom vorletzten Samstag auf den Sonntag versenkt, dann befürchte ich, werden wir keine Zeugen finden. Das wäre ein Riesenzufall. Der Platz ist – wie die Brücke auch – nicht beleuchtet. Auf der Straße ist nicht eben viel los. Wenn das Betonwerk nicht arbeitet, spielt sich hier gar nichts ab. Nicht mal junge Freiensleute fahren mit ihren Autos hier runter." Ritzmann verbreitete Skepsis und sah keine Erfolgsaussichten in dieser Richtung.

„Dann ist aber auch eines klar: Der Täter kannte diesen Platz." Kattenstroht nickte grimmig: „Er geht sicher in der Landschaft herum, er kennt die Kanalstrecken, er kennt den anderen Anlegeplatz bei Schulte Lagemanns Brücke. Er verteilt seine Spuren gewissermaßen: Hier soll das Auto verschwinden, da drüben – zweieinhalb Kilometer weiter bergwärts – die Leiche, die genau nach Plan von einem Schiff verschleppt wird. Das Profil ist klar. Der ist von hier und weiß genau, was er tut."

Gegen 17.00 Uhr konnte der Wagen schließlich verladen werden. Kaum stand das Fahrzeug auf dem Tieflader, als der Kran auch schon abbrauste. Beucking und seine Leute verabschiedeten sich und versprachen, sich noch am Abend um eine Prüfung der Akten zu bemühen. „Die Kollegen Ternarde und Fleck warten in Münster auf uns und die beiden Akten. Trotz der Nässe der Papiere bin ich optimistisch. Viele Seiten sind in Plastikhüllen gesichert und im Wasser nicht zu sehr verlaufen. Morgen früh wissen wir mehr." Mit einem Winken verabschiedete sich der Leiter der Spurensicherung und ließ seine beiden Sprinter mit ihren komplizierten Ausstattungen vom Platz in Richtung Kerkhövel und Rodorpe rollen. Über Stockhem wollte er die Autobahn in Richtung Münster erreichen.

Die Abendsonne ließ den Kanal und die die Wasserstraße begleitende Landschaft in jenem scharfen Licht aufleuchten, das für klare Frühlingstage im Münsterland typisch ist. Kattenstrohts Handy bimmelte.

Der Kommissar ging einige Meter am Ufer entlang, nahm das Telefonat an und sprach einige heftiger werdende Worte.

Kathrin Eilers war gerade dabei, sich von Schücking zu verabschieden und einen schönen Feierabend zu wünschen, als ein aufgeregter Chef der Mordkommission auf sie zugestürzt kam: „Feierabend! Feierabend? Feierabend ist gestrichen! Wir müssen alles umlenken. Das ganze Team ab nach Reckelsum!" Und auf Kathrin Eilers' verblüffte Frage, was denn nun dort gedroschen sei, bemerkte der Kommissar nur: „Öhm Caspar Siekendiek ist tot! Er schwimmt tot in seinem Maischebottich!"

Mit vollem Tempo und Blaulicht, das Kattenstroht ansonsten nur selten einsetzte, raste die ganze Kavalkade über die Landstraßen nach Reckelsum. Beucking und sein Team konnten noch per Handy erreicht und auf den neuen Leichenfundort umgelenkt werden.

„Das wird eine lange Nacht!", hatte der Kommissar geseufzt und dann den Leitenden Oberstaatsanwalt angerufen. Den erwischte er in aufgeräumter Stimmung und hoch motiviert. Stellmacher wollte sich nämlich sofort auf den Weg nach Reckelsum machen. Das müsse er sehen: Ein Münsterländer Schnapsbrenner, der in seinem Fass ertrunken sei! Und ob Kattenstroht denn die Parallelen nicht sehe. Schließlich sei einer der Gründer der berühmten Whiskybrennerei Laphroaig auf der Isle of Islay vor etwa 160 Jahren in ein Fass seines Produktes gefallen und ertrunken! „Zufälle gibt es! Unglaublich!"

„Ich will dir mal eines sagen, Jochen", hatte Kattenstroht angemerkt: „Im Gegensatz zu dir glaube ich hier nicht an Zufall. Der alte Mann ist bestimmt nicht mit göttlicher Fügung in sein Fass voll Branntwein gefallen und ertrunken: Wir sind in Tagen vergeblicher Arbeit in der Sache zum Nachteil der Marina Szepanski nur schrittweise vorangekommen. Wir sind bei den Siekendieks in Reckelsum gelandet. Der eine steckt immer noch auf einer Convention edelster Schnapsbrenner in Schottland, der andere versteckt sich und seine Arbeit in seiner industriellen Spritfabrik. Der Öhm weiß wahrscheinlich eine ganze Menge und hält sich bedeckt. Wir finden das Auto der Szepanski, was heute am Nachmittag schon durch das Lokalradio gemeldet worden ist. Und nun treibt am Abend der Onkel Caspar tot in seinem Schnapsbottich. Das soll Zufall sein?"

Kapitel 21

Die Besprechung am Mittwochmorgen war auf neun Uhr verschoben worden, da die Teams erst sehr spät am Abend aus Reckelsum hatten zurückkehren können. Man hatte die Brennerei auf dem Hof Siekendiek auch während der Nacht bewachen lassen und aus Ternardes Team die Kollegen Kottmann und Fleck, die am Vorabend in Münster geblieben war, schon am frühen Morgen wieder ins Brinketal geschickt.

Es war eine große Runde, zu der sich auch Stellmacher höchstselbst in Begleitung von Sabine Engler einfand. Kattenstroht übernahm die Leitung und stieg ziemlich zügig ein: „Kolleginnen und Kollegen, wir konzentrieren uns zunächst auf unseren ‚Altfall Szepanski': Die Tat mit jenen Folgen, die mit dem Leben nicht vereinbar waren, um mal wieder die schönen Formulierungen der Rechtsmedizin zu bemühen, erfolgte vor elf Tagen in der Nacht auf den Passionssonntag. Wir haben bis zum Mittwoch der abgelaufenen Woche gebraucht, um das Opfer überhaupt erst mal zu identifizieren. Dann gehen wir den Spuren unserer Ronda O'Donnell nach, die uns auch ansatzweise in die Irre weist, und landen aufgrund eines Tipps dieses jungen Füchsleins doch im Brinketal in Reckelsum bei den Gebrüdern Siekendiek. Austrup und Pötter haben in den beiden letzten Tagen noch einmal alle Akten und wirtschaftlichen Bezüge der Szepanski geprüft. Ihr Bericht bitte!"

Austrup schlug seine Akten auf: „Wir haben mit allen, wiederhole, mit allen Kunden oder in den Akten ablesbaren Kontakten der Szepanski gesprochen. Sie ist, so unser Eindruck, auf gewisse Weise sehr geschickt vorgegangen. Hätten wir von dem Projekt ‚Unser Leben an der Brinke' nicht erfahren, hätten wir den Zusammenhang überhaupt nicht gesehen. Es scheint mir so, dass die junge Dame immer mit den einzelnen Betrieben, Höfen und Einrichtungen und nur im Bezug auf sie gesprochen, aber nirgendwo die Idee dieses Regionale-Projekts aufgerissen hat. Offensichtlich sollte zumindest zum jetzigen Zeitpunkt niemand in der Landschaft das Gesamtprojekt sehen. Da spielen wahrscheinlich Konkurrenzen eine Rolle."

Der Kommissar nickte: „Vergessen Sie bitte nicht: Kriegen die irgendwann mal den Zuschlag für eine Regionale im Brinketal, dann geht es auch um ganz viel Geld. Un för Geld kann'm den Dübel danzen laoten!

Folgen wir mal Frau Dr. Ölmöller! Gewusst haben neben ihr noch Antonius vulgo Tönne Siekendiek und der Hotelier Edelbroick um das große Ganze. Mehr Namen fallen mir derzeit nicht ein." Kattenstroht blickte kurz in die Runde: „Ich habe übrigens so ein Gefühl, dass unser Schulte up den Drene mit im Boot sitzt – oder zumindest saß. Ich kann mir nicht vorstellen, dass im Tal ein Projekt in dieser Größenordnung angeleiert wird – ohne ihn und sein Unternehmen. Dem müssen wir noch auf den Zahn fühlen. – Machen Sie mal weiter, Kollege Austrup!"

„Wir dürfen nicht vergessen, wenn wir auf das Umfeld der Szepanski schauen, dass es einmal ihre, sagen wir mal, geborenen polnischen Kontakte gab. Die auf dem Hof sind abgegrast und eigentlich klar. Für eine weitere Suche im Umfeld der Saisonarbeiter sehen wir keine Anhaltspunkte. Die junge Dame war aus dem Feld herausgewachsen. Sie kam da nur noch regelmäßig hin, um mit der Arbeit auf dem Hof ihren Lebensunterhalt abzusichern. Auf der anderen Seite haben Kontaktabfragen in der Nachbarschaft und im Studienumfeld nichts ergeben. Sie kannte tatsächlich nur ein paar Leute aus ihrem Lehrbetrieb und von der Hochschule. Die Urteile über sie sind freundlich, aber irgendwie wirken sie verwaschen. Man weiß gar nicht, ob überhaupt jemand die Szepanski richtig gekannt hat. Das fällt auf, denn sie war eine zweifellos attraktive junge Frau."

„Auf mögliche Verehrer kommen wir gleich noch!", warf der Kommissar ein. „Was machen die beiden Handakten aus dem Wagen?", wandte er sich an Ternarde.

„Dafür, dass wir erst nach Mitternacht zurückgekommen sind, ist das gut gelaufen. Sie lagen natürlich richtig. Die Akte ‚Bb' hat tatsächlich den Titel ‚Balkenbrand' und bezieht sich auf die Hofbrennerei von Siekendiek. Die zweite Akte ist wohl das Grundlagenpapier für das Gesamtprojekt ‚Unser Leben an der Brinke'. Wir haben noch gestern die Akten auseinandergenommen und zur Trocknung gelagert. Kottmann hatte da eine tolle Idee, da es sich ja nur um etwa 70 Blatt handelt. Sie können sich später von den Fortschritten überzeugen."

Kattenstroht schaute skeptisch und fragte nach: „Wir können also die Blätter lesen? Brauchen keine Tricks mit Falschfarbenlicht oder ähnlichen Scherzen?"

Ternarde grinste: „Wenn Sie Ihre Lesebrille mitbringen, mit der Sie mich neulich überrascht haben, lieber Kollege Kattenstroht, dann können Sie in einigen Stunden das gesamte Konvolut studieren. Wir haben Glück gehabt. Das Wasser hat sich zwar voll und ganz in die Akten gezogen. Aber die Szepanski glaubte anscheinend an Klarsichthüllen. Fast jedes Blatt hatte sie eigens eingetütet. Wir brauchten die Hüllen nur vorsichtig aufzuschneiden und die Papiere zur Trocknung abzulegen. Es sind kaum Schäden da."

„Prima, das ist ja was! Wenden wir uns nun den Gebrüdern Siekendiek zu und dem Öhm Caspar." Kattenstroht schaute auf die Uhr. „Dr. Geertsma hat mitteilen lassen, er wolle uns gegen 10.30 Uhr anrufen, um erste Fakten zum Hinscheiden des Caspar Siekendiek vorzutragen. Fangen wir also mit den Gebrüdern an. Wir gehen wieder von dem Hinweis der Ronda O'Donnell auf diese Firma aus. Unterstellt sei – ich erinnere an die Goldmedaillen der Muttergottes von Knock –, dass unsere rothaarige Tinkerin der Szepanski etwas näherstand. Sie hatten den gleichen Arbeitsplatz, und die Ronda hat zumindest zeitweise bei der schönen Marina gewohnt. Wahrscheinlich ist sie bei ihr in Münster immer dann untergetaucht, wenn ihr der Boden zu heiß wurde. Die Hintergründe werden wir aber wohl nie erfahren. Ronda teilt uns also über die Meirschke up den Drene mit, wir müssten uns um eine bestimmte Familie kümmern. Mit Nachdenken, philologischer Hilfe und spielerischer Wortklauberei fällt der Fine up den Drene auch der Name wieder ein: Siekendiek. Wie fangen wir an? Kollege Schaap, was wissen wir von unser Tönne?"

„Ich habe mal den Internetauftritt studiert", ließ sich der junge IT-Beauftragte vernehmen. Auf der Leinwand leuchteten die Bilder und Symbole der Hofbrennerei auf. „Es ist ein erfolgreiches Kleinunternehmen mit einem hervorragenden Marketing. Seele des Betriebes, und da folgen wir auch Ihren Beobachtungen aus den letzten Tagen, scheint der Caspar Siekendiek gewesen zu sein: Er war wohl ein Meister in der Brenntechnik, ohne diesbezüglich je eine Berufsausbildung genossen zu haben."

Kattenstroht brachte sich bremsend ein: „Was soll das auch immer mit den Zertifikaten, Zeugnissen und Bescheinigungen? Entscheidend ist doch wohl, was hinten am Ende der Kühlschlange als Destillat herauskommt. Mein Vater wusste noch, dass der Küster von Kerkhövel damals in der schlechten Zeit nach dem Zweiten Weltkrieg auf dem Dachboden der Sakristei der Kirche Schnaps gebrannt hat. Dafür ist er prompt vom Arm weltlicher Gewalt verurteilt worden. Dabei war das doch eine geistreiche Beschäftigung unter den Schwingen des Heiligen Geistes, oder? Was soll dem Küster oder dem Öhm Siekendiek da ein Gesellenbrief? Der wackere Mann in Kerkhövel ist übrigens Küster geblieben und Jahre später friedlich im Amte verstorben!"

Schaap schüttelte leicht den Kopf, als tadele er den Exkurs seines Chefs: „Tönne Siekendiek hat übrigens eine Lehre als Chemielaborant in der Nahrungsmittelindustrie gemacht und später diverse Praktika und Kurse, um sich auf die Brennerei zu spezialisieren. Er gilt heute als Fachmann auf dem Sektor. Sein Ansehen in Fachkreisen ist hoch. Er sitzt in verschiedenen Gremien und Ausschüssen seiner Berufsverbände und verfügt auch über internationale Beziehungen."

„Hier bitte eine Klammer auf!", bat Kattenstroht. „Tönne Siekendiek ist inzwischen über 40 und Junggeselle. Hatte er was mit Marina Szepanski? Meinungen bitte!"

Es zeigte sich ein uneinheitliches Bild. Auf der einen Seite konnte man sich ein zölibatäres Leben bei einem so engagierten Mann schwer vorstellen, auf der anderen Seite gab es keine Hinweise auf Dauerfreundschaften. Kattenstroht notierte sich, umgehend mit Frau Dr. Ölmöller den Komplex noch einmal zu beleuchten: „Mit der hat er schließlich schon mal am Kamin gesessen und edlen Brand genossen!"

Stellmacher meinte, was so ein echter Brenner sei, der sei doch eher in seine Brennblase und seine Kolonne verknallt!

„Mal zurück zu Ihnen, Kollege Schaap. Ich hatte Sie gebeten, sich um den derzeitigen Aufenthaltsort des Antonius Siekendiek zu kümmern!" Der Kommissar gab das Gespräch direkt weiter.

„Er ist seit letztem Mittwoch zu diesem Kongress in Edinburgh unterwegs. Er ist am Morgen geflogen und hat also die Identifizierung der Marina Szepanski hier nicht mehr mitbekommen. Wir haben alle Daten und Buchungen kontrolliert. Er hat im Hotel eingecheckt und ist auf der Tagung aktiv gewesen. Das wird auf der Internetseite dokumentiert: Hier bitte das Bild der Preisübergabe und Ehrung! Für ausgesuchte und eingeladene Teilnehmer der Tagung hat man nach den Konferenzen eine einwöchige Tour durch die berühmtesten Whisky-Brennereien Schottlands gestartet. Er ist seit Sonntagmittag unterwegs. Teilweise scheint es dort oben in schottischer Einöde keine Handyverbindung zu geben. Wir sind noch nicht an ihn herangekommen. Er selbst ruft, wenn er auf Reisen ist, nur sehr sporadisch auf dem Hof an, wie uns Frau Leusing, das ist die Beschließerin da, berichtet hat. Offensichtlich brauchte er auch mal Urlaub."

Stellmacher hatte einen sehnsüchtigen Blick in seinen Augen: „Das ist ja nicht ohne Tragik, da reist dieser Glückspilz über Highlands und Lowlands, über die Speyside und die Isle of Islay mit all ihren Herrlichkeiten. Und daheim kommt der Spiritus Rector ums Leben. Seid ihr denn überhaupt nicht an den geistreichen Mann herangekommen?"

„Wir kriegten gestern von diesem Distiller's Club das interne Reiseprogramm und haben die Hotels informiert, eine Rückrufnachricht zu hinterlassen. Wir können nur hoffen, dass auch Tönne Siekendiek nach einem Tag des Probierens noch in der Lage und willens ist, mit uns zu sprechen." Schaap schaute spitzbübisch seinen Chef an: „Wir haben auch Ihre Handynummer hinterlassen, Herr Kommissar!"

„Nun gut, das warten wir jetzt mal ab. Versucht es aber weiterhin. Wir müssen den an die Strippe kriegen!" Kattenstroht wandte sich seiner Büroleiterin zu. „Jetzt mal Fräulein Kunsleben: Was macht unser Industriebrenner Wilm Siekendiek?"

Mia Kunsleben, die Ärger gewohnt war, gratulierte erst einmal ihrem Chef: „Ich habe gestern von Ihrer lieben Frau Betty gehört, dass Sie Schwiegervater geworden sind. Da ist der Schritt zum Opa nicht mehr fern! Itzi soll die Braut heißen, ja?"

Erstauntes Raunen in der Runde. Kattenstroht hielt besser den Mund. Die Kunsleben spulte die Erkenntnisse, die man gewonnen hatte, flüssig herunter und kam zum Schluss: „Neben diesen Dingen, der Orientierung an der Massenproduktion von Bioalkohol auf dem neuen Hof, scheint eines bemerkenswert: Wilm Siekendiek muss bei dem erkennbaren Preisverfall immer schärfer kalkulieren. Er kriegt es nur noch über die ständig wachsende Menge seiner Produkte geregelt. Ich bin mir sicher, dass die wirtschaftliche Lage seines Betriebes schlechter ist, als es sich nach außen darstellt. Irgendwann, liebe Staatsanwaltschaft, brauchen wir die Durchsuchungsbefehle für die Bank und die Finanzamtsauskünfte!"

Stellmacher nickte ergeben und versprach trotz aller Schwierigkeiten erneute Prüfung. „Aber bitte unter Vorlage von ein paar handfesteren Verdachtsmomenten!"

Kattenstroht verwies auf denkbare Felder persönlicher Auseinandersetzungen unter Brüdern: „Vergessen wir nicht. Der eine hat das Recht der Erstgeburt und kriegt den ganzen Kotten. Er baut neu und legt alles in die Spritfabrik. Er ist für Jahre der Erbe, der alles nach vorne bringt. Dann kommt die Krise. Der jüngere Bruder übernimmt ohne Not den alten Bau, die alte Hofstelle als Erbteil, nur weil der Öhm nicht weichen will. Sie stochern und präöttkern da einige Jahre mit dem Schnaps herum und haben Erfolg, nach knapp 20 Jahren sogar auf internationaler Ebene. Siekendiek in Reckelsum ist ein geachteter Musterbetrieb der Spirituosenbranche." Der Kommissar lehnte sich etwas zurück: „Sollte mich nicht wundern, wenn wir da einen Lösungsweg fänden. Das wäre nicht der erste Konflikt unter Brüdern, der gewalttätige Folgen hat."

Ein Telefon brummte, und die Büroleiterin nahm ab: Nach leisen Grußworten gab sie der Runde bekannt, dass Dr. Geertsma aus der Gerichtsmedizin in der Leitung sei. Kattenstroht war's zufrieden: „Das leitet zu unserem neuen Fall ‚Caspar Siekendiek' über, den wir aber dennoch im Gesamtkomplex sehen müssen." Nachdem Mia Kunsleben auf Raumverstärker geschaltet hatte, begrüßte man sich, und der Rechtsmediziner legte los, nicht ohne zuvor Kattenstroht und Stellmacher wegen voreiliger Feststellungen ironisch auf die Schippe zu nehmen: „Als Sie mich informierten, hieß es, der Schnapsbrenner sei in einem Fass voll Schnaps ertrunken. Ich muss Sie korrigieren. Der arme Mann ist in seinen großen Maischebottich gefallen, zu einem Zeitpunkt, als von alkoholischer Gärung noch keine Rede sein konnte. Und da liegt auch ein Problem. Ich kann derzeit nur wenig über den Todeszeitpunkt sagen."

„Wieso dauerte es bis zum Nachmittag, ehe er überhaupt gefunden wurde?“, wollte die Engler wissen.

„Ganz einfach!“ Kattenstroht berichtete von den Beobachtungen des Vorabends: „Die Arbeit in der Brennerei haben die Siekendieks als Männerwerk betrachtet. Wurde dort gearbeitet, war die Tür für Besichtigungen zu. Der Öhm führte sein eigenes Leben, und die Frau Leusing betreute nur den Hofladen. Die hat den alten Mann erst nach Mittag vermisst, als sie wegen des Essens nach ihm schauen wollte. Er war nicht im Haus. Die Brennerei war wie immer bei der Arbeit von innen abgeschlossen. Also ist sie durch den seitlichen Kellereingang, der üblicherweise geöffnet war, hat aber nichts gefunden. Die Brennerei war voller Dampf, also lief die Arbeit. Erst als am Nachmittag ihr Sohn kam, hat der genauer nachgeschaut. Und erst der kontrolliert den Maischebottich im ersten Halbgeschoss und sieht einen Stiefel aus der heißen Maische ragen! Und an dem Stiefel war dann ein Bein und daran dann ein ganzer Onkel!“

Dr. Geertsma setzte seine Information fort: „Der alte Mann war vorgestern Abend allein auf dem Hof und wollte offensichtlich eine Maische ansetzen, um nach Ostern, wenn die Maische über fünf Tage gereift ist, einen Brand durchführen zu können. Wann genau er angefangen hat, weiß man nicht, es ist auch wohl nicht mehr herauszufinden. So alte Männer leiden ja auch oft an seniler Bettflucht. Also ist er wahrscheinlich in den frühen Morgenstunden vor Tau und Tag angefangen. Der Maischebottich fasst immerhin über 1.000 Liter. Ich habe mich da beraten lassen. Er dürfte, da das Gerät fast randvoll war, etwa 300 Kilo Rohfrucht Roggen und etwa 30 Kilo gedarrten Malzes langsam eingemaischt haben. Das Wasser hatte zu Beginn eine Temperatur von mindestens 70 Grad Celsius. Das Rührwerk hat dann gelaufen und die Maische aufbereitet. Die Temperatur dürfte bei etwa 55 Grad Celsius gewesen sein, als Caspar Siekendiek in den Bottich gefallen ist oder ‚gefallen wurde‘. Das geschah auf jeden Fall vor der Zugabe von Hefe. Die ist in der Maische nicht nachzuweisen, sie stand sorgfältig angerührt in einem Edelstahlgefäß bereit. Übrigens lagen alle Kontrollgerätschaften und auch die Bestände an erlaubten Chemikalien in der Nähe. Er stand also erst am Anfang der Arbeit. Dann wurde es aber gemein: Die Kesseltemperatur wurde hochgefahren. Der Mann ist wahrscheinlich ertrunken und war schnell tot, aber die Temperatur wurde auf fast 90 Grad Celsius hochgefahren."

Hier meldete sich Ternarde: „Betriebstechnisch war das für die Maische nicht erforderlich. Sie hätte jetzt langsam abgekühlt werden müssen. Ich schließe daraus, dass die Erhitzung absichtlich erfolgte. Unkontrolliert? Vielleicht in Wut? Aber der Täter muss sich ausgekannt haben. Als wir da waren, um den Fundort aufzunehmen, hatte die Maische noch über 75 Grad. Ich habe extra einen Brennereiingenieur gestern in der Nacht aus Dortmund kommen lassen, der uns die Zusammenhänge erklärt hat."

Aus dem Off meldete sich Dr. Geertsma: „Und da genau habe ich ein Problem. Wir können wegen der Temperaturen, die gemessen worden sind, keinen Todeszeitpunkt nennen. Der Körper war durch das Maischebad so erhitzt, dass sämtliche Rückrechnungen obsolet sind. Ich kann Ihnen also keinen Zeitpunkt nennen, zu dem der alte Siekendiek in seinen Maischebottich geraten ist." Dr. Geertsma hüstelte. „Wäre nicht diese gewollte Überhitzung da, hätte ich noch ein weiteres Analyseproblem. Der Öhm war betrunken. Er hatte 0.9 Promille im Blut."

Kattenstroht brach das darauf folgende Schweigen: „Der Wert geht bei einem Schnapsbrenner alter Tradition und bei einem Münsterländer dieser Prägung in Ordnung. Zumal wir die genaue Tageszeit des Genusses nicht wissen. Vergessen Sie nicht: Mit 0,8 Promille durften Sie vor 30 Jahren noch Auto fahren!"

Hinter Kattenstroht öffnete sich die Tür, und eine der Assistenzen reichte Mia Kunsleben eine Telefonnotiz herein. Die Büroleiterin überflog die Meldung und teilte der Runde mit, man habe Tönne Siekendiek in Schottland endlich erreicht. Er werde in etwa einer Viertelstunde noch einmal anrufen. „Das sollten Sie dann selbst übernehmen, lieber Kollege Kattenstroht. Bringen Sie ihn dazu, seine Reise abzubrechen und mit der nächsten Maschine zurückzukommen."

Kattenstroht wartete im Büro einige Zeit auf den Anruf aus Schottland, nahm aber schließlich das Mobilteil seines Diensttelefons mit runter ins Labor. Hier ließ er sich von Ternarde die Inhalte der beiden Akten vorstellen, die man am Vortag aus dem versunkenen Auto der Marina Szepanski geborgen hatte. „Wir haben dem Kollegen Kottmann eine schöne Hilfe zu verdanken. Seine Frau ist Kunstlehrerin und hat uns für einige Tage in diesen Ferien eine Trocknungsanlage für Papierarbeiten ausgeliehen. Man legt die Blätter hier ordentlich zwischen diese feinen, beidseitig klappbaren Drahtgeflechte, klemmt diese der Reihe nach in dieses bewegliche Rahmenkonstrukt hier und überlässt die Trocknung einfach der Luft."

Ternarde zog der Reihe nach einige der Drahtgebilde aus Edelstahl heraus. Je vier A4-Blätter hatten Platz, waren gesichert untergebracht und konnten doch schon intensiv betrachtet werden. „Wie gesagt, Herr Kattenstroht, es sind nur 70 Blatt, deshalb haben wir auch gar nicht alle Trocknungsrahmen gebraucht. Wenn Sie sich das eine oder andere Papier schon ansehen wollen, ziehen wir das Regal ans Fenster. Sie können die einzelnen Felder herausziehen und hier in diese Haken einhängen!"

Kattenstroht war interessiert und machte sich ans Studium. Ein glücklicher Umstand war auch, dass Marina Szepanski ihre Notizen mit Bleistift auszuführen pflegte, dessen Linien auch im Wasser nicht verliefen. Der größte Teil der Berichte, Vermerke und Konzepte war völlig problemlos zu lesen. Die Handschrift der jungen Frau war fast schön zu nennen. Der Kommissar konnte einen klaren Einblick in die konzeptionellen Fähigkeiten der Ermordeten gewinnen. Seine Achtung vor der so gewaltsam ums Leben gekommenen jungen Polin stieg deutlich an.

Nachdem er die Projektakte über „Unsere Zukunft an der Brinke" gelesen hatte, wandte er sich der Aktion „Balkenbrand" zu. Dieses Konvolut enthielt natürlich viel mehr Details und auch Gesprächsnotizen, von denen man sich Informationen versprechen konnte. Als Kattenstroht etwa eine Viertelstunde die Lektüre studiert hatte, stieß er auf eine Gesprächsnotiz, die ihn zu faszinieren schien. Er rief nach Ternarde und bat diesen, rein vorsorglich schon jetzt eine Aufnahme dieses

DIN-A5-Zettels zu machen und diese sofort für ihn auszudrucken. Mit steigender Spannung las er dann den Vorgang zu Ende und bat Ternarde, die gesamte Akte auf jeden Fall zu sichern, zu fotografieren und ihm jetzt auch noch das vorletzte Blatt zum Mitnehmen abzulichten. Das ging schnell vonstatten, und gemeinsam warteten die beiden Beamten am Drucker auf die Ergebnisse, die klar und scharf auf festem Fotopapier aus der Maschine kamen.

Der Anruf aus Schottland traf natürlich ein, während der Kommissar im Treppenhaus seinen Präsidenten informieren wollte. Daraus wurde also zunächst nichts. Kattenstroht eilte ins Büro zurück und bemühte sich, Kathrin Eilers als Ohrenzeugin dazuzuholen. Die war aber nicht an ihrem Schreibtisch, so dass Schaap sie in dieser Funktion vertreten musste. Antonius Siekendiek war in einem Hotel vom Portier mit der Rückrufbitte überrascht worden und hatte in der Zwischenzeit durch einen Anruf bei seiner Beschließerin Frau Leusing von den Ereignissen erfahren. Er wirkte trotz der technisch geprägten Distanz eines Telefonates über viele hundert Kilometer sehr betroffen, mit der Polizei über den gewaltsamen Tod zweier ihm verbundener Menschen sprechen zu müssen.

„Es ist nun so, wie es ist!“, bemerkte der Kommissar. „ich muss Sie dringend bitten, Herr Siekendiek, möglichst umgehend zuruckzukommen. Wir brauchen hier auch Ihre Hilfe bei der Aufklärung der Situation.“

Tönne Siekendiek begriff, was bestellt war, und sagte zu, sich umgehend um einen Rückflug zu bemühen. Zum Glück sei man nicht mehr weit von Edinburgh entfernt, und die Reise würde ohnehin am Karsamstag enden. Er versprach, sich bei seiner Ankunft umgehend bei Kattenstroht zu melden, und notierte sich auch dessen Handynummer.

Nachdenklich hatte der Kommissar den Hörer aufgelegt und Schaap dann gebeten, über schottische Kollegen unbedingt die Reiseberichte des Distiller's Club anzufordern. „Wir müssen es nur gemacht haben, damit unsere Akten stimmen und nachgewiesen ist, dass wir in alle Richtungen ermittelt haben. Antonius Siekendiek ist aber nicht der Mörder der Marina Szepanski, und für die überhitzte Einmaischung seines Onkels können wir ihn auch nicht verantwortlich machen.“

In der Kantine stieß er auf Kathrin Eilers, die schon mit Mia Kunsleben zu Mittag gegessen hatte. Der Kommissar holte sich eine Portion frische Rostbratwurst mit Bratkartoffeln, setzte sich zu den beiden Kolleginnen und aß wie abwesend. Gegen 14.00 Uhr brachen Kattenstroht und Eilers dann auf, um in Reckelsum den Fortgang der Spurensuche in der Brennerei zu verfolgen und möglicherweise Schücking bei den Vernehmungen zu unterstützen.

Als sie sich der Autobahnabfahrt Reckhölter näherten, bot der Kommissar seiner Begleiterin an, sie vorzeitig nach Hause zu bringen: „Du siehst irgendwie nicht gut aus in letzter Zeit. Mach dir einen ruhigen Nachmittag. Übermorgen ist schon Feiertag, dann kommt Ostern. Die Befragungen heute am Nachmittag kriege ich auch alleine hin. Ich muss zudem nur so wissen, was da läuft."

Kathrin Eilers hatte mit den Achseln gezuckt, und da sie nicht sonderlich motiviert schien, ein weiteres Mal durch das Brinketal zu juckeln, telefonierte sie mit ihrem Mann, der im Forsthaus im Reckhölter Hagen „homeoffice" machte und bereit war, sie in wenigen Minuten am Pendlerparkplatz aufzulesen.

Kattenstroht brauste – fast wie befreit – weiter und steuerte zügig Brinkbergen und den Schultenhof up den Drene an. Im Büro erkundigte er sich nach dem Hofbesitzer, aber der war im neuen Betriebsgebäude dabei, die Waschung und das Schälen frischen Spargels zu überwachen, der gerade von den Feldern einlief. Der Schulte grüßte den Kommissar hinter der Waschanlage freundlich, übertrug seinen Dienst einem Mitarbeiter und ging mit dem Besuch auf den Hof, wo es zu sprechen angenehmer war als in der lauten Halle. Wer den Bauern und den Polizisten beobachtete, konnte registrieren, dass sie ein sehr intensives Gespräch führten. Wer dabei etwas von münsterländischen Mentalitäten verstand, konnte feststellen, dass dem Schulten Teile des Gespräches sehr unangenehm waren. Auch Fine Schulte up den Drene schoss diese Erkenntnis durch den Kopf, während sie das Treffen aus einem der großen Fenster des Hofcafés verfolgte. Die patente Meirschke hielt es daher für geboten, sich der Diskussion der beiden Männer anzuschließen, und ging auf den Hof hinaus, gerade noch zur rechten Zeit.

Wenige Minuten später brauste der Dienstwagen der Polizei die Allee beim Schultenhof up den Drene herunter, und das Hofbesitzerpaar schaute dem Kommissar ebenso verlegen wie verunsichert hinterher.

Kattenstroht steuerte den Wagen nach Reckelsum und rollte sehr bald auf den Hof des älteren Siekendiek. In der Brennerei wurde gearbeitet, und der typisch erdige Geruch der Maische hing über dem ganzen Hofgelände, aus den Schornsteinen und Lüftern stiegen Dampfwolken und Rauchfahnen auf. Im Büro war Siekendiek nicht zu finden, daher machte sich der Kommissar auf den Weg in die Brennerei, hatte aber nicht mit dem jungen Hofhund gerechnet, der – wenn auch durch eine lange Schleppleine etwas gehindert – den Besucher bellend umsprang, sich an ihm aufbäumte und mit seinem Gesabber Kattenstroht sogar die neue Frühjahrshose versaute. Endlich gelang es dem Besucher, das Tier zu einem kleinen Gerangel um ein kurzes Aststück zu bringen. Phylax biss in das Holz und wollte es gar nicht mehr hergeben oder gar loslassen, bis sein Herr auf den Plan trat und Wachhund wie Besucher auf ihre Plätze verwies.

Der muffelige Kommentar des Hofbesitzers entsprach der Situation: „Wenn Sie sich angemeldet hätten, hätte ich im Büro gewartet. So tut der Hund nur seine Pflicht!"

Der Kommissar beschwichtigte, es gebe viel Schlimmeres im Leben als etwas Hundegesabber an der Hose: „Ich suche meinen Kollegen Schücking mit seinem Team. Die müssen heute bei Ihnen gewesen sein. Komischerweise kann ich die nicht erreichen."

„Der Herr war schon im späten Mittag hier und hat mich um meine Unnerst gebracht. Er hat mich fast eine Stunde lang gelöchert, wo ich am vorletzten Wochenende samstags und in der Nacht zu gestern war." Wilm Siekendiek wies mit dramatischer Geste auf sein Wohnhaus: „Da ist mein Haus, da steht mein Bett, da bin ich allein und glücklich gewesen, auch in den beiden Nächten, die Sie abgrasen müssen."

„Gegen ‚allein und glücklich' hat ja niemand etwas einzuwenden. Das bedeutet aber auch, dass Sie kein Alibi haben! Sie haben in beiden Fällen das Opfer gekannt. Es gibt Hinweise, dass auch Ihr Onkel nicht durch einen Unfall ums Leben kam. Bei der Marina Szepanski war das ja ohnehin klar.“ Kattenstroht wollte offensichtlich keinen Zweifel an einer druckvollen Vernehmung aufkommen lassen.

„Zu dem Polenweib habe ich schon was gesagt. Und was meinen Öhm Caspar angeht, den verrückten Einspänner, da ist Ihnen doch wohl hoffentlich klar, dass der ein Spiegeltrinker und Quartalssäufer sondergleichen war. Der hatte immer Alkohol im Blut, und im Dorf wird Ihnen jeder erzählen, dass sein Alter ein reines Wunder ist. Eigentlich erstaunlich, dass der erst mit fast 80 Jahren in den Kessel fällt.“ Wilm Siekendiek zeigte jetzt seine grobe Fassade. „Alles das habe ich dem Kommissar Schücking auch schon erklärt. Mehr habe ich nicht zu sagen. Und wenn Sie keine weiteren Indizien gegen mich haben, darf ich mich jetzt entschuldigen. Guten Tag!“ Er wandte sich ab, bückte sich und zog die Schleppleine des Hundes zu sich heran. Dann führte er das immer noch tänzelnde und springende Tier zu seinem Zwinger.

Kattenstroht schaute Herr und Hund hinterher und ging dann zu seinem Wagen. Scheinbar zerstreut warf er den kurzen Stock, mit dem er sich zuvor den Hund vom Leibe gehalten hatte, in den Fußraum des Beifahrersitzes, bevor er sein Jackett auszog und an den Haken oberhalb des Türrahmens hängte. Dann setzte er sich hinters Steuer und fuhr ins Dorf. Im Angesicht der Hofbrennerei Siekendiek kam ihm eine Idee. Er steuerte den Wagen an eine Bushaltebucht und führte ein längeres Telefonat. Dann brauste er nach Hause, wo er mit seiner frühen Ankunft Ehefrau Betty ziemlich überraschte. Die war noch mehr verwundert, als ihr Mann nach wenigen Minuten das Haus schon wieder hektisch verließ, um erst gegen 18.00 Uhr wiederaufzutauchen.

Da hatte Kommissar Kattenstroht sich aber bereits wieder beruhigt.

Kapitel 23

Die Morgenlage am Gründonnerstag leitete Mia Kunsleben. Kattenstroht hatte sich einigermaßen maulfaul in die zweite Reihe verzogen und hörte sich das Geplänkel an. Überflüssigerweise nahm an der Sitzung der Präsident selbst teil. Der drückte sich zwar gewählt aus wie stets, aber es war spürbar, dass ihm Stand und Dauer der Ermittlungen Sorgen bereiteten. „Jetzt steht auch noch Ostern vor der Tür, und bis zum kommenden Dienstag dürfte über weitere vier Tage ja kaum etwas passieren, es sei denn, wir hätten den großen Durchbruch. Ich weiß gar nicht, was ich der Presse noch mitteilen soll. Die kommen zudem am morgigen Karfreitag das letzte Mal vor Ostern raus und sind entsprechend auf Krawall gebürstet, wie der Kollege Kattenstroht es zu umschreiben pflegt. Vom Fernsehen rede ich erst einmal gar nicht." Der Chef schaute aufmunternd in die Runde: „Immerhin haben wir einen Familienkreis von Verdächtigen, aus dem auch ein weiteres Opfer kommt, was macht denn da die Spurenlage?"

Fleck und Kottmann fühlten sich angesprochen und berichteten vom Tatort aus der alten Brennerei: „Spuren sind so gut wie nicht zu sichern gewesen. Durch die Hitze, die Luftfeuchtigkeit und den Dampf scheint uns manches wie weggeblasen. Dann haben wir die Tatsache, dass in der Brennerei, wenn sie läuft, speziell auf den Arbeitsbühnen besondere Schuhe bzw. Stiefel getragen werden müssen. Die Spuren, die wir überhaupt noch feststellen und dokumentieren konnten, stammen auf den ersten Blick von nur einer Stiefelsorte. Solche Exemplare hatte der Verstorbene bei seinem heißen Maischebad sogar noch an den Füßen." Kottmann setzte auf eine verwegene Theorie: „Möglicherweise hatten Täter und Opfer dieselbe Schuhgröße! Wir vergleichen aber noch intensiv."

Beucking winkte ab: „Das ist vergebene Liebesmüh. Auch die Suche nach Faserspuren ist nahezu aussichtslos. Das Durcheinander auf dem Overall des Caspar Siekendiek – auch durch die Roggenstärke der Maische – ist grandios. Ich bin mir eigentlich sicher, dass wir ein Fremdverschulden fast hätten ausschließen müssen, hätten der oder die Täter nicht die Heizung des Kessels hochgefahren und damit eine mehr als eindeutige Spur hinterlassen."

„Dieses Faktum ist aber eindeutig? Es handelte sich bestimmt nicht um eine technische Störung?“, begehrte der Präsident zu wissen. „Oder ist das Ende dieses Caspar Siekendiek vielleicht eine Selbsttötung gewesen?“

Beucking spielte einige Bilder aus der Brennerei ab und wies auf die Position des Maischebottichs hin, die Abdeckung und die Schiebeöffnungen, die Höhe des wulstigen Randes und ein dort angebrachtes Distanzgitter. „Ich kann mir nur schwer vorstellen, dass jemand, der sich selbst ums Leben bringen will, diesen Weg wählt. Wir haben gestern von unserem Dortmunder Brennereifachmann das Protokoll der Steuerungstechnik auslesen lassen. Danach ergibt sich ganz klar, dass am Morgen um 3.00 Uhr automatisch der Maischebottich begonnen hat, das schon eingefüllte Wasser auf 70 Grad Celsius aufzuheizen. Um 5.15 Uhr wurden offensichtlich Roggenschrot und Darrmalz eingefüllt. Aus den Daten ist ablesbar, dass dann die Rührwerke ordnungsgemäß mit ihrem Programm begonnen haben. Dann folgte um genau 5.42 Uhr ein Abbruch des Programms. Es wurde auf Handbetrieb umgeschaltet, der Maischeprozess abgebrochen und die weitere Aufheizung auf 90 Grad Celsius per Hand eingestellt. Das ist übrigens eine Temperatur, die der Maischebottich je nach Bauart eigentlich nur für Reinigungsarbeiten benötigt. Die Hochschaltung hatte also nichts mit dem weiteren Maischeprozess zu tun, im Gegenteil, sie behinderte ihn. Die Aufheizung sollte wahrscheinlich dazu dienen, Spuren zu verwischen.“ Beucking schloss mit dem Hinweis, dass man aus dem elektronischen Protokoll seines Erachtens in etwa den Todeszeitpunkt des Caspar Siekendiek ablesen könne. „Wie wir das sehen, ist der alte Mann kopfüber in die heiße Maische gestürzt worden. Vielleicht wurde er überrascht, vielleicht überwältigt; wenn das Rührwerk läuft, hört man nicht viel. Ein kräftiger Täter konnte sich von hinten anschleichen und sein Opfer in den Bottich stürzen. Das alles setzt natürlich voraus, dass er die örtlichen Verhältnisse kannte.“

Nachdenklichkeit herrschte in der Runde, als die Bilder des toten Caspar Siekendiek aufleuchteten, der über und über mit dem weißen Maischeschleim verklebt war.

Dem Präsidenten war es wohl unheimlich. Er unterbrach die Stille: „Und die Motivlage, was die Tat zum Nachteil der Szepanski betrifft? Sind Sie da weitergekommen?“, wollte er wissen.

Hier warf sich Kathrin Eilers in die Bresche. „Natürlich ist auch dieses Feld noch sehr unscharf. Einen Sexualmord hat die Rechtsmedizin ausgeschlossen. Gegen eine reine Affekttat sprechen die aufwändigen Anstrengungen, die Leiche und auch das Auto der Ermordeten verschwinden zu lassen. Gut, der Kleinwagen wäre früher oder später gefunden worden, die Leiche auch, aber wir haben die komplizierten Wege genau überprüft, mit denen die Ermordete unter einem hohen Risiko auf das Schiff gebracht wurde. Wir wissen aus dem Zusammenspiel der beiden Orte, also der Versenkung des Wagens und der Verladung der Leiche, dass auch hier der Täter die Umgebung genau gekannt hat und sich das Risiko unverhoffter Entdeckung wohl ziemlich genau ausrechnen konnte. Also schließen wir nicht aus, dass bei aller Wut auch kühle Berechnung eine Rolle gespielt hat.“

An dieser Stelle machte sich Kattenstroht bemerkbar: „Unterstellen wir mal, der Täter war allein, und er hat sich mit der Marina Szepanski irgendwo fernab getroffen. Wenn er sie dann umbringt, hat er das Problem zweier fahrbarer Untersätze. Auch hier gilt, dass man nicht mit einem Hintern zwei Pferde reiten kann. Ergo spricht das dafür, dass er sie am neuen Betonwerk umbrachte, in seinen Wagen verlud und den Micra der Szepanski umgehend vor Ort versenkte. Danach ist er zur Schulte-Lagemann-Brücke gefahren, um dort die Leiche loszuwerden. Natürlich könnte sich die Argumentation leicht drehen, hätte es einen Mitwisser oder Mittäter gegeben. Das sehen wir bisher aber nicht.“ Einen Augenblick herrschte Stille: „Wir haben auch Probleme mit der Zeitabfolge. Die Szepanski hat am Samstagmittag, ihrem Todestag, den Schultenhof up den Drene zwischen 13.00 und 14.00 Uhr verlassen. Sie ist wohl gegen 23.00 Uhr getötet worden. Was ist in diesen zwölf Stunden geschehen? Nach Aussagen ihrer Zimmergenossin hat sie an einem Konzept oder Papier gearbeitet. Leider finden wir davon aktuell keine Spuren. Das Notebook ist noch nicht wieder aufgetaucht, das Laptop kriegen wir bisher nicht geknackt, oder?“ Der Kommissar blickte auf den IT-Kollegen Schaap, der nur bedauernd den Kopf schüttelte.

Mia Kunsleben baute eine Brücke, die dem Präsidenten den Aufbruch erleichterte: „Mit einer Abendmaschine aus Edinburgh ist Antonius Siekendiek, der jüngere Bruder, aus Schottland wieder eingetroffen. Er ist spät in Köln gelandet und hat sich hat sich mittlerweile vom Hof in Reckelsum gemeldet."

„Dann lassen Sie sich um Himmels willen nicht aufhalten!", beschloss der Präsident die Runde und gab so das Zeichen zum Aufbruch.

Auf dem Parkplatz zeigte sich Kathrin Eilers unzufrieden: „Was sollte eigentlich die Nummer am gestrigen Nachmittag, dass ich dich nicht begleiten sollte? Geht Herr Kommissar Kattenstroht mal wieder eine seiner Extratouren? Oder hast du mal wieder was gesehen, was ich nicht gesehen habe?"

„Nach fünf Jahren kennt man sich allmählich, wie?", lächelte der so Gescholtene und steuerte den Wagen langsam vom Hof: „Ich hatte in der Tat eine Idee für ein mögliches Motiv, und ich sehe vielleicht einen Weg, wie man unseren Täter auf dem Wege des Indizienbeweises schnappen könnte. Dabei müssen wir mal den Weg der Überrumpelung gehen. Anders wird es nicht funktionieren."

Dann erläuterte er seine Idee, die er von einer Notiz in der Balkenbrand-Akte der Szepanski abgeleitet hatte. „Ich sehe da ein Thema und ein Motiv. Nur weiß ich ehrlich nicht, ob das wirklich klappt, aber je mehr sich mir die Mosaiksteinchen zusammenfügen, umso deutlicher sehe ich die Sache, auch wenn wir bestimmte Ermittlungslöcher nur mit Geständnissen des Täters werden füllen können."

„Und die Überrumpelung des Verdächtigen?", wollte Kathrin Eilers wissen. „Das geht doch nur mit einem wirklichen Knaller, wenn ich mir vorstelle, an wen du denkst."

„Einer der dicksten Knaller, die wir im Koffer haben, ist unsere Frau Professor Schulze Natrup aus der Rechtsmedizin. Ich wurde gestern am späten Nachmittag von meinen Instinkten heimgesucht und habe gleich reagiert. Heute am späten Abend, sonst am morgigen Karfreitag, wissen wir Bescheid, ob wir es riskieren können. Diesmal hängt es ganz von ihr ab."

Kattenstroht umriss dann in vorsichtigen Worten und mit mehrfachen Hinweisen auf die Risiken sein Konstrukt. Kathrin Eilers war zunächst verblüfft, stellte kritische Fragen, diskutierte einzelne Aspekte und fand doch keine Gegenargumente. Sie stehe auch am Karfreitag zur Verfügung, wenn es sein müsse. Im Übrigen wundere sie sich, dass Kattenstroht immer wieder eine derartige Offenheit gegen modernste Methoden der Rechtsmedizin demonstriere. „Wer dich nicht so gut kennt wie ich, könnte dich gelegentlich für einen ziemlich konservativen Beamtentyp mit Macho-Ansichten halten."

Das kam ziemlich ironisch rüber, und Kattenstroht sah sich bemüßigt, auf ein ihm noch bekanntes Handbuch für Verwaltungslehrlinge zu verweisen. „Kathrin, vergiss einen Grundsatz nicht! ‚Der Beamte ist stets allem Neuen gegenüber aufgeschlossen, ohne jedoch eine verdächtige Betriebsamkeit zu entfalten.'"

Auf dem alten Hof Siekendiek im Herzen von Reckelsum verkündete ein Schild am Hoftor, wegen eines Trauerfalls seien Hofladen und Brennerei für eine Woche geschlossen. Offensichtlich war auch die Brennerei noch gar nicht freigegeben, da die kriminaltechnischen Untersuchungen noch andauerten. Neben dem Haus stand einer der Wagen aus Beuckings Team.

Die Beschließerin des Hauses, die ihnen schon bekannte Frau Leusing, öffnete Kattenstroht und Eilers die Tür und führte sie in die Deele. Kurz darauf erschien auch der Hausherr. Angesichts der Kühle des Tages führte er die Besucher über eine Treppe in eine Upkamer, die etwas beheizt war. Hier bot er den Gästen bequeme Sessel an, die vor einem kleinen Stilkamin aus Sandstein aufgestellt waren. In der modernen Herdkassette brannte ein Feuer.

Als der Kommissar betonte, man werde doch etwas Zeit brauchen, kümmerte sich der Hausherr zunächst um Kaffee für seine Besucher und ließ von Frau Leusing das notwendige Geschirr auf einem Beistelltischchen auftragen. Dann nahm er in einem der bequemen Sessel Platz und schenkte den Kaffee aus.

„Wir müssen natürlich eine große Befragung durchführen. Sind Sie mit einem Mitschnitt einverstanden?", fragte Kathrin Eilers und hatte das Aufnahmegerät schon in der Hand.

Siekendiek nickte nur und zeigte sich in der Folge offen und auskunftsbereit. Er bestätigte die Aussagen der Frau Dr. Ölmöller und auch des Hoteliers über die Pläne für eine öffentlich geförderte Regionale im Brinketal und gab umfassend Auskunft über sein Bild von der ermordeten Marina Szepanski.

Kattenstroht fragte rauf und runter, baute Klippen und Fallen ein, schuf Gelegenheiten zu Rückbezügen und sah am Ende eigentlich keinen Schwachpunkt in den Darlegungen des Schnapsbrenners. Natürlich ließ er Tönne Siekendiek auch über seine persönlichen Beziehungen zu Marina Szepanski sprechen.

„Ich habe die Marina bei Paul up den Drene kennen gelernt. Eigentlich im Service, als ich mal wieder eine Lieferung hatte und Paul und ich uns im Hofcafé eine Pause gegönnt haben. Sie fiel mir auf, weil sie gut aussah, so brillant Deutsch sprach und einen so klüftigen Kopf hatte. Ich kenne natürlich die Firma, wo sie gelernt hat, im dualen Studium. Ich kenne auch die Urteile und Zeugnisse ihrer Chefs. Als dann die Bernadette Ölmöller vor etwas mehr als einem Jahr mal anfing, dieses ‚Zukunftsprojekt Brinketal' voranzutreiben, wollten wir, die kleinen Unternehmer im Tal, nicht sofort die Politik drin haben und erst einmal selbst Ideen spinnen. Für so etwas braucht man eine Stelle, die Fragen stellt und klärt und Informationen organisiert. Das hat Marina Szepanski für uns erledigt. Frau Dr. Ölmöller hat die Wissenschaften eingebunden, Marina hat gewissermaßen eine Bestandsaufnahme im Brinketal begonnen und nach originellen und fachlich optimalen Beiträgen für ein solches Konzept gesucht. Offiziell haben wir uns mit einigen Betrieben die Personalkosten für einen Werkvertrag geteilt. Das waren 6.000 Euro für ein Jahr, und ich habe das organisiert. Marina hat gute Arbeit geleistet und das Projekt so weit vorangetrieben, dass wir es im kommenden Mai oder Juni, auf jeden Fall vor den Sommerferien, öffentlich vorstellen wollten."

„Das verstehen wir, und tatsächlich zeigen die Akten, die wir in der Wohnung Szepanski gefunden haben, genau das auf. Warum aber bitte schön war die Akte Balkenbrand so wichtig, dass sie diese nur am Tag ihres Todes durch die Gegend chauffierte? War sie hier an jenem vorletzten Samstag? Wann hatten Sie zuletzt Kontakt mit ihr?"

„Sie war an diesem Samstagmittag hier und hat mit mir noch einmal eine Diskussion über die Ausweitung unserer Produktion und ein neues

Marketing geführt. Ich habe sie teilweise ausgelacht, weil sie immer so große und weit greifende Pläne hatte. Aber in der Sache war sie sehr engagiert." Nach einer kleinen Pause ergänzte Siekendiek mit fast wehmütiger Stimme: „Sie schoss nur manchmal ein bisschen über das Ziel hinaus."

Auf Kattenstrohts Bitte, das doch einmal näher zu erläutern, fuhr Siekendiek fort: „Sie war zum Beispiel der Überzeugung, ich sollte vermehrt auf die Produktion von Feinbränden aus Beerenobst gehen. Das Obst als Grundlage müsse aber aus der unmittelbaren Region kommen. Das ist bei der derzeitigen Situation im Brinketal jedoch illusorisch! Sie kriegen hier keinen Morgen Land mehr gekauft oder gepachtet!"

Der Kommissar schwieg einen Augenblick und fragte dann etwas überraschend nach dem Verhältnis des Antonius Siekendiek zu seinem Bruder Wilhelm. Der Schnapsbrenner runzelte die Stirn: „Wenn ich es richtig sehe, sind Sie seit der letzten Woche Mittwoch in der Gegend unterwegs. Da hat Ihnen doch bestimmt irgendeiner erzählt, dass die Gebrüder Siekendiek nicht gerade herzlich zueinander stehen. Es ist die typische Familiengeschichte: Der Älteste kriegt den Hof, der Jüngere wird irgendwie abgefunden. Noch zu Lebzeiten meines Vaters baute Wilm seinen neuen Betrieb vorm Dorf und ließ unser Elternhaus nahezu verfallen. Auch mit Hilfe der Ersparnisse von Onkel Caspar kaufte ich den alten Hof hier für mich und ihn zurück. Wissen Sie, die Brennerei war von Kindesbeinen an mein Leben. Ich habe Öhm Caspar an der Schürze gehangen, wenn er den Feinbrand probierte und mit Nase und Gaumen Vorlauf, Mittellauf und Nachlauf separierte. Er hat mir alles beigebracht, was er wusste. Und das war eine ganze Menge. Vor allem war er ein Genießer: Er hasste es, wenn Wilm mit seiner Größe und Menge prahlte und uns seine Zollabrechnungen unter die Nase hielt." Tönne Siekendiek machte eine kurze Pause, um nach seiner Kaffeetasse zu greifen: „Die Zeiten haben sich gewandelt, die Gesetze haben sich geändert, das Monopol ist gefallen. Übrig geblieben sind nur die richtig guten Brenner. Und zu denen gehört Antonius Siekendiek auf seinem Stammhof in Reckelsum."

Kattenstroht schickte den so selbstbewussten Hausherren von einem Feuer in das nächste. „Mal wieder zurück zu Marina Szepanski: Die wollte Ihnen doch Feuer unter dem Hintern machen. Oder habe ich das missverstanden? Hat Ihnen die Dame denn was bedeutet? Sie sah doch ganz manierlich aus!“

Siekendiek schüttelte nur grinsend den Kopf: „Marina Szepanski war erstens mehr als 20 Jahre jünger als ich und nicht mein Typ. Natürlich hatte ich sie gerne um mich; sie war fachlich brillant, persönlich angenehm, gut aussehend! Dennoch zweitens: Sollte es hier noch einmal zu einer Hochzeit auf Siekendieks Erbe kommen, dann heißt die Braut Dr. Bernadette Ölmöller, wenn sie denn bereit sein sollte, meinen nächsten Antrag, das dürfte genau gezählt der 234. sein, endlich anzunehmen. Sie und vor allem Onkel Caspar haben aus meinem Hof das gemacht, was er heute darstellt. Und jetzt ertränkt mir einer den Öhm in seiner geliebten Brennerei. Sie glauben gar nicht, was ich mit ihm alles verloren habe.“

Vor dem Haus überlegten Kattenstroht und Eilers, wie es weitergehen sollte. Das lange Gespräch mit Antonius Siekendiek hatte sie doch bewegt. „Weißt du, Kathrin, der ‚sieke Diek‘ ist ja im Plattdeutschen der flache Teich mit einem niedrigen Wasserstand. Diese Siekendieks erscheinen mir aber ganz schön tiefgründig.“

„Oder doch abgründig?“, fragte Kathrin Eilers.

Als sie schon im Auto saßen, hörten sie an der Kirche ein merkwürdiges Knattern, das Kathrin Eilers völlig unbekannt war. Kattenstroht hob seine Nase in den Wind und meinte nur: „Gründonnerstag, natürlich. Da kommen die Räppler.“

Um die Kirche kam eine Gruppe von Kindern und Jugendlichen gezogen, die mit merkwürdigen Holzinstrumenten ausgestattet waren. Auf einem schmalen Brett, das die Räppler sich unter den Arm klemmen konnten, waren je nach Größe des Instrumentes mit federnden Leisten drei oder vier Holzhämmer gespannt, die mit einer drehenden Walze der Reihe nach schnell angehoben wurden und auf das Brett zurückknallten. In der Abfolge klang es wie das Knattern von Schüssen oder bei bestimmten Brettern wie ein tiefes brummendes Hämmern. Die jungen Leute zogen vor die Tür des Siekendiek'schen Hauses und drehten ihre Instrumente, dass der Lärm zwischen Haus und Kirche nur so schallte. Nach wenigen Augenblicken wurde die Tür geöffnet. Es erschienen Frau Leusing und auch Tönne Siekendiek. Sie begrüßten die jungen Leute sehr freundlich und rückten offensichtlich einige Gaben heraus: Mehrere Packungen Eier verschwanden in einem Handwagen, eine Geldspende in einem großen Portemonnaie. Dann zogen die jungen Leute weiter.

„Was war denn das für eine Performance?", zeigte sich Kathrin Eilers überrascht.

„Meine Liebe, wir sind in den Kartagen vor Ostern. Morgen verstummen die Glocken, und die Leute im Brinketal halten sich noch an Bräuche. Die Kinder, die da zu einem Heischegang herumziehen, sind wohl die Messdiener von St. Agatha. Die sammeln jetzt zu Ostern ihren Ehrensold. Traditionell waren das früher Ostereier, heute geht's auch um Geld, wahrscheinlich für die Jugendarbeit. Ganz früher ist der Küster umhergegangen und hat für die Osterkerze das Wachs gesammelt und Geld für seinen Macherlohn als Wachszieher. Wusstest du eigentlich, dass die Küster an den Kirchen meist auch eine Kneipe unterhielten?"

Kathrin Eilers schüttelte den Kopf. Sie habe nur staunen können über den Bericht Kattenstrohts, der Küster von Kerkhövel habe sogar unter dem Dach seiner Kirche Schnaps gebrannt: „Und dann eine richtige Kneipe in der Küsterei?"

„Wieder ein Bericht meines Vaters: Die Bauern kauften vor der Messe einen Schnaps im großen Hüüldopp, so nannte man die alten Fuhrmannsgläser. Eine Hälfte trank man vor der Messe. Dann stellte man das Glas auf den Bosen am Kamin, um nach der Messe die zweite Hälfte zu trinken. Ließ ein Bauer sein Glas stehen, hatte der Küster, so war es Landesbrauch, die Reste zu sammeln, die dann ein armer Schlucker kriegte, dem sonst keinerlei Trost das Herz erwärmte."

Kapitel 24

Am Karfreitag, im münsterländischen Idiom der „stille Friedagg" genannt, war Kattenstroht schon früh auf den Beinen und fuhr trotz der Feiertagsruhe schon bald nach dem Frühstück ins Büro. Er wartete trotz der Feiertagsruhe auf neue Nachrichten, kontrollierte die Posteingänge, las Zeitungen und Akten, hörte Radio und eine Klassik-CD mit Passionsmusik und bekam zusehends schlechtere Laune. Irgendwie drängte es ihn nach einer Entscheidung.

Im Mittag fuhr er nach Hause, wo seine Betty ihre Familie mit frischen Struven erfreute, die aber beim Kommissar in diesem Jahr nicht den erwarteten Anklang fanden. Er lag gerade auf dem schwarzen Sofa und hatte sich auf ein Nickerchen eingestellt, als das Telefon läutete und tatsächlich Frau Prof. Dr. Schulze Natrup sich meldete. Die patente Dame hielt in der ihr eigenen zügigen Art keine lange Vorrede und teilte ihm umgehend das Ergebnis der gewünschten Analysen mit.

„Nein, überhaupt kein Zweifel." Die Professorin war sich ihrer Sache völlig sicher. „Ich schicke Ihnen in diesem Augenblick das Untersuchungsergebnis offiziell auf den Rechner. Die unterzeichnete Papierform werfe ich gleich bei Ihnen am Präsidium in den Briefkasten. Ich kann Ihnen das Ergebnis auch jetzt schon direkt als Datei aufs Handy schicken."

Der Kommissar betrachtete sein neues Mobiltelefon, das so erstaunlich viele Funktionen hatte, dass er es bis auf den Tag noch nicht durch die Gebrauchsanleitung geschafft hatte. „Versuchen wir es ruhig einmal auch auf diesem Wege!", bat er die Rechtsmedizinerin und bedankte sich bei ihr für den wieder mal so prompten Einsatz. Er werde im Gegenzug mit einem dicken Osterei um die Ecke kommen, versprach er! Lachend legte die Professorin auf.

Nach wenigen Augenblicken ertönte im Hause Kattenstroht ein akustisches Signal und zeigte den Eingang der Botschaft an. Der Kommissar rief seinen Jüngsten Benedikt dazu und ließ sich von ihm zeigen, wie man die Datei öffnete und lesbar machte. Dann zog er sich zum Studium des Gutachtens wieder aufs Sofa zurück. Ehefrau Betty kam hinzu und wollte ihren Mann eigentlich in ein Gespräch bezüglich österlicher Vorbereitungen verwickeln. Damit konnte sie aber gar nicht landen, denn Klaus Kattenstroht entwickelte ernsthaft neue Aktivitäten: „Wir machen den Sack jetzt zu und holen uns noch heute unseren Täter. Dann erst können wir in Ruhe Ostern feiern."

Kritischen Fragen seiner besseren Hälfte nach der unbedingten Notwendigkeit, ausgerechnet jetzt aktiv zu werden, begegnete Kattenstroht argumentativ mit den Gefahren von Flucht und Verdunkelung. Er zog sich um, telefonierte in der kommenden halben Stunde ausführlich mit Stellmacher, dem Kollegen Schücking von der Polizei im Brinkekreis und dann mit Kathrin Eilers. Überall erntete er Zustimmung und Hilfsbereitschaft. Anschließend fuhr er gut gelaunt los und erreichte gegen 15.00 Uhr das traute Heim der Familie Eilers im Reckhölter Hagen, wo er seine Assistentin aufgriff; jedenfalls bezeichnete der Kommissar diesen Vorgang so.

Keine 20 Minuten später verließen sie bei der Abfahrt Brinketal die Autobahn und wechselten auf die schmale Kreisstraße längs des Flüsschens in Richtung Reckelsum. Angesichts der blühenden Pracht in Wäldern und Wiesen bemerkte Kattenstroht wie beiläufig: „Ich hätte beinahe übersehen, welche Bedeutung das Land hier für die Menschen hat. Diese fast mystische Verehrung des Besitzes und seiner Nutzung. Es geht immer wieder ums Land. Mein Vater hatte in seiner Bibliothek ein Buch eines österreichischen Autors, das den schlichten Titel ‚Land und Herrschaft' trug. Genau das ist es. Wir dürfen das in unserer Arbeit hier nie vergessen."

Im Dorf fiel ihnen die Ansammlung geparkter Autos auf: „Die Menschen sind in der Kirche: Passion Christi! Und danach geht die Prozession. Wir müssen sehen, dass wir da nicht hineingeraten", brummte Kattenstroht vor sich hin.

Kaum waren Kommissar und Assistentin auf das Hofgelände Siekendiek gefahren, gesellte sich auch schon ein Wagen der Schutzpolizei mit zwei Beamten hinzu. Schücking war schon da, hatte sein Auto aber ein Stück weit vor dem Hof geparkt und im Schutze einer Hecke auf die Kollegen gewartet.

Es dauerte einige Minuten, bis nach dem Türläuten ein offensichtlich verschlafener Hausherr den Polizisten nur einen Spaltbreit öffnete und sie ziemlich unwirsch nach ihrem Begehr fragte. Es sei doch alles gesagt, oder etwa nicht?

„Nun, Herr Siekendiek, es ist nicht alles gesagt, und wir verlassen uns darauf, dass Sie uns nun doch alles das sagen, was zur Aufklärung des Mordes an Marina Szepanski beiträgt! Und die Sache mit Ihrem Onkel Caspar können wir dann auch in Ruhe besprechen."

Kattenstrohts Worte wurde vom Jaulen und Bellen des jungen Jagdhundes fast übertönt. Das Tier drängte sich aus dem Türspalt und sprang mit seiner Schleppleine, die sogar im Hause der Erziehung dienen sollte, zwischen die Beamten.

„Phylax! Bei Fuß! Du blöde Töle!" Wilm Siekendiek versuchte, die Schleppleine am Boden zu fassen, um das Tier wieder ins Haus zu ziehen.

„Phylax! So ein schöner Name!" Auch Kattenstroht wandte sich dem Tier zu und tätschelte ihm den Rücken: „Phylax ist altgriechisch und heißt so viel wie Wächter, Hüter, Beschützer. Am Samstag vor zwei Wochen hast du leider nicht gut genug aufgepasst! Sonst wäre die junge Frau heute noch am Leben."

„Blödsinn!", begehrte der Schnapsbrenner auf: „Bei uns heißen seit Generationen alle Hofhunde Phylax. – Was hat der jetzt mit der Polin zu tun?"

„Er hat damit so viel zu tun, dass ich Sie, Herr Wilm Siekendiek, vorläufig festnehmen lasse. Die Kollegen von der Schutzpolizei werden Sie gleich nach Münster begleiten. Dort können wir uns noch heute am späten Nachmittag und Abend über den Fall zum Nachteil der Marina Szepanski unterhalten. Weiterungen sind nicht ausgeschlossen. Übrigens wird der Hund noch näher untersucht. Ihr Auto ist gleichfalls beschlagnahmt und wird einer kriminaltechnischen Untersuchung zugeführt werden. Die Schleppleine geben wir erst mal in einen Asservatenbeutel!"

Der Brennereibesitzer schaute den Kommissar verwirrt an: „Was ist denn mit meinem Phylax?", brüllte er los.

„Ich will es zwar kurz machen!", setzte Kattenstroht an, „aber wir könnten zur Besprechung und einer ersten Sicherung, der Durchsuchungsbefehl kommt umgehend, besser ins Haus gehen."

Im Flur des bungalowartigen Wohnhauses fand sich ein offener Kamin, um den einige Sessel gruppiert waren. Kommissare und Assistentin nahmen Platz, sie wiesen dem Verdächtigen seinen Sessel zu, während die beiden Schutzpolizisten Plätze einnahmen, von denen aus sie den Mann sichern konnten.

„Nun denn, Herr Siekendiek, legen wir mal los. Am Samstag der vorletzten Woche, also vor fast genau 14 Tagen, hatten Sie eine Begegnung mit Frau Marina Szepanski!“ Kattenstroht blickte dem Hofbesitzer fest in die Augen und legte ihm nahe, jedes Leugnen zu unterlassen. Der schien sich fast aufzubäumen.

„Sie haben an jenem Abend in einem Streit die junge Frau erdrosselt. Dann haben Sie die Leiche in Ihrem Wagen abtransportiert, sie an der Anlegestelle Schulte-Lagemann-Brücke auf das Motorschiff *Jan Sobieski* expediert und unmittelbar zuvor oder danach den Micra der Szepanski im Kanal versenkt. Ich erspare mir im Augenblick die Details!“

Woher der Kommissar denn all das wissen und wie er das beweisen wolle, begehrte Wilm Siekendiek zornig auf.

„Manche Leute meinen, unsere Polizei und unsere Wissenschaft seien dämlich. Ich will Ihnen mal zügig das Gegenteil beweisen. Das Labor hat an den Kleidern der Szepanski, und zwar überwiegend auf der Rückenseite, nicht auf dem Schoß, zahlreiche Hundehaare entdeckt. Einige Haarspuren waren auch am Hals feststellbar, also dort, wo der Strick gewirkt hat. Als ich am Mittwoch hier bei Ihnen auf dem Hof war, wollte Phylax mit mir spielen. Sie erinnern sich. Er hat mich angesprungen, er hat mich angesabbert und mir die Hose versaut, ich habe ihn mit einem Stock von mir fernhalten müssen. Den hat er auch schön angesabbert. Als mir auf der Rückfahrt die Schleppleine wieder einfiel, ein schön gedrehter Strick, sah ich die Zusammenhänge. Meine Hose und der Stock, mit dem ich mit Phylax gespielt habe, sind noch am Mittwochabend zur Analyse in das Labor der Rechtsmedizin gebracht worden. Dreimal dürfen Sie raten, was das mögliche Ergebnis war, aber ich sage es Ihnen auch gerne hier und jetzt: Die Haare auf der Leiche stammen von Ihrem Phylax. Wir werden den Wagen untersuchen, die Bezüge, die Decken, alles. Wir werden beweisen, dass die Szepanski, ermordet oder noch lebendig, in Ihrem Wagen transportiert wurde. Und noch eines: Ich bin mir sicher, dass – wahrscheinlich durch einen unglücklichen Zufall – die Schleppleine das Tatwerkzeug war. Phylax war offensichtlich dabei, so wie er mit Ihnen Auto fährt. Es passt alles zusammen, Herr Siekendiek. Sie haben nicht mal ein Alibi!“

Der Mann schaute verschlagen auf: „Sie spinnen doch, was sollte ich denn für ein Motiv haben? Was sollte ich mit der polnischen Tuse?“

„Um die ging es ja auch nicht. Ihr Bruder hat die Marina zwar gefördert und bezahlt, aber offensichtlich ebenso wenig etwas von ihr gewollt wie Sie. Es ging um etwas ganz anderes, das ich in der Akte fand, die Sie zu unserem Glück im Auto der Ermordeten vergessen haben.“ Kattenstroht machte eine kleine Kunstpause. „In einer Notiz schlug Marina Szepanski vor, Ihr Bruder sollte unbedingt die Anbauflächen für verwertbares Obst zur Gewinnung von edlen Feinbränden erweitern. Antonius – sonst Tönne genannt – sollte einfach seine Produktpalette diversifizieren, wie man das auf Neudeutsch nennt. Über dieses Thema hatte Marina schon zahlreiche Berechnungen angestellt. Dazu brauchte Bruder Antonius Obstkulturen auf gutem Boden in günstiger sonniger Lage, mit Blick nach Süden. Solches Land ist hier, genau hier in der Dorfbauerschaft von Reckelsum. Aber einiges davon gehört keinem der beiden Siekendieks. Es gehört Josefine Schulte up den Drene, wohnhaft in Brinkbergen. Es sind die 20 Hektar ihres elterlichen Erbes, die sie vor zehn Jahren mal an die Großbrennerei Wilm Siekendiek für den Kartoffel- und Maisanbau verpachtet hat. Dieses Land erbringt einen wichtigen Teil der Grundstoffe für die Alkoholproduktion Ihrer Brennerei. Aus einer Randnotiz haben wir gesehen, dass Marina Ihrem Bruder Antonius vorgeschlagen hat, das Pachtland oder zunächst Teile davon selbst zu übernehmen. Jeder im Brinketal weiß, wie die Pachtpreise gestiegen sind und wie man sich um die Flächen balgt, um jedes Stück Land geradezu schlägt. Hätten Sie hier vor Ort Pachtflächen verloren, wäre es mit jedem Morgen noch problematischer geworden mit Ihrer Spritkocherei. Zudem hatte sich Brüderchen Antonius mit dem Schulte up den Drene zusammengetan. Da passte alles: Köpfe, Geldbeutel, Landflächen, Ideen. Der Erfolg der beiden ist so gut wie sicher. Der Verlierer sind Sie. Das werden uns übrigens die Banken und auch das Finanzamt nunmehr offenlegen.“

„Ich sage jetzt nichts mehr!“, schoss es aus Wilm Siekendiek heftig heraus. „ Gar nichts mehr!“

„Das ist aus unserer Sicht in Ordnung!“, nickte Kattenstroht: „Meine Herren, Sie können jetzt den Verdächtigen abführen und nach Münster bringen. Er wird dort schon erwartet. Wir sehen uns dann spätestens heute gegen Abend, Herr Siekendiek. Derweil werden sich unsere Leute schon mal hier in Ihrem Hause umsehen. Allerdings: Das Handy und auch das Notebook der Marina Szepanski hätten wir doch schon ganz gerne!“

Der Schnapsbrenner schien zu resignieren. Nach einer Weile völligen Schweigens, die den Anwesenden sehr lang erschien, stieß er fast flüsternd heraus: „In der Werkzeugkiste, im Wagen. – Aber den Öhm Caspar lasse ich mir nicht anhängen!“

Der Kommissar zuckte nur gelassen mit den Schultern.

Etwa eine Stunde später, nachdem auch die Staatsanwaltschaft vom ersten Geständnis des Wilm Siekendiek informiert und trotz des Feiertages Haftbefehl und Durchsuchungsbeschluss vorbereitet worden waren, brachen Kattenstroht und Eilers wieder auf. Sie kamen aber nicht ins Dorf, denn die große Karfreitagsprozession war noch in Reckelsum unterwegs, und Scharen von Gläubigen beteiligten sich daran. Die Ortsdurchfahrt war deswegen gesperrt. Der Kommissar war neugierig geworden, hatte den Wagen auf einer Hofeinfahrt geparkt und sich mit Kathrin Eilers so hinter ein Tor gestellt, dass er den feierlichen Zug gut verfolgen konnte. Zwischendurch gab er seiner ziemlich erstaunten Assistentin in gedämpfter Tonlage Erläuterungen. Altertümliche Lieder und Gebete waren zu hören, eine Blaskapelle begleitete die Prozession mit Trauermusik.

„Die Reckelsumer Karfreitagsprozession ist eine der letzten Bilderprozessionen in Westfalen. Siehst du, sie tragen die Leidenswerkzeuge mit sich, dahinten kommt die trauernde Muttergottes, die Bilder, die Lieder, das passt alles zusammen.“

„So etwas kennt man doch sonst nur aus Italien oder Spanien, oder irre ich mich da?“, fragte die erstaunte junge Frau.

„Du irrst dich nicht. Vergiss bitte nicht, dass die katholischen Regionen Westfalens jesuitisch und barock beeinflusst waren. Das war mal eine europäische Einheitskultur, von der du hier die letzten liturgischen Relikte sehen kannst. Speer und Lanze, Dorn und Rute, Geißel, Hammer und Nägel. Das wird alles als geschnitztes Bildwerk von den Messdienern umhergetragen und den Gläubigen gezeigt. Dahinten kommt das Kreuz, und dann dürfte die Prozession auch bald vorüber sein."

Fast am Ende des Zuges wurde eine Bahre getragen, auf der eine fast lebensgroße hölzerne Figur des getöteten Christus in einer dramatischen Farbfassung lag. Vier ernst dreinblickende Herren in schwarzen Anzügen trugen die in barockem Stil geschnitzte und mit Blattgold verzierte Bahre.

Kattenstroht schien sich an etwas zu erinnern: „Eine ähnliche gleiche Prozession gab es in einem Dorf bei Münster. Dort war der tote Jesus aber Eigentum einer Nachbarschaft und hatte seinen festen Standplatz übers Jahr in einer Kneipe an der Kirche. Wenn die Männer mit dem Jesus unterwegs waren, musste der an allen vierzehn Stationen des Kreuzweges abgesetzt werden. Und mindestens an jeder zweiten Station, so will es mein Vater noch vor dem Zweiten Weltkrieg an einem Karfreitag gesehen haben, zogen die Träger unter unserem ermordeten Herrn und Erlöser eine Flasche Schnaps hervor und tranken sich erst mal einen."

„Man kann ja machen, was man will!", zischte Kathrin Eilers los. „Bei diesem Fall kommt uns ständig die Schnapspulle um die Ecke. Typisch Männer!"

„Nu mal halblang! Für die Damen war auch was dabei. Die Karfreitagsprozession scheint ja auch hier gleichzeitig die Frühjahrsmodenschau zu sein!", feixte der Kommissar.

Kathrin Eilers schüttelte den Kopf und riet zum Aufbruch. Unterwegs fragte sie nun doch nach der Geschichte derartiger Prozessionen im Münsterland, und der Kommissar holte aus seinem Gedächtnis und aus der Bibliothek seines Vaters doch die eine oder andere Beschreibung hervor: „Abgeschafft wurden die meisten dieser Feiern im Zeitalter der Aufklärung um 1800. Das bunte Treiben gefiel der Landesherrschaft nicht. Fromm war es zumeist nicht mehr, und es gab noch eine Unsitte, die die Landesherren bekämpfen wollten. Es war guter Landesbrauch, nach der Prozession am Karfreitag den jüdischen Mitbürgern Fensterläden und Scheiben an ihren Häusern und Geschäften zu zerdeppern. Sie hatten ja schließlich Christus umgebracht. So machte sich der gepflegte Volkszorn einmal im Jahr seinen kleinen Pogrom gegen Gläubiger und Bankiers."

„Wie leichtfertig! Wenn man dann auf die weitere Geschichte und die Nazizeit guckt, könnte man meinen, es gäbe uralte Traditionen bei uns, die sich zum Terror entwickeln. Heute wissen wir doch, wo solche Gewalt und Missachtung anderer hingeführt haben." Kathrin Eilers schaute nachdenklich in die so friedlich wirkende Frühlingslandschaft des Münsterlandes.

„Vergiss nicht den Neid!", mahnte Kattenstroht. „Der Neid ist schließlich die Sorge der Narren."

Kapitel 25

Am Karsamstagabend brachen Betty und Klaus Kattenstroht rechtzeitig auf, um gemeinsam mit den Freunden zum Konzert nach Unna zu fahren. Man hatte sich warm angezogen, denn es war frisch draußen, und ein klassisches Konzert in einer riesigen Logistik-Halle stimmte zumindest skeptisch, was warme Füße anbetraf. Die Fahrgemeinschaften hatten sich so aufgeteilt, dass die Kattenstrohts Familie Petry abholen sollten, während Stellmacher und seine Allerliebste über Reckhölter fahren und Kathrin Eilers und ihren Thomas einladen wollten.

Kattenstroht stand schon vor der Tür auf der Garagenauffahrt und wartete auf Betty, die noch einige mahnende Worte an ihre Söhne richtete. Als seine Frau kam, schien der Kommissar noch ein wenig abwesend; fast den ganzen Tag hatte das Team noch an dem Fall des Schnapsbrenners gearbeitet. Er seufzte und sagte beim Einsteigen: „Kathrin hat sich heute am Mittag im laufenden Vernehmungsprozess mal wieder abgemeldet, und der kleine Schaap ist voll für sie eingestiegen. Irgendwie hat sie in letzter Zeit nicht mehr den Schwung, den ich sonst von ihr kenne. Ich möchte mal wissen, was mit meiner sonst so brillanten Assistentin los ist."

Betty, die Kattenstroht gelegentlich selbst als Muster an Lebensklugheit und weiblicher Weisheit ehrte, hatte den Kopf ein wenig schief gelegt, ihren Klaus angelächelt und vermerkt, seine Fähigkeiten als Frauenversteher schienen ja nun doch nachzulassen. „Du hast in den letzten Monaten schon die ersten Liebesstürme von Sebastian und Itzi nicht mitgekriegt; bis jetzt hast du auch nicht mitgekriegt, dass Kathrin und Thomas sich was bestellt haben." Sie lachte: „Kathrin hat sich einen Spaß daraus gemacht. Du solltest es bis Ostern selbst rauskriegen, sonst dürfte ich es dir endlich sagen. Wenn in diesem Jahr die Äpfel reif sind, wird es, wenn alles gut läuft, Nachwuchs im Forsthaus geben."

Da war der Kommissar aber völlig perplex: „Ja und ich, was soll denn aus mir werden? Was wird das denn dann mit meiner Assistenz?"

„Das ist alles schon geregelt. Für die Zeit des Mutterschutzes wird Schaap Kathrins Position einnehmen. Sie hat ihm schon eine Liste deiner Macken und der besten Restaurants im Münsterland gegeben. Und ansonsten wirst du Pate. Wenn's ein Junge wird, wird's ein kleiner Niklas, ein Mädchen aber heißt Elisabeth und kriegt höchstens als zweiten Namen Nicola." Betty Kattenstroht ergänzte nach einer triumphierenden Pause: „Jetzt bist du aber platt, wie?"

Der Kommissar war zunächst wirklich platt und ein wenig konsterniert über die denkbaren Folgen dieser Nachricht. Aber im Laufe der Fahrt gewann die Freude die Oberhand. Kattenstroht war irgendwie glücklich, als er Kathrin Eilers in Unna traf und ihr sowohl Freundschaft als auch Sorge demonstrieren konnte: „Na, na, mach mal halblang! Du bist nicht der werdende Großvater!", hatte Betty ihm schließlich zugeflüstert, als die „Neue Philharmonie Westfalen" in großer Besetzung zur 2. Mahlersinfonie aufzog und begann, die mehr als 1.400 Besucher in der riesigen Halle für fast 90 Minuten in ihren Bann zu ziehen.

Auch Kattenstroht war beeindruckt. Nicht ohne eine gewisse Rührung hatte er im Textblatt besonders den vierten Satz verfolgt, ein Orchesterlied nach einer Vorlage aus „Des Knaben Wunderhorn". „Der liebe Gott wird mir ein Lichtchen geben, wird leuchten mir bis in das ewig selig Leben."

Zwei Morde und zwei Wochen Ermittlungen steckte auch ein Kattenstroht nicht mehr so leicht weg. Der Schlusschor mit seiner Auferstehungsbotschaft riss ihn wieder aus seiner Trübsal. Frenetischer Applaus ehrte das Ensemble der mehr als 400 Mitwirkenden.

In einem schönen Wirtshaus bei Rodorpe, das Stellmacher empfohlen hatte, nahmen sie einen kleinen Absacker. Natürlich kamen sie auf den Fall Siekendiek zu sprechen. Tatsächlich hatte Wilm Siekendiek den Mord an Marina Szepanski gestanden, und Kattenstroht berichtete in groben Zügen: „Die junge Frau war, nachdem sie am Nachmittag dieses Tages in Reckelsum eine letzte Besprechung mit Tönne Siekendiek gehabt hatte, nach Münster gefahren, wo sie in Ruhe arbeiten wollte. Am Abend wollte sie nach Brinkbergen zurück, denn sie hatte ja für den Sonntag Dienst beim Schulten up den Drene zugesagt. Das Handy der Szepanski zeigt uns, dass gegen 20.00 Uhr Wilm Siekendiek bei ihr angerufen und sie um einen Termin gebeten hat. Das hat er auch zugegeben. Wir wissen noch nicht genau, ob er sie schon mit Absicht an den Kanal nach Kerkhövel gelockt hat, an den Ort einer geplanten Tat gewissermaßen. Er schildert es dann so, dass er ihr weitgehende finanzielle Angebote gemacht habe. Sie solle den Bruder Tönne und den Schulten up den Drene nicht weiter unterstützen und damit aufhören, Ideen wegen der Landpachten voranzutreiben. Die Szepanski hat dem Wilm Siekendiek wohl ziemlich standgehalten, und da will er durchgedreht sein, wie er es nennt. Den Rest kennen wir ja."

„Und der Öhm im Maischebottich?", hakte Dr. Petry nach.

„Da will er noch nicht ran, und wir haben erhebliche Probleme, ihm das zu beweisen. Aber ich gehe mal davon aus, dass es einen Weg geben wird, auch diese Sache aufzuklären."

Stellmacher hatte das Lokal wegen der guten Whisky-Palette empfohlen. „Fastenbrechen, mein Freund, ist angesagt." Gemeinsam entschieden die Freunde sich für einen zwölfjährigen Macallen Sherry Oak. Betty und Kathrin Eilers schienen sich über die Rituale der beiden Herren nur zu amüsieren.

Schlichter ging es da bei den Rodorper Feuerwehrleuten zu, die sich jetzt um die Theke drängten. Sie hatten draußen vor dem Dorf auf den weiten Wiesenhängen die Feuerräder für die kommende Nacht des ersten Ostertages vorbereitet, mit Stroh gewickelt, gesteckt und gesichert. Etwa 20 Stunden später würden die großen Räder aus Eichenholz brennend die Hänge herunterrasen und das traditionelle Signal für Ostern und für den Frühling geben.

Natürlich ergaben sich Gespräche mit den Gästen über dieses seltene Brauchtum, das in Rodorpe wie in einigen anderen Orten Westfalens seit langen Zeiten gepflegt wurde. Der Feuerwehrhauptmann wusste es genau: „Und wenn die Räder so ohne Schlackern in einer schön geschwungenen Linie vom Rodorper Kreuzberg bis an die Brinke runterkommen, dann wird es ein gutes Jahr werden. Ein gutes Jahr für alles und alle!"

Das sei doch mal das richtige Motto für einen österlichen Trinkspruch, hatte Stellmacher betont und den zweiten Single Malt für Kommissar und Staatsanwalt bestellt: „Aber diesmal auf euer Wohl, Kathrin!"

Schlussbemerkung

Ereignisse und handelnde Personen auch im Kattenstroht-Krimi „Balkenbrand“ sind rein fiktiv und mit Realitäten allerhöchstens weitläufig verwandt. Geschilderte Zeitumstände sowie volks- und landeskundliche Zusammenhänge spiegeln jedoch vielfache Erfahrungen des Autors wider, denen sich auch die Leserinnen und Leser nicht völlig verschließen werden. Insofern sind gewisse Ähnlichkeiten mit realen Ereignissen und Personen weder zufällig noch vermeidbar.

Das Münsterland hat im Brinketal gewiss nicht sein letztes Rückzugsgebiet, aber jene „verschlüsselte Landschaft“ stellt *in nuce* die Region dar, die meine Heimat ist und der ich mich herzlich verbunden fühle. Verbunden fühle ich mich auch vor allem den dort lebenden Menschen und ihrer so typischen Mentalität. Sie ist der eigentliche Ort der Geschichten und jener gesammelten Erfahrungen, die meine handelnden Personen spiegeln.

Zu danken habe ich vielen Freunden aus der aktiven Kulturarbeit, besonders auch meinen unmittelbaren Kolleginnen und Kollegen in der Bezirksregierung Münster. Meinem Conpauliner Peter N. bin ich für eine Reihe wichtiger fachlicher Informationen zutiefst verbunden, ebenso Cornelia und Gerd Maschmann von der Stiftsbuchhandlung in Nottuln für die Ermittlung und Besorgung auch rarer Titel. Die Wasserschutzpolizeiwache Münster stand für einige Auskünfte völlig unkompliziert zur Verfügung. Dieselbe Leichtigkeit prägt die wunderbare Zusammenarbeit mit dem Team von LV·Buch in Münster-Hiltrup.

Gewidmet habe ich diesen Band zwei Dritteln jenes Dreierpacks, das seit 1994 mein Leben immer wieder bereichert hat. Ohne das entscheidende dritte Drittel aber wäre die Runde nicht wirklich rund und Kommissar Kattenstroht wohl niemals so weit gekommen:

Cheerio, P.M.! May the hinges of our friendship never grow rusty!

Nottuln, im Sommer 2011

Hans-Peter Boer

LV·Buch im Landwirtschaftsverlag · 48084 Münster

Hans-Peter Boer
Schweinemond
Kommissar Kattenstrohts ***vierter Fall***
200 Seiten, Hardcover
€ 14,95
ISBN 978-3-7843-5048-6

Hans-Peter Boer
Kirmeskronen
Kommissar Kattenstrohts ***fünfter Fall***
200 Seiten, Hardcover
€ 14,95
ISBN 978-3-7843-5096-7

Hans-Peter Boer
Balkenbrand
Kommissar Kattenstrohts ***sechster Fall***
184 Seiten, Hardcover
€ 14,95
ISBN 978-3-7843-5157-5

Kommissar Kattenstroht

Reichlich Spannung zum Super-Sparpreis!

Die **drei** ersten Münsterland-Krimis um Kommissar Kattenstroht in einer schönen Geschenkbox:

Die ersten **fünf** Teile der Kommissar-Kattenstroht-Reihe inlusive des Bestsellers „Kirmeskronen" können Sie auch in der praktischen Sammelbox zum kleinen Preis erwerben. Fünf mal Spannung, fünf mal Geld sparen!

Das große Paket
Stoppelland, Schwengelrecht, Kuchentage
Hardcover, € 34,95
ISBN 978-3-7843-5031-8

Jubiläums-Paket
Stoppelland, Schwengelrecht, Kuchentage, Schweinemond, Kirmeskronen
Hardcover, € 59,95
ISBN 978-3-7843-5117-9

LV·Buch im Landwirtschaftsverlag GmbH, 48084 Münster

Lektorat: Sabine Deing-Westphal, Rhede

Titelbild: Heike Gütting, Münster

Gestaltung: KreaTec – Grafik, Konzeption und Datenmanagement
im Landwirtschaftsverlag GmbH, Münster

Druck: Westermann Druck Zwickau GmbH

ISBN 978-3-7843-5157-5